全国少数民族文学创作

骏马奖

获奖作家

作品精选集

QUANGUO SHAOSHU MINZU
WENXUE
CHUANGZUO
JUNMAJIANG
HUOJIANG ZUOJIA
ZUOPIN JINGXUANJI

东西 主编

作品精选

梅卓

作品精选集

广西民族出版社
Gvangjsih Minzcuz Cuzbanjse

作者简介

梅卓，女，藏族。一级作家，中国作家协会全国委员会委员，青海省作家协会主席，享受国务院政府特殊津贴专家，“新世纪百千万人才工程”国家级人选，全国宣传文化系统文化名家暨“四个一批”人才。主要作品有长篇小说《太阳部落》《月亮营地》《神授·魔岭记》，诗集《梅卓散文诗选》，小说集《人在高处》《麝香之爱》，散文集《藏地芬芳》《吉祥玉树》《走马安多》《乘愿而来》《玉树笔记》等。作品入选多种选集，部分作品翻译为多种文字。策划或主编百余种文学作品集。曾获第五届、第十二届全国少数民族文学创作骏马奖，第十届庄重文文学奖，首届青稞文学奖·长篇小说奖，青海省第十二届精神文明建设“五个一工程”优秀作品奖，第八届中华优秀出版物奖图书提名奖，等。

《全国少数民族文学创作骏马奖获奖作家作品精选集》

序 言

◎ 邱华栋（中国作家协会党组成员、副主席、书记处书记）

这是一套获得全国少数民族文学创作骏马奖（简称骏马奖）的作家作品精选集。骏马奖是由中国作家协会和国家民族事务委员会共同举办的，旨在奖励全国少数民族文学创作优秀成果的国家级最高奖项。骏马奖自1981年创立至今，已连续评选13届，对推动中国少数民族文学创作和提高优秀民族作家创作积极性产生了良好效果。这一奖项的设立，体现了党和国家的民族政策，体现了中华各民族的大团结，体现了各民族文学交流互补、共同繁荣的盛世气象，对中国的改革开放和祖国的统一发挥着积极的推动作用。

党的十八大以来，各民族作家在文学作品中自觉弘扬中华优秀传统文化，中华民族共同体意识显著增强，都在努力讲好中华民族共同体故事；继承和发扬爱国主义传统，自觉维护祖国统一、民族团结。许多作品展现了中国式现代化文明的新成果，全面、及时反映民族地区的发展变化以及中国式现代化的伟大成就，引发各族人民的共鸣、共情。

此次广西民族出版社推出的《全国少数民族文学创作骏马奖获奖作家作品精选集》，主要收录党的十八大以来，历届骏马奖获奖作家中的部分优秀作家所创作的作品，以此推动我国少数民族文化建设，增强各民族读者的“五个认同”，推动各族人民相互了解、相互尊重、相互包容、相互欣赏、相互学习、相互帮助，像石榴籽一样紧紧抱在一起。相信这些弘扬主旋律，有正能量、有感染力，能够温润心灵、启迪心智的文学作品以丛书的形式集中推出，能起到推动新时代民族文学融入现代传播格局，加强民族文学阵地建设的作用。

精选集包括了八位作家的中短篇小说集和一位作家的散文小说合集。这九位作家都是当代极具实力的创作者。他们分别是：满族作家于晓威、回族作家石舒清、藏族作家梅卓、仡佬族作家肖勤、回族作家马金莲、壮族作家陶丽群、蒙古族作家鲍尔吉·原野、布依族作家潘灵、壮族作家黄佩华。所收录的作品可以视为这些优秀作家近年来的代表作。这些作品各具特色，思想性和艺术性都比较突出。

有些作家的作品，呈现的是一种普遍的人类境况，或具有民族共同体成员的普遍性特征，深入人的心灵世界。如满族作家于晓威专注于对人性或人的命运与境遇的勘探，其《裙子的那种蓝》将两位人物的复杂内心与行为动机通过有意无意间的只言片语揭示出来，余音袅袅。《马桶》表面写的是男性和女性的不同思维方式，但背后是人和人的隔阂与疏离的现实，以及对沟通与爱的渴望，而深潜其中的忏悔、内疚与辩解纠缠在一起，呈现出心理的幽暗、隐微与内在冲突。《L形转弯》里对人物心理复杂性的描述，借助对真相抽丝剥茧的层层推进于峰回路转中完成，对那种爱恨交织的幽微精神世界的把握举重若轻。

回族作家石舒清对普通人、边缘人命运的关注，使其作品获得了一种超越一时一地的具体事件的普遍性意义。《淘书纪事》中，摆旧书摊的人是为了谋生获利，而淘书的人当时只是为了乐趣和喜欢，两种看似完全不同类型的人竟因书产生了一种不自觉的紧密联系。那些摆旧书摊的人，他们的命运，他们人生的意义，就这样与一位写书的作家关联到了一起，作家记录他们的行迹，也是为了映照自己的人生，从而形成了一种奇特的共生关系。而其《九案》选取九件旧案为题材，反映人生的各种乖张错谬，在那些看似离奇怪异、不易理解的人和事背后，几乎都有一个共同点在指引着读者对作品的理解，即事与愿违。《淘来的故事》及《慢光阴》的命意和叙事策略与《九案》相仿。如《记工分》一篇，本来似乎是一句道歉就能解决的小事，竟因当事人的固执与偏狭，导致了家破人亡的惨案。令人唏嘘之余，却也引人沉思，到底是哪些不可逆料的因素参与导演了悲剧。

现代教育与文化的普及，产生了一个重要结果，就是女性和男性一样，受教育程度和文化水平普遍得到提高，即使是在偏远的少数民族地区也不例外，所以涌现一批批少数民族女作家也就是顺理成章的事情。藏族作家梅卓的小说多以传统的安多地区为背景，既有融合历史、传说与现实的魔幻叙事作品，也有书写社会和时代巨变引发的人们思想意识和行为模式的剧烈变化的现实力作。《神授·魔岭记》将在藏族、蒙古族等少数民族间广泛流传的英雄史诗《格萨尔》中的英雄除魔故事，与藏族少年阿旺罗罗成为神授传唱艺人的历程交叉叙述，形成一个有机的双线（复线）结构，表现的其实是普遍的人类命运及人类理想。《在阿庆与多拉雪山之间》里，年轻一代接受了现代的文化教育，已经不再将传统的信仰视为神圣不可动摇之物，像才让甚至有可能是表面装着相信，其实却是借机敛财。作家虽然故意以模棱两可之辞制造悬念，才让的不辞而别显然已道破玄机，而他在外乡办学校的传闻，又使故事的含义变得暧昧与多重。

仡佬族作家肖勤的小说多以乡村、基层干部和群众的生活为题材，充满人世间的烟火气，同时常常以“曲终奏雅”来收束全篇。《你的名字》以人的名字与身份、命运的关系为切入点，在一种貌似戏谑的笔调背后，是对正道与人情的呼唤。《所有的星星都有秘密》写的是关于农村合作医疗资金被套取的故事，属于反腐题材，但作家没有停留在事件的表面，而是深入表现故事背后人物复杂的关系与内心。《丹砂》里的堂祖公为人驱魔却驱不了自己的魔，但他其实是个真正的好人，喜欢说“收了米油在手，不如存了丹砂在心”，免费教村里的孩子认字。当然，故事的核心是，有些秘密即使已经不是秘密，也还当其是秘密才能减少对人的伤害。

回族作家马金莲的作品多以底层弱者为关注对象，描写贫穷对人生活与生命态度的影响，特别是含辛茹苦的妇女形象让人印象深刻。《醉春烟》用多重视角来反映复杂的人际关系，姐姐和男孩的成长具有象征意味。中篇小说《日夜之间》设置了类似悬念又不能完全称之为悬念的叙事障碍，主人公赫莲如来到偏僻的乡下山野，为的是要“杀”自己的父亲——一个怪人。但在与父亲的相处中，她逐渐改变了自己的认识和态度。在大自然和人类自然情感的相互作用下，她开始与父亲和解，同时与自己和解。《暂借》里年近四旬的李小梅，吃自助火锅时偶然与一位男青年坐在一桌，最后误打误撞被别人当成了他的“女朋友”。善良的她没有揭破真相，有一些瞬间甚至感到无由来的幸福。小说通过一个意外事件将人内心的微妙复杂展现出来，构思精巧。

如果说马金莲笔下多以女性形象为主，壮族作家陶丽群则更加专注于对女性人物与命运的描述，有些篇章对人物心理的刻画非常深入。在《母亲的岛》里，岛是母亲走向经济独立、获得自我新生的空间。那个从异地嫁来的母亲，一直默默忍受丈夫和子女们的使唤，但有一天突然只身往孤岛去，自己开荒种地，养殖家禽。小说并没有交代她的动机，也没有指出结局，但非常明显的是，她想寻找属于自己的空间，而不愿再被当作丈夫和子女的附属品。《净脸》则是描绘人类对温暖的需要，莫老太给临终之人或逝者家属以安慰，而自己也从中获得某种解脱与宁静。几位女作家的写作，给读者的普遍印象就是细腻、幽微，甚至精致。

由于历史的原因，中国的少数民族普遍聚居于中国的边疆地区，对维护祖国的统一和领土的完整起着至关重要的作用，而其在生产方式和文化上既具有东方或中华民族的共同特征，也具有自身的独特性，展现出中华文化的丰富性和多样性。收入丛书的蒙古族作家鲍尔吉·原野的作品，既有散文，也有小说，主要以书写草原生活为主，视野开阔，气韵生动，而又情真意切，诚挚感人。《把干净的字排在一起》里写道，“鸟类、蚂蚁和月光都不需要说教，它们按着自己的轨迹轮回”，这可以说是对大自然最高的礼赞了。当然，我们的作家也没有天真到认为人类不会试图主导世间的一切。《草原上的小黄羊》里，善良的牧民收养受伤的小黄羊，因为没有报告有关部门而受到了批评，原因是不能“私自收养”。《跑步者》一篇，把一般人视为单调枯燥的跑步写得趣味盎然，但也涉及人的身体运用的复杂性，并不是简单地为健身和运动背书。

布依族作家潘灵的小说虽然也有边疆生活的背景，但每一篇都能自出机杼，别开生面。《太平有象》一语双关，将人民对美好生活的期盼写了出来。《奔跑的木头》通过两个各有残障的年轻人之间的故事，讲述历史变化与个人际遇的复杂纠葛，同时赋予人物性格一种复杂性。《被遗忘的戍者》读来令人唏嘘，那个“不知有汉，无论魏晋”的清代守边战士的形象让人难忘，相形之下，民国殖边队的几个人物反而有些面目模糊。小说最有意思的地方在于，守界者能活着并完成自己的使命，其实有赖于越界者。

壮族作家黄佩华的早期小说表现边远地区人们的生活与风俗习惯，如《远风俗》一篇就是代表，以一种古老的风俗“以弟为子”为出发点。他近期的小说以普遍性的题材为主，如《落叶》着眼于主人公的暮年生活，由其中风所引发的一系列情节，促使读者去思考如何养老这一现实问题。《乡村大厨》围绕着乡村创业展开，其背后是命运的转机问题。

总体来看，收入精选集中的作品题材丰富、风格多样，反映了新时代作家们的创作成果，是当代中国文学的重要收获。期待作家们创作出更多更优秀的作品，不负时代的重托，永攀文学的高峰。

是为序。

2024年7月7日星期日于北京

目 录

神授·魔岭记

（节选）

节选自长篇小说《神授·魔岭记》/ 获第十二届全国少数民族文学创作骏马奖

第一章　东查仓：姻亲联盟

· 火曜日 ·

这是藏历六月的第二个火曜日。当晨曦的微光透过帐篷天窗，刚刚能够照亮中柱的时候，阿旺罗罗立刻就睁开了眼睛。他说不清楚昨晚一夜到底睡熟没有，只觉得久久盼望的日子来得实在太缓慢了。

隔着灶墙传来母亲轻微的鼻息，她这几天一定是累坏了，否则她永远是家里第一个起床的人，除非偶尔彻夜不归的父亲在天亮前赶回家中，但他通常并不进帐篷，而是坐在帐篷前长久地抽烟。身形高大的父亲的一系列怪异表现，总在母亲沉默地递过去一碗热气腾腾的早茶后结束。在父亲恢复正常的举止后，爷爷的情绪才会平复。

但近来父亲表现得很不正常，似乎接连几天都未在家中过夜。阿旺罗罗在温暖的被窝里侧耳细听，果然没有听到父亲的鼾声，看来他昨夜睡下后又出门了，难怪爷爷这段时间都不给他好脸看，母亲却什么也不说，只管早起晚睡忙活家务……这么说自己是睡踏实了，并没有听到父亲离开的声音。

他提着一口气缓缓起身，唯恐吵醒母亲。当他抱着靴子光脚走出帐篷时，看见远方连绵的雪山上一层薄薄的雾霭正在舒缓地散开，深蓝色的天空渐次明朗。正如爷爷所说，今天是个特别的日子，天气果然不错。

此时，搭在不远处的另一顶帐篷里传来嗡嗡的诵经声，时而伴随着一两声咳嗽，那是爷爷每天雷打不动要完成的功课，但今天那声音里明显带着怒气，仿佛要把那张薄薄的经文纸念破似的。

爷爷是东查仓部落最后一个盖定居房的人，并非个性懒惰，而是他深深地眷恋着游牧生活。他仿佛与大自然签订了一份承诺书，定时定点地搬迁到冬窝子或夏窝子。爷爷说帐篷就像能够移动的宫殿，可以自由自在地扎在中意的地方，何况在四季轮牧转场的过程中，能够真切感受到雄狮大王格萨尔驰骋疆场的豪迈。这里的山山水水、一草一木可都与那位千年前的英雄息息相关。一想到脚下这片土地上，曾经留下过格萨尔大王战靴的印迹，阿旺罗罗就会和爷爷一样激动不已。

整理好藏装腰带的阿旺罗罗在晨光中舒畅地呼吸着，这种混合着青草和露珠香味的气息和他十三年来呼吸的一样，充满了宁静和甘美，使他倍觉安全。

在上一个火曜日，他家从春季牧场辗转三百多个箭程，搬到了这个名为“果第塘”的夏季牧场。那天一大早，爷爷就把他从热被窝里提溜出来，要教他学习祭祀仪式。他睡眼惺忪，只得竭尽全力睁开眼睛，饶有兴趣地正式为徒。草原上早就有俗语说，男孩十三岁后就不要再问父亲，女孩十三岁后就不要再问母亲，意思是这个年龄已经算成年，要自己拿主意，不能再事事依靠父母。牧人家庭中男主人每天一早的首要任务，就是要煨起桑烟祭祀众多的神灵。桑料里混合着柏枝、青稞、炒面和酥油，点燃后桑烟的香气很快就会弥漫在草原的上空，接着爷爷向四方吹起白海螺。这支海螺由祖辈传下来，亘古以来招引着众多神灵：早餐备好，请众神降临。

除此之外，爷爷还要布施烟供，并且告诉他，不要小看了烟供，它的气息虽然无影无形，但却能喂饱四处游荡的野魂，温暖他们那看不见的体格。可怜那些野魂，都是由于种种原因而未能及时走上转生之路，只好到处游走，走到哪儿算哪儿。没有人为他们祈祷，没有人为他们祭祀。他们自己没有力量摆脱中阴，常常为饥饿大发脾气，因而时常作祟人间。爷爷当时的神情依然历历在目，他双眼冷峻，目光深远，坚强的外表下包裹着一颗慈爱之心，爷爷说，让我们祭祀他们吧，愿他们都有幸福的来世。

不知爷爷和爷爷的爷爷们祭祀了许多年的游魂可有转

生，也不知还有多少可怜的魂魄正走在赴宴的路上。他们可曾嗅到这烟供里奇特的香味，可曾因为这些不相识的人们的慈悲施舍，而获得珍贵的转生机会。

阿旺罗罗已经练习了一周，母亲总在前一夜帮他准备好桑料，爷爷也从此留在自己的帐篷里念诵经文，煨桑祭祀的事情似乎就这样自然而然地交到他手里了，仿佛把一家之主的责任也交到了他手里。至于为何没有交给父亲，他还没有来得及深究。

感觉重任在肩的阿旺罗罗这一周来乐此不疲，天天准时与太阳一起从睡梦中醒来。此刻，他手握白海螺，朝四处望去。白海螺从爷爷手里接过来后，似乎还保留着老主人的体温。爷爷是从何时开始祭祀神灵的，他不得而知，只知道还在他很小的时候，爷爷就手把手教过自己怎样使用白海螺。白海螺的音质呈现出纯粹的美，那是久远的声音，仿佛很久以来就铭刻在心灵当中，那是熟悉又陌生的大海的回响。多少个清晨醒来，听到远方的天籁与白海螺的声音相叠相印，成为生命里重要的一部分。这重要的一部分，从父辈接来，再传给子孙。

当站在晨光中的阿旺罗罗刚把白海螺收好时，小藏獒东噶尔就低吠着跑过来了。它其实早就醒了，但在小主人举行祭祀仪式的时候，它懂事地乖乖待在它母亲身边，小主人一放下白海螺，它就知道可以出场了，又是跳跃，又是摆尾，嘴里发出热情洋溢的哼哧声，一点儿也不掩饰热乎劲。它一身黑亮亮的长毛，鼻尖上有一处形似海螺的白色斑痕，因此家人有时也会亲切地称它为“白海螺”。它是阿旺罗罗从小的玩伴，虽然已长大如一头小牦牛，生性凶猛，但在阿旺罗罗的面前却非常顽皮。它围着阿旺罗罗转圈，力量已经大得几乎能把赤脚的小主人拉倒。

阿旺罗罗弯腰抱住东噶尔硕大的头颅，当即被它舔得满脸湿漉漉的。他帮它整理一下项圈，那是用染成红色的野牦牛毛编织起来的，阿妈说那有辟邪纳福的作用。东噶尔戴着项圈更显得威风凛凛。阿旺罗罗说：“东噶尔，今天我有重要的事情，不能带你出门了。”

东噶尔似乎明白得很，它跟着阿旺罗罗来到羊圈。实际上，羊圈是牦牛群围起来而形成的。家中的六十多只牦牛围成一个圈，把羊群围在中间。牦牛每天被母亲用鼻圈固定在草地上，既可以吃草，也可以看护羊群。阿旺罗罗穿过牦牛群找到头羊，摸着它被晨露打湿的一对长长的弯曲的犄角，对它说：“今天拜托你了。”

头羊那双明澈的眼睛望望小主人，它是羊群的领袖，负责引领部下寻找牧草或水源，通常阿旺罗罗都是在它的帮助下完成放牧任务的。

此时，东噶尔的母亲，那只用六辫牦牛绳牢牢地拴在柱子上的大藏獒已经开始使劲拽着颈绳，期望离开柱子的束缚，自由地奔跑到小主人的身边。只听到绳子在它的一次次冲力中发出嘭嘭嘭的闷响。它的名字叫森玛，正如健壮的母狮子一样，浑身漆黑如锦缎一样的披毛在晨风中飘逸出威严而凌厉的气息，牙齿的咬合声硬铮铮犹如生铁的碰撞声，而金铜色的眉骨下两只油亮的眼睛却散发着柔情的母性光芒。它望着儿子与小主人亲热，终于安静了下来。

阿旺罗罗来到森玛身边，揉搓着它长发飘逸的头颅，对它说：“一会儿阿妈会给你拿糌粑来，你别着急嘛……不要着急……”

阿旺罗罗坐下来，穿好靴子。森玛现在看上去要比小主人高出一大截子，在东噶尔到它怀里拱来拱去时，它也低下头来怜爱地舔了舔阿旺罗罗乱蓬蓬的头发。

此时两顶帐篷里都有动静了，爷爷已掀帘而出，他很快瞥了一眼另一顶帐篷的门前，浑浊的眼神里满是严厉，但嘴巴里说出的话却是温和的，他对阿旺罗罗说：“好样的，今天的游魂们肯定是满意的，我绛秋昂杰也是满意的。”

阿旺罗罗跳起来赶到爷爷身边扶住他。爷爷的左腿有些残疾，行动不便，每当他去扶住爷爷的时候，爷爷总会说“你就是我的小拐杖”，但今早爷爷似乎因为要努力地压制着愤怒，没有别的力气夸奖他了。

两人进到帐篷，母亲已经在烧着茶水，热气腾腾的灶台上摆着大大小小好几个锅具。灶台有小半米宽、三四米长，依次从高到低砌出三个台面来，最高最大的台面上，开水锅沸腾着，锅中冒出的热气氤氲而上，吹动一架纸糊的玛尼转经筒。灶台由于够长够厚够高，自然把帐篷分出两个区域来，一边是客人落座的地方，夜晚则是父母的寝室，靠近帐壁一溜儿牛毛编织的粮食袋，整整齐齐摆放着；另一边是主妇忙碌家务的工作间，夜晚则是阿旺罗罗睡觉的地铺。灶台正对着一张供桌，供桌上方供奉着一幅莲花生大师的唐卡，两边供奉着两幅较小的唐卡，绘的是阿尼玛卿山神和雄狮制胜无敌之王格萨尔。唐卡前有各种供品，阿妈每天会在七只净水碗里供奉净水，有时能采到草原无名的野花，也会放在碗里，让其在净水中漂荡着。

阿妈随遇而安，能够在日常繁忙的劳作中旁生出闲情逸致来，展现艺术才能，把供桌打扮得分外干净清爽。与爷爷的脾气相比，显然阿妈继承她父亲的克制更多，阿旺罗罗从未见过她生气，她生活在她父亲、丈夫和儿子三个男人中间，能够把气氛调整到恰到好处，在阿旺罗罗看来，这正是她的神奇之处。

爷爷坐到他的老位置上。那是最靠近供桌的地方，一家之主的专座，通常只有长辈才能享用。

坐稳当的爷爷朝一个虚无的地方努努嘴，示意阿妈注意："拉达巴桑还没回来？"

"没有。"阿妈的回答很简洁，顺便把一碗滚烫的酥油茶双手捧给爷爷。

爷爷接过来，低头吹起浮在茶水上的茶叶，噗噗的声音像是要把整个茶碗都吹走。

阿旺罗罗看一眼爷爷，再看一眼阿妈，这情景这几天经常发生。接下来阿妈肯定会说"没事的阿爸，没事"，果然阿妈一边端给阿旺罗罗一碗茶，一边张嘴说出了阿旺罗罗心里默默复述的话。接下来爷爷就会沉默不语，喝完茶后他就会回到自己的帐篷，继续画那幅似乎永远也画不完的唐卡……

但是今天爷爷有点反常，他突然瞪起眼睛，眼白的部分快要在眼眶里盛不下了，他大声说道：“都什么时候了，还有心情闲逛，怎么快五十岁的人了还这么不懂事！我看这种入赘的女婿就是不愿意承担责任，当初要不是可怜他孤身一人，就不会同意他入赘到咱家。”

阿旺罗罗和阿妈都吓了一跳，只听阿妈息事宁人地嘟哝道：“没事的阿爸，没事……”

但爷爷的忍耐似乎已经到了极限。“今天是什么日子他又不是不知道，祭祀山神啊！”他的食指狠狠地敲着茶碗外壁，“大事啊！每个家庭都应该有责任去尽一份心意，如果咱家不去个壮年男人，部落里的人不是又要笑话咱家了？就像十年前一样？”

脱口而出的话也让爷爷自己吓了一跳，他怔了怔，立刻放下茶碗挪腾挪腾出去了。阿旺罗罗望着阿妈。“十年前发生什么事了，阿妈？”他问。

阿妈小心翼翼地端着茶碗，像是没听见似的，她依然嘟哝着：“没事的阿旺，没事……”

早茶时间很快过去了。阿妈收拾着灶台，在牛粪火的烟气中，她吩咐道：“阿旺罗罗乖孩子，去陪爷爷祭祀山神吧。”

阿旺罗罗答应着，迅速钻出帐篷。东噶尔已守候多时，抬起前腿就往小主人身上扑，口水又流了一片。它一般不进屋，最多在帐篷帘子掀开时卧在那里。它最亲的就是阿旺罗罗，就像两兄弟一样。

进了爷爷的帐篷，见他正在卷起那幅唐卡画，头也不抬地说："阿旺宝贝，记得下午去艺人演唱大会的时候帮我带上它。"阿旺罗罗答应着。这是一幅雄狮制胜无敌大王格萨尔的画像，但是爷爷总是画了涂，涂了改，改了再画，一直没有完成。没有完成的原因是他在等一位神授艺人，只有当神授艺人唱起格萨尔时，他才能确切记忆起格萨尔的模样，否则他不能满意自己的作品。一天，阿旺罗罗看见他又在涂改时，忍不住劝道："供桌上不是有一幅格萨尔吗？爷爷您不能照着那幅画吗？"爷爷当即就生气了，他说："那幅是格萨尔在《赛马称王》时的样子，现在这幅是格萨尔在《北国伏魔》中到亚尔康魔国征服魔王路赞时的样子，所以，告诉你，不能！"

阿旺罗罗知道这两个部本在时间上有前后顺序的区别。自那以后，只要关于这幅唐卡，阿旺罗罗总是非常小心，不再多说什么。爷爷说什么听着就是了，况且下午就要到来的这位神授艺人早已在自己的盼望中，这份盼望足以胜过种种的不快。据说这位艺人曾经声名显赫，但许多年前不知什么原因消失不见了，人们甚至以为他已经不在人世，仿佛人间蒸发一样，姻亲联盟活动也因此而中止。他这次能够重新回来演唱格萨尔故事，让两个部落的人们欢欣鼓舞，姻亲联盟就此重新提上日程，大人们不知为此忙碌了多久。

这也正是阿旺罗罗今天比往日起得更早的原因。所谓姻亲联盟他不甚明了，但格萨尔神授艺人将要到来的消息让他激动万分，这是他记事以来一直默默向往着的。爷爷说格萨尔大王出自藏族地区四大姓氏之一的东氏，他是千百年来东氏人的骄傲，我们东查仓部落的每个人身上都流着格萨尔的血液，因此我们每个人都肩负着一个责任，那就是要让格萨尔的英雄事迹世世代代传唱下去。爷爷常说“我们是天神下凡的后裔，自然成为大地的主人，山系不断来自冈底斯雪山，后裔不断源于穆布东氏族”，不过他对如今的世道非常不满意。

“如今……神灵已经远离我们，唉，末法时代啊……”爷爷每当提起责任二字，总会这样叹息。

爷孙俩相伴着加入了祭祀山神的队伍，这队伍就像一股洪流，东查仓部落近五百户牧民家中的青壮年男子基本都到齐了，有的骑着高头大马，有的骑着摩托车，更多的人走在步行队伍中。果然有人问道：“阿旺罗罗，你阿爸怎么没来？”

爷爷怒目而视：“我家阿旺罗罗是成年男人了，十三岁了不是吗？格萨尔十三岁的时候就赛马称王啦！”

“阿旺罗罗长着一对鸟眼，应该能看见山神吧？”又有人故意打趣。

“今天是个吉祥的日子，不要说不吉利的话，否则山神听见会不高兴的。”他们自顾自说着话，朝前走去。

盛大的仪式开始了。

一座巨大的煨桑台在神山前矗立。部落里德高望重的老人们众星捧月般，围绕着森格云丹活佛，后面的僧侣们手提香炉，高声念诵起格萨尔的祈请文，并一一供奉上师、本尊、空行、护法们神圣的名号。一位眉目英俊、衣着庄严的小伙子上前点燃了架设起来的柏枝堆，桑烟袅袅而起。部落的男人们手捧哈达和桑料，长幼有序地一个个走上煨桑台，把桑料倾倒在燃烧着的柏枝堆上，然后按照顺时针方向绕行。清冽的空气中充满神圣的气息，桑烟飘向天际，仿佛一缕缕带向虚空中的问候，神灵由此能够感知人类谦逊的问候，因而愉悦欢喜，保佑人们祛病消灾、吉祥安康，牲畜兴旺。

当僧侣们念诵起加持风马旗的经文时，所有的人把怀中早就备好的风马拿出来抛撒，长风把这些五色的风马卷到高处，风马纷纷扬扬地飘向空中，好似晴空万里时突然降下鹅毛大雪，不一会儿，地上已经覆盖了一层又一层风马。

“拉加罗！拉加罗！”男子们高声吼起来，那雄性的声音合成一股金刚之声，在地面上形成合力，直冲九霄云天而去。

今天仪式还有一个重要的内容，就是要把供养给山神的供箭池重新整理、更新，换上经过喇嘛们加持的新经幡，以娱山神。爷爷说敬奉山神是部落联盟活动的头等大事，山神也是我们部落的战神，更新铁箭和经幡，一方面是人们对山神表达虔诚和敬仰，另一方面也是祈求战神赐予部落战无不胜的力量和勇气。

供箭池由附近山上的岩石堆砌而成，硕大的圆锥体带着坚硬的体魄，呈现在蓝天之下。圆锥体的正中向天敞开着，中间插满了各式各样的箭，有长有短，有粗有细，有铁箭，也有用木棒代替的箭，一根根直插云天，形成一个壮观的箭阵，周边一条条五色的经幡，重重叠叠，密布其上。

森格云丹活佛带着几个年轻人架梯上到箭池里去。

人们等着递上新的铁箭和木棒。期待中时间一分一秒地过去了，嘈杂的声音渐渐安静了下来，不知为什么久久不见旧的铁箭递下来。阿旺罗罗由于个子小，根本看不到供箭池发生了什么事情。他扯扯爷爷的袖子，仰着脸正在认真等待的爷爷绛秋昂杰没有理会他。阿旺罗罗心里还在想着另外一件事情，此时正好可以离开爷爷一会儿，他悄悄退出人群。集中精神专注仰望的绛秋昂杰根本没有注意到外孙离开了队伍。

阿旺罗罗离开不久，正在人们焦急地引颈仰望的时候，看到森格云丹活佛从供箭池上伸出半个身体，脸上挂着肃穆的表情，他浓黑的两道眉毛不停地抖动着，这是他遇到紧急情况时的表现，作为兄弟，绛秋昂杰再熟悉不过，只听森格云丹低沉沙哑的声音传来："中央箭……折断了！"

铁箭！怎么可能折断？离箭池最近的绛秋昂杰被愤怒的人群裹挟着，没费什么劲就登上了供箭池。只见池中原本摆放整齐的铁箭和木棒横七竖八，原本簇拥在一起的铁箭和木棒堆豁然洞开，露出中央的主箭。这根铁箭长数米，箭腰上系着无数条哈达，如果不仔细看，不会发现箭腰上系哈达的地方齐齐地被折断了。人们瞠目结舌地围着这个失去了主心骨的箭堆，不知所措地望着森格云丹。活佛的脸色非常难看。不祥的感觉涌上绛秋昂杰的心头，他看着兄长努力镇定地指挥着众人："也正好，我们需要把主箭替换掉。"

· 成人礼 ·

阿旺罗罗离开祭祀队伍，走在通往牧场边缘的路上。他爬过一面缓坡，沿着缓坡走下河谷，回头一望已经看不到煨桑台、供箭池以及围绕的人群，他便轻声唤了起来："扎拉，出来吧！"

一个只有一肘高的精灵从阿旺罗罗的左肩上飞了出来，他全身是一种半透明的蓝色，披着一条洁白的哈达，后脑勺上皱皱巴巴地飘着几根头发，他的大手和大脚与身体很不相称。他大声咳嗽着，用大脚踢了一下阿旺罗罗的肩膀，瞪着一对圆圆的蓝眼睛，埋怨道："你昨晚睡觉是怎么睡的？快把我压死了，直到现在才喘上气来。"

扎拉夸张的咳嗽声逗得阿旺罗罗笑起来，他说："你不是我的保护神吗，怎么会被我压着？"

扎拉抚着胸脯，做出深呼吸的样子："那也不能朝左边睡呀，你阿妈总是对你说要朝右边睡，左肩是留给我的，你就是不听。唉，我都活了四百年了，做你家族的保护神，还从没有遇到你这个样子的。你要是把我压死了，谁来保护你啊？"

扎拉在阿旺罗罗左侧，与阿旺罗罗的头颅保持着一样的高度，在空中大步走着，他细长的两条腿迈动的频率极快，这样才能跟得上阿旺罗罗。他的那双大手一刻也不得空闲，一会儿抓抓脑袋，一会儿又把耳朵取下来掏掏耳屎再装回去，嘴里还一边数落着阿旺罗罗：“你倒是说说看，四百年前的人们可没有像你这样随便就把保护神压得半死的，你说你要是把我压死了，你倒好，可你以后的人怎么办？没有我的保护，你的愿望怎么实现啊？”

“那是。”阿旺罗罗认真地说。

太阳从东边的山峦中渐渐升起，气温很快暖和起来，阿旺罗罗嘴里呼出的白气也渐渐看不见了。草地上的晨露在阳光下闪着水晶般的光芒。阿旺罗罗朝着太阳升起的地方加快了脚步。

扎拉做出想跟上阿旺罗罗有些吃力的样子，他费劲地迈着大脚，似乎空中有一种黏合的物质在拉扯着他的脚，他气喘如牛，呼出的气息吹得小草都歪向了一边。

“回来吧。”阿旺罗罗指着左肩说。

扎拉也不客气，一步跨过来，蹲在阿旺罗罗的肩膀上，惬意地吹了一声口哨，说：“这下好多了，体力不消耗的话，我还可以专心思考问题。”

阿旺罗罗心不在焉地问：“你想思考什么呀？”

扎拉翻着他的蓝眼珠，说：“我在思考，哎呀呀，问题太多，我得一个一个思考。”

扎拉摇着脑袋，后脑勺上的头发发出一些声响。他打了一个响指，空中突然出现一本长条书，端端落到他的手上。他用手指沾沾唾沫，翻得书哗哗直响，说："我得查查历书，看看以前的人有没有这种情况。我活得太久了，很多事都已经忘了。你这小子，总是给我找麻烦。"

阿旺罗罗说："我的事也在书上吗？"

"是你前世的事，"扎拉在一页上停了下来，"你的前世送给邻居女儿一张狼毒纸，上面写了美丽的诗句，你的前世的前世送给邻居女儿一枚贝壳，从中能听见大海的声音，你的前世的前世的前世送给邻居女儿一颗野狼的牙齿，据说有避免被狼群攻击的作用，再前一世送的是一根孔雀的羽毛，装饰在供桌上再合适不过，再再前一世送的是一片旃檀树叶，那可是到佛国拜访的见证，对了，还听说有一位姑娘在成人礼上收到的礼物是一颗金雕蛋……"

阿旺罗罗突然停住脚步，扎拉由于惯性差点从他肩膀上一个跟头栽下来。

"金雕蛋？好主意！"阿旺罗罗喜形于色。

"怎么也不打声招呼？"扎拉大叫道。那本书掉下来，却并不落到地上，只在空中飘着。阿旺罗罗抓住那本书，想看看，可是他发现那书上的文字根本不是他能认得的，既不像藏文，也不像梵文，他茫然地翻了一遍，找不到扎拉所说的记录。

阿旺罗罗说："我一直都想送给仁倩卓玛一个特别的礼物，昨天晚上我还祈祷来着，金雕蛋主意不错，是不是？"

扎拉整理着身上由于刚才的惊吓而凌乱了的哈达衣服，

他是位爱整洁的保护神。他嘟嘟囔囔地说："主意倒是别出心裁，不过后来发生了意想不到的事情。"

阿旺罗罗好奇道："出什么事了？"

"那位姑娘获得金雕蛋后很高兴，她照料那颗蛋真是可以说无微不至，结果小金雕长大后，载着那姑娘飞走了，人们说她成了空行女，修行得道才能成为空行女的，不过说起来有点难受……有点遗憾……唔，有很久很久没有看到她了……"

"修行得道，不正是人们的愿望吗？"阿旺罗罗问。

扎拉抚摸着阿旺罗罗乱蓬蓬的头发，大滴大滴的眼泪从他那双湛蓝的眼睛里涌出来，他老气横秋地说："傻孩子，许多大师保护的是人啊，人的生命是最宝贵的。"

阿旺罗罗望着他那张凭空多出无数皱纹的脸，似懂非懂。扎拉立刻抹去感伤的泪水，恢复了常态："哎呀，我说得太多了，这些都是需要你慢慢体会的，不能再说了，否则我会受到惩罚，神也是有法则的。"

阿旺罗罗点点头，翻动着长条书："这是什么文字啊？"

扎拉说："这是玛尔文，三千年前象雄大师们都在用这种文字，他们记录了很多有趣的故事，你想想看，三千年都会发生什么？当然，现在是末法时代，人类的寿命都太短暂，根本没有时间和精力去领会天神的意思，只顾拼命地毁坏山川河流的纯洁，不遵从天神的旨意，最终受苦的还是人类自己喽，所以格萨尔大王的故事才需要不断地传承下去，以保护你们的生命和家园，免遭妖魔鬼怪的侵犯啊。"

“哪有那么多妖魔鬼怪……”

“唉，到时候你就知道了。”扎拉的声音变得忧心忡忡。

阿旺罗罗则仔细地观察着那些美丽的文字：“现在这种文字已经失传了吗？”

“怎么可能啊？文字是非常宝贵的，大师们保存得好着呢，等有机缘你一定会看到的。”

不知不觉间，阿旺罗罗和他的保护神扎拉已经来到夏季牧场的边缘。远远望去，一座嶙峋巍峨的石山下，大片牧场正呈现出夏天旺盛的生命力，绿油油的牧草绵延到天边，各种野花点缀其间，吐露着淡淡的芬芳。白色的羊群犹如蓝天上投影下来的一团团白云，柔和地飘荡在青草之间，而黑色的牦牛群则像一群钢铁战士，守候着青草的家园。

这条名为“果第隆哇”的山谷是附近最好的牧场之一，扎拉每次跟随阿旺罗罗来到这里，都要兴奋地在阿吒罗罗的左肩上打个滚儿，然后立刻变身成一只黄羊幼崽，活泼可爱地朝阿旺罗罗眨动着无邪的眼睛。扎拉曾经告诉过阿旺罗罗，果第隆哇在若干年前是黄羊的乐园，因为很久很久以前，雄狮大王格萨尔在幼年时期，第一次降伏妖魔就是在这里，他降伏了黄羊魔，把它的皮制成帽子戴在头上，由于格萨尔的功劳，这里的黄羊越来越多，直到七八十年前还能看到它们成群结队的壮观景象，可惜现在人们的贪婪之心比妖魔有过之而无不及，黄羊们的命运可想而知。

此时此刻，扎拉又以一只黄羊幼崽的形象站立在阿旺罗罗的左肩上，他举目远望，看到一只油黑锃亮的大鸟正从石山顶上翱翔而去。“快上山吧，那只金雕觅食去了，说不定它在洞里留了一颗蛋呢。”扎拉忽地变回自己，匆匆忙忙地说。

“金雕蛋？”阿旺罗罗兴奋起来。他也看到了那只远去的金雕，它的翅膀在高空留下一道金色的弧线。

“你认为仁倩卓玛会喜欢吗？”

扎拉用指甲尖在那本重新出现的长条书上记录了一行新的文字：“阿旺罗罗将要送给邻居女儿的成人礼物是一颗神奇的金雕蛋。”

阿旺罗罗与爷爷差不多同时回到家，正赶上父母已经穿戴完毕，焦急地等待着他们。爷爷远远望见阿旺罗罗的父亲时，明显地喘开了粗气，但他并没有对这个女婿说什么，只是不理会他。父亲看上去满脸憔悴，双眼无神，勉强穿着整洁的衣裳，显然那是母亲刚刚给他换上的。母亲过来牵住阿旺罗罗的手，父亲牵着驮着礼物的马匹，一家四口沉默地朝邻居家走去。

仁增赤列家的帐篷就在绛秋昂杰家的另一面缓坡上，说是邻居，实际上还是有好多箭程的距离。这是东查仓草原相距最近的两户人家，他们的友谊也保持得很久，自从阿旺罗罗稍谙人事后，他就知道最近处的这家人在爷爷的爷爷辈时就是朋友。

刚踏上缓坡，远远就见三只牧狗呈包抄阵列风一般掠过来，但很快它们似乎从空气中嗅到一些信息，凶猛的外表变得善意起来，到了能够看清风中飘扬的毛发的距离时，牧狗们直竖着的颇具威慑力的尾巴开始低垂下来，并且摇动出一种迎接的仪式。

及至来到眼前，阿旺罗罗已经呼唤出它们的名字：“多干、佳玛、木智！”三只牧狗以高低错落的深沉吠声应答着问候，调头引着客人走回帐篷。仁增赤列家的帐篷前洋溢着节日的气氛，帐顶上挂着崭新的经幡，炊烟里弥漫着奶茶的浓香，帐前宽大的草地上已经铺上几条长型卡垫，卡垫前的矮桌上摆满了酥油、炒面、奶渣、糖果和饮料。一台DVD影碟机里播放着好听的民歌。

仁增赤列爷爷的儿子南卡华丹早早迎出帐篷，他是一条壮实的汉子，身后紧跟着他笑容可掬的妻子，他们乐呵呵地问候了绛秋昂杰爷爷，并和拉达巴桑夫妇互致问候。拉达巴桑从怀中抽出一条丝质哈达，献给主人家，并向他表示祝贺。南卡华丹也同样向老邻居绛秋昂杰献上一条哈达，表达作为主人的谢意。

阿旺罗罗向南卡华丹夫妇献上哈达后就急匆匆地问：“德格卓玛大婶，我现在能见仁倩卓玛吗？”

仁倩卓玛的母亲德格卓玛说：“现在不行啊小伙子，等一会儿仪式开始了你就能见她了。”

阿旺罗罗有些失望。这当儿，母亲达娃玉珍已经帮助丈夫从马上卸下礼物：一袋青稞、两包机制茶，还有一些糖果。她随主妇进入帐篷，说：“还有什么需要帮忙吗？”

德格卓玛说："就等你给孩子梳辫子呢。"

达娃玉珍说："我哪能呢，你该找一位有福气、运气好的主妇。"

"我看你最合适，美丽善良、性情温顺，这样才能招来福气呵。"德格卓玛快人快语，把达娃玉珍引进了旁边的帐篷。

阿旺罗罗跟着爷爷、父亲一同被引进主帐，看见已经有几位客人到了，大家互相问候过后就坐了下来，只见魂不守舍的父亲还没坐稳就跳起来出帐了。爷爷的怒气不便当场发泄，他狠狠剜了一眼父亲的背影，干咽了几口唾沫。坐在旁边的仁增赤列没发现有什么不对，他俯身同爷爷说起悄悄话来："老家伙，你听说过没有，最近有很多风言风语，说什么亚尔康魔国的魔王路赞正在寻找寄魂的宿主，准备还魂再来，好破坏格萨尔的英雄事迹，这明摆着最终是要灭了咱们东查仓啊，岭国的后裔们不能坐视不管啊……"

"只要神授艺人在，那他就休想得逞。"爷爷断然答道。

他俩说话声音越来越小，阿旺罗罗觉得无趣，便独自走出帐篷，绕到帐篷背后看不到人的地方，小声唤道："扎拉！扎拉！"

扎拉应声现身，蹲在阿旺罗罗的左肩上，大大地打了个哈欠，说："你今天不想让我安静一会儿吗？"

"我想知道，"阿旺罗罗望着他困意十足的蓝眼睛说，"别的朋友会送她什么样的礼物呢？"

扎拉说："我也想知道。"

突然一只大手拍了一下阿旺罗罗的肩膀，阿旺罗罗吓了一大跳，转身一看，是仁倩卓玛的哥哥伍金扎西，他说："阿旺罗罗，你在和谁说话？"

阿旺罗罗结结巴巴地说："没说什么，伍金扎西哥哥，你什么时候来的？"

伍金扎西在县上民族师范学校读书，他浓眉大眼、血气方刚，有一头卷曲的长发，是位帅气的小伙子，今年十七岁了。这个假期他一直忙于收购虫草，然后再卖到城里去，据说他赚了不少钱，但仁增赤列爷爷坚决反对孙子干这事，说这会破坏草场的生态环境，因此他的生意都是背着家人在做。伍金扎西拉着他走回帐篷前，说："我刚回来，让你看一样东西，见见世面。"

草场上立着一辆崭新的摩托车，在太阳的照耀下闪着生气勃勃的光芒。阿旺罗罗的眼睛亮了起来。他奔过去，抚摸着车身，爱不释手。伍金扎西黝黑的脸庞上透着得意，他说："花了不少钱呢，等一会儿仪式结束，让你骑骑。"

"真的吗？伍金扎西哥哥你要说话算数！"阿旺罗罗兴奋的眼睛从伍金扎西的脸上再次转回到摩托车上去。

就在他俩欣赏摩托车的时候，客人们都已陆陆续续到了。这次成年礼是方圆几十公里的东查仓部落的一件大事。部落里婚丧嫁娶、添丁成年等事，都是每个家庭与部落成员联络、交流感情的机会，因此人们也都会不辞辛劳远道而来参加聚会，这不仅表达着善意的友谊，也是部落绵延千年的和睦共处、荣辱与共的一次次见证。

阿旺罗罗从摩托车边恋恋不舍地离开，刚坐到母亲身边时，仪式就开始了。几十位客人已将长条卡垫坐满，伍金扎西提着茶壶，为大家依次添上奶茶，大叔大婶们开始品尝主妇准备的食物。客座上席上铺着一张白毡，德格卓玛大婶扶着盛装的女儿仁倩卓玛坐到了白毡上。仁倩卓玛头上披着一条头巾，她看不到客人们，但每位客人的眼睛都盯着她。阿旺罗罗远远地望着她，发现她的样子是拘谨的，她小心翼翼地侧身坐着。这时，她的父亲从帐篷里引来森格云丹活佛和两位弟子，三位僧侣坐在了白毡的上首。

阿旺罗罗悄声对母亲说："阿妈，贡嘎一西又长高了。"

母亲抹了一下眼睛，说："你弟弟侍奉佛法，是我们全家的福气。"

喇嘛两位弟子中的贡嘎一西是阿旺罗罗的弟弟，两年前由爷爷送到寺院，出家做了沙弥，那时他只有十岁。端坐着的贡嘎一西也正在往这边看着，当他找到家人时，英俊的眼睛里就露出了笑意。绛秋昂杰略略颔首，随即坐直了腰板，端起茶碗大声地喝了一口。在他看来，外孙做了德高望重的喇嘛的弟子，是他一生的荣耀。

大家立时静了下来，就连牧狗们的吠声也听不见了。喇嘛的金刚铃声一响，犹如微风掠过长天，大地一片清凉。老人们手上的念珠已经快速转动，喇嘛的诵经声开始抑扬顿挫地传来，他用世上最美好的语言，祝福面前这个女孩获得可贵的生命，并且平安度过婴孩与童年时期，身心健康地进入一生中最灿烂的成年阶段。

仁倩卓玛面朝喇嘛伏下身去。阿旺罗罗看不到她的表情，但从后面看到了她新梳的长辫子，一根根细密地结在一起，辫梢上拴着五彩丝线。她今年十三岁。草原上的女孩到这个年龄就算是成年了，要担负家庭的责任。实际上她早就开始帮助母亲做家务了，她不仅会拾牛粪、挤牛奶，还会炒青稞、制酸奶，在同阿旺罗罗一起放牧的时候，还能用扁草编出小马、小羊。她是个聪明能干的女孩。

喇嘛的祝福经诵完后，还送给仁倩卓玛一份礼物——一页白度母心咒，由贡嘎一西交给这次成年礼上的主人。喇嘛对仁倩卓玛说："愿你经常念诵白度母心咒，它能帮助你摆脱各种磨难，并且让你心地善良，人也美丽。"

仁倩卓玛双手接过白度母心咒，谢了喇嘛。她的父亲躬身迎请喇嘛离席，移座到帐篷里。贡嘎一西边走边朝母亲看着，达娃玉珍忍不住又抹起了眼睛，绛秋昂杰爷爷就开始瞪着她，阿旺罗罗说："阿妈，你看贡嘎一西穿着袈裟很漂亮。"

达娃玉珍说："是啊，是啊，他穿着袈裟最漂亮。"

绛秋昂杰满意地望了望远去的外孙，把捏好的一团糌粑送到阿旺罗罗的手上。

这时，几位妇女开始为仁倩卓玛戴上象征成年的首饰。其中有一颗鸟蛋大小的琥珀，黄灿灿，半透明，简直夺人心魄。仁倩卓玛的头巾取了下来，她的脸庞如一轮满月，清亮的一对眼睛俏皮地看了一眼人群就低垂下去，浓密的睫毛微微颤动，在眼睑下留下可爱的阴影，几粒雀斑在笔挺的鼻梁上淡淡点缀着，使她看上去更加天真纯朴。她正咬着好看的嘴唇，使劲憋着不笑出来。母亲从昨晚开始就反复训导，劝她在仪式上一定不要傻乎乎地笑出声来，否则就会成为部落的笑谈。母亲拿傻姑娘来威慑她，因为仁倩卓玛实在太爱笑了，一点点芝麻大的事情，她也会笑上好一阵子。

德格卓玛、达娃玉珍和别的几位中年女性把首饰结在仁倩卓玛的头发里。这时，仁倩卓玛的舅舅等亲戚带头为姑娘送上礼物，有做衣裳的锦缎，有头巾，还有布匹、粮食、茶叶、酥油。伍金扎西送给妹妹的是一只溜溜球，据说是城里孩子的最爱。球体的两面图片是芭比娃娃和奥特曼战士。仁倩卓玛端详了芭比娃娃的漂亮眼睛，发现那蓝色眼珠很是可爱，忍不住朝哥哥做了个鬼脸。

她今天穿着节日的盛装，胸前挂着一串祖传的珊瑚，那珊瑚晶莹剔透得犹如她红润的脸庞。她笑吟吟地望着阿旺罗罗。阿旺罗罗艰难地走向她。大家的礼物都送完了，该自己了。他看到伍金扎西好奇地等待着，也看到仁倩卓玛鼓励的眼神。他走向前，把礼物从怀中取出，塞到小姑娘手里。

“这是什么？”一眼就看到这份不寻常礼物的德格卓玛大婶大为惊奇。

南卡华丹大叔凑过来一看，沉吟道：“是一枚金雕蛋啊！”

站在一边的阿妈用责备的眼神看了看阿旺罗罗，阿旺罗罗手足无措地低下头去。爷爷过来抚着孙子的肩膀，与他站在一起，说：“金雕？是很吉祥的飞禽啊。”

“金雕蛋是圆的，祝愿仁倩卓玛一生圆满嘛，是不是阿旺罗罗？”仁增赤列爷爷笑呵呵地说。

阿旺罗罗抬眼看看仁倩卓玛，她纯真的眼睛里含着信任，她说：“这是今天我收到的最特别的礼物。”

阿旺罗罗心满意足地放松下来。是的，他在几天前就向仁倩卓玛保证过，一定要送她一件特别的礼物，只不过他也没有想到礼物会是金雕蛋，当时除了信心外一无所有。

此时仁增赤列爷爷大声问道：“我们的小姑娘现在要去珠姆泉了吧？”

妇女们立刻响应，大家簇拥着仁倩卓玛上马。一支马队浩浩荡荡地朝几个箭程外的珠姆泉奔去。

珠姆泉是镶嵌在辽阔的东查仓草原上的一颗明珠，传说中它是格萨尔大王的王妃、绝世美女森姜珠姆的寄魂泉。千余年前，森姜珠姆就是在这片草原上长大的，她父亲嘉洛王的红色宫殿在经年的更替中已变作一座红色山峰，屹立在泉边，守护着寄托女儿灵魂的一泓清泉。

泉水似一座小小的湖泊，清澈地映照着盛夏的草原美景。曾几何时，美丽的森姜珠姆在这里嬉戏沐浴，与玩伴们放牧牛羊，唱着母亲教会的歌谣，无忧无虑地成长。成为岭国王妃后，她的美貌却成为与霍尔国交战的起因。当她在泉边等待远征敌国的丈夫时，泉水照着她忧伤却仍然不失美丽的面庞，她开始仇恨起自己的容貌，对着泉水立下了誓言：愿以后女人的长相都不如我的脚后跟。可是，这只是她不愿战争发生的善良愿望而已，后人们却纷纷来到泉边，用珠姆泉的泉水洗脸沐浴，盼望着能获得像森姜珠姆王妃一样的美貌。东查仓草原的女孩们在成人礼上，更要郑重其事地用珠姆泉水精心打扮，这成了仪式的一部分。

德格卓玛大婶帮助仁倩卓玛下马时，已经有妇女奔到泉边，望着自己的倒影哈哈大笑了。人们七嘴八舌地议论彼此的长相容貌，戏言某某比森姜珠姆还要美丽十倍。男孩们也跟着来到泉边看热闹。阿旺罗罗在男孩堆中，远远看到德格卓玛大婶舀出第一勺泉水，仁倩卓玛纤细的双手掬起水，朝自己的脸上洒去，然后抬起头湿漉漉地做了个鬼脸。德格卓玛大婶连忙说："这会儿可不能这样，以后会变丑的。"

大家在期待中全都笑了，阿妈达娃玉珍说："东查仓草原从来都是出美女的地方，德格卓玛姐您不要不知足，仁倩卓玛已经够美啦。"

德格卓玛大婶说："只要她健康平安长大，我就知足了。"

另一位大婶舀起一勺泉水递给仁倩卓玛，说："您忘了森姜珠姆王妃不但漂亮，还很聪明呢，仁倩卓玛快洗洗头，你也会像森姜珠姆一样聪明的。"

仁倩卓玛边洗边说："谁不喜欢聪明啊！不过男孩们怎么不用这泉水洗头呢，他们不想聪明吗？"

站在后面的男孩们哄笑着，把身边的玩伴朝前推去，嘴里说着"你去洗""你去洗"地推来推去，不知怎的，阿旺罗罗被一下子推到前面，头朝下扑进了泉水里。

他的脸正好抵着泉水，冰凉的泉水突然沁满了眼睛，他屏气待了一会儿，耳畔的嘈杂声竟渐渐远去。一阵突如其来的清凉使他慢慢睁开眼睛，他看到泉水深沉无际，清幽得像深夜的天空，又仿佛一座迷宫，四周笼罩着神秘的气息，星星点点的光斑从泉水深处弥漫而来，刹那间照亮了泉底，光斑聚集起来，形成灿烂的光的旋涡，五彩斑斓地照射着阿旺罗罗的脸庞，他惊奇地睁大了眼睛。这时，从光的旋涡中心飘上来一位年轻女子，愈来愈近，直到阿旺罗罗能够清楚地看到她的全貌。她穿着华丽的藏装，头上戴着珠宝发饰，肤色白净，眉眼秀丽端庄，胸前挂着护身宝盒。只见她朝他招手，示意他朝自己近一些。

阿旺罗罗清晰地听到那女子说："过来，阿旺罗罗你过来。"

阿旺罗罗不由自主地靠近她。她向他伸出手，把一样东西放在他手心里。阿旺罗罗低头一看，是一枚小巧精致的白色海螺。

突然，阿旺罗罗远离了泉水，是同伴们又把他从泉水中拉了起来。伍金扎西替他揩去脸上的水珠，说："大家看阿旺罗罗是不是漂亮多了？"

"我觉得他比原先更黑了。"

"他可能会聪明吧？"

"那也是女人的聪明。"

"男子汉是不洗这个泉水的。"

男孩们的话惹得大人们一阵哄笑。阿旺罗罗若有所思地回头望了一眼梦幻般的泉水。泉水的冰凉尚在脸上，他清楚地记得那女子的脸庞，非常非常熟悉，又恍恍惚惚像梦一般缥缈，清幽幽地飘向了远方。

他觉得自己在泉水里待了一百年之久。

· 红铜角野牛事件 ·

傍晚时，全部落男女老少都要去格萨尔文化广场观看神授艺人说唱格萨尔史诗的表演。阿旺罗罗陪着爷爷往广场方向走去。

绛秋昂杰的左腿膝盖完全坏掉了。“很多年前。”每当阿旺罗罗问他的时候，他总是这样回答。从他的表情上看，他根本不愿意谈他的腿是怎么回事。他不愿意谈的事情还有很多，只要一说到“很多年前”，那你就甭再问了。

阿旺罗罗发现爷爷停下脚步不走，才见老人眯着眼睛向远方望了好一阵。阿旺罗罗问：“那是什么地方？”

“那是阿尼玛卿神山的方向。”爷爷像是自言自语，“我在你这么大的时候，几个伙伴相约着去朝拜过。”

阿旺罗罗接话道：“我也想去……”

爷爷说：“如今人都不全啦……”

阿旺罗罗问：“爷爷，您说的是谁啊？”

“那时我有个好朋友……如果你有机会见他的话，你应该叫他爷爷的……”

“那当然，仁倩卓玛的爷爷，我不是也叫他爷爷的吗？”

“那不太一样，”绛秋昂杰沉吟不决，“阿旺，那不太一样……”

“那他现在在哪儿呢，您说的那位爷爷？”

“很多年前……”爷爷叹道。

又是很多年前，唉，爷爷老了。

“很多年前，他就出门修行去啦，从此就没了联系，也不知他过得怎么样，身体是否健朗，问题是他有一个重要的任务，还无法预料结果如何……”爷爷若有所思，“一个人修行，是很苦的。”

阿旺罗罗被暖暖的夕阳照着，鼻子痒痒的，他心不在焉地问道：“既然很苦，为什么要一个人修行呢？”阿旺罗罗从泉边回来后，一直搓着双手，因为他发现那枚清清楚楚捏在手心里的白海螺实际上根本不存在，但奇怪的是手掌上竟然若隐若现地浮现着海螺的痕迹，摸上去也鼓凸着，好像长进肉里去了。关键是那位女子似乎非常面熟，好像总是在梦里反反复复地出现过。

爷爷又看一眼那个方向，眼神虚无缥缈起来，他喃喃道：“那不是他个人能够决定的，那是神灵的选择。”

就在阿旺罗罗眨巴着眼睛思索这个问题的时候，只见缓坡上仁倩卓玛飞奔而下，跑来扶住绛秋昂杰的另一边胳膊。

绛秋昂杰脸上的皱纹顿时舒展开了，他高声喊道：“老家伙，小时候怎么看不出你有这么好的福气。”

仁增赤列一大家子前前后后出现在缓坡上，两家很快走到了一起，形成一个朝前涌动的人群。仁增赤列走到绛秋昂杰身边，得意扬扬地环视一遍，儿孙绕膝的满足瞬间挂在脸上，他说：“你没看到的还多着呢，有些事只有人到老了的时候才能看到。”

仁增赤列的家人们加入绛秋昂杰的队伍后，速度慢了下来，基本以绛秋昂杰的步调为准。虽然队伍行进的速度慢了许多，但目的地还是很快到了。

阿旺罗罗伸头去看另一边的仁倩卓玛，在爷爷腰间因腰带盘根错节而挺起的肚子前，只见她小脸红扑扑的，因为奔跑而喘息不止，两人微微一笑，算是打招呼。仁倩卓玛拍拍自己的腰带，阿旺罗罗明白她的意思。他俩没说话，听着两个老人继续聊天。

“老家伙，你听说没有，东查仓古老的白塔竟然整个塌啦，真是个不祥的兆头。”绛秋昂杰突然降低八度的声音里充满了叹息。

仁增赤列也小声道：“谁说不是呢，这几年的变化真是奇怪极了，我们小时候修塔从来没见有塌掉的，这是几年来着？”

绛秋昂杰步履艰难地挪着左腿，他说：“三年了，刚开始重修是前年，你忘了？我们一起去装过塔藏的，你家青稞不够，我帮你拉了一麻袋的？”

“噢……对了，没错，”仁增赤列大咧咧地擤一把鼻涕，顺手甩出去，“别人干好事我不记得，我干的好事可是记得的。”

绛秋昂杰不接他的话，顾自说道：“可是当年一个塔角就破损了，去年修复后又破损一个塔角，今年刚刚修复完，就赶在这个联盟活动庆典上进行开光的，谁知昨晚竟然整个塌了，真是不可思议。”

“你说是不是有人存心破坏啊？”

“不可能，谁都知道修塔修福的道理，哪个活人都怕来世下地狱的啊，何况塔里还有秘密神剑……”

“不是活人，那就是死人干的。”

绛秋昂杰听闻此言，不再接话，气呼呼往前挪。仁增赤列往孙女身边挤挤，以便把他的亲热通过孙女传递过去。仁倩卓玛夹在两个老人中间，她已经习惯了他们的交谈方式，抬头插话道：“绛秋昂杰爷爷，既然不是死人干的，那还会是谁啊？”

绛秋昂杰尽量和颜悦色地回答她的提问：“宝贝，这个世上除了人类外，还有许多妖魔鬼怪。”

趁着仁倩卓玛愣神的工夫，仁增赤列赶忙说道：“不要吓唬我们家仙女，你倒是说说森格云丹活佛是不是为这事儿很费神啊？”

绛秋昂杰说：“我那老兄为这事儿烦恼得紧，人整个瘦了一圈，塔是能修好，可问题是今天就来不及开光了。”

仁增赤列虽然年纪比老朋友大几岁，但他步履轻快很多，他说：“十年不容易，我们都等了十年了，自从红铜角野牛事件发生以来……”

绛秋昂杰狠狠地瞪了一眼老家伙，仁增赤列马上意识到什么，噢噢了两声，立刻说：“孩子们，你俩比赛一下，让我看看谁跑得快。”

但是阿旺罗罗已经清楚地听到了那句话，他朝仁倩卓玛看了一眼，两人乖乖地跑到前面去了，依稀还能听到两位老人的嘀咕声。朝前跑了一阵，阿旺罗罗就问道：“你听说过什么是红铜角野牛事件吗？”

仁倩卓玛认真地跑着，她说：“听说过一些，他们经常会提到这个，但是不让人说。”

她突然停下脚步：“想起来了，说是尤其不能让你知道。”

阿旺罗罗惊讶地问道：“不让我知道什么？”

“我也不知道。”

阿旺罗罗狐疑地回头看看，只见两位老人激烈地争执着什么，根本没有注意他俩是否在赛跑。

当阿旺罗罗和大家一起来到格萨尔文化广场时，偌大的广场已经人山人海、人声鼎沸，人们的脸上挂着兴奋的表情，那久久期盼的愿望就要实现了。

阿旺罗罗与仁倩卓玛左右穿梭，很快钻过环绕的人群，来到观众的里圈。石头砌成的平整广场中央的一侧，早早备着一张高高垫起的卡垫，那是班玛门吉多杰林的寺主森格云丹活佛的专座，座位后撑立着橘红色的硕大法伞。活佛还没有进场，说明演出还没有开始。

广场中央立着两支立式麦克风，环绕的一圈卡垫是留给部落的老者们落座的，现在已经挤得满满当当。绛秋昂杰和仁增赤列也已经坐在老者们中间，整理着衣衫和专为这次盛会准备的宽檐礼帽。他俩的宽檐礼帽在人群中非常显眼，是前不久特意到镇上买的。赭红色的羊毛呢，一圈窄窄的同色牛皮当帽绳，侧面斜插着一支孔雀翎，在阳光下散发着蓝绿色的光芒。他俩还为神授艺人准备了礼物：一顶同款礼帽和一副墨镜。老人们无一例外地手持念珠，一边互相打着招呼，一边还抓紧念诵着自己的功课。

神授艺人还未到来，但已经掀起了阵阵热潮，人们期盼听到格萨尔史诗的热忱情绪越来越高涨。阿旺罗罗曾经问爷爷，为何这位艺人消失如此之久，爷爷都闪烁其词，还责怪他问题多。但在围绕着的人群中，阿旺罗罗听到急切等待着的人们低语着："十年了，十年了……"阿旺罗罗慢慢地注意到，"十年"，这个词出现的频率很高，就是说，此刻他们等待着的这位著名艺人，已经十年没有说唱了。

正在这时，阿旺罗罗觉着旁边的仁倩卓玛一直在扯他的袖子，他回头一看，仁倩卓玛在朝他使眼色，他便跟着小姑娘从人群中挤出来。她低声说："我们去迎接巴仲爷爷。"

每次听到"巴仲"这个神圣的字眼，阿旺罗罗的眼神就会一下子灵动起来。他知道这个称呼是格萨尔神授艺人所专有，千百年来，人们用"巴仲"这个名字命名被神灵赐予格萨尔故事的人，他们天生与格萨尔有缘。

他跟着她跑起来。向前……向高处……风从他的耳旁吹过，心越跳越欢。

两人刚跑下山坡，就看到大家围着艺人往回走，一条又一条的哈达挂在他的脖子上，只见艺人的宽檐礼帽压得很低，鼻梁上架着一副黑墨镜，几乎看不到他的脸庞。

阿旺罗罗及至跑到跟前，不知怎的一下子跪倒在地，人们哄笑起来，神授艺人弯腰扶着他的胳膊让他起来，阿旺罗罗抬眼一看，老人笑眯眯的面庞正对着他，他顿时紧张得说不出话来。

老艺人说：“孩子，我们又见面了。”

阿旺罗罗连忙双手合十行了礼，努力回想自己是否见过这位老人。

老艺人拉住他的手，在他手上摸索了许久，停留在有着白海螺凸痕的手掌上：“看来，你已见过森姜珠姆王妃了。”

“她就是森姜珠姆？”阿旺罗罗惊讶地张大了嘴巴。

“好兆头啊，孩子。”老艺人叹息着，“我们都老了，总该有年轻人继续这个事业的。说说看，森姜珠姆王妃是什么样子？”

阿旺罗罗回忆着珠姆泉边发生的事情，那种清凉的感觉重新弥漫在他的身旁，泉水中形成的光的旋涡又在眼前浮现，那女子缥缈而来，手里拿着一枚白色的海螺……

“我只记得她很美。”

老艺人笑道：“你的表达也太乏味啦，她的美不是这一个词就能表达的，我告诉你格萨尔故事里是这样形容她的：珠姆面如莲花，口似樱桃，眼赛白螺闪光，头发像乌丝发亮，嘴唇像朱砂点穴，身影像修竹亭亭玉立；她前进一步价值百匹骏马，后退一步价值万头肥羊；冬天她比太阳暖，夏天她比柳荫凉；遍体芳香赛花朵，蜜蜂成群绕身旁。”

老艺人滔滔不绝的描绘让阿旺罗罗激动起来，他抱住老艺人的胳膊肘儿，轻声复述了一遍刚才的唱词，老艺人赞许道："你是个聪慧的孩子，记着格萨尔还有很多壮丽的事业，你的描述一定要丰富、要到位才成。"

阿旺罗罗使劲点点头。

神授艺人在大家的簇拥下来到格萨尔文化广场，取下围成小山的哈达。此时，森格云丹活佛已经到场，他和艺人互相敬献了哈达，大家竞相上前，再次用哈达礼仪将艺人堆起来。阿旺罗罗注意到爷爷和仁增赤列爷爷与艺人行的是贴面礼，看来他们是老相识了。

姻亲联盟活动在人们的期盼中正式拉开了帷幕，躁动了一天的草原静了下来。淹没在人群中的阿旺罗罗几乎听得见自己咚咚的心跳声。他远远看去，艺人正在做演唱前的祈祷。这位格萨尔的使者摘下礼帽，他有着一个宽阔而皱纹满布的额头，风吹日晒的脸庞上刻满了岁月的痕迹，仿佛一条条江河穿流的沟壑，想必墨镜后的那双眼睛也异常坚定执着，日月星辰也肯定曾在那里闪耀过……他薄薄的双唇开始念念有词，合十的双手朝向远方深深拜伏下去，他祈祷完毕后，就将一顶艺人帽戴在花白的头发上。

阿旺罗罗目不转睛地盯着那顶帽子。他知道称作"仲夏"的艺人帽有着神奇的传说，并非人人都能顶戴，只有神授的艺人才有资格。这顶仲夏神帽由金银两色织锦制成，呈四角形，高耸而硕大，两边竖着兽形耳朵，帽子正面饰有一枚小巧玲珑的铜镜，左右镶着金属的弓箭，帽檐上有七粒贝壳"一"字排开，一簇孔雀翎在帽顶上随风摇曳，那蓝绿色的羽毛正散发着神秘的光芒。

只见艺人端出一面圆光镜，对着镜子开始了抑扬顿挫的说唱……此时此刻，人们与他心灵相通，那个久远的英雄时代刹那间近在眼前，人们感受着从他嘴里汩汩而出的格萨尔传奇中最初的篇章《天岭卜筮》。

“鲁阿拉拉毛阿拉，鲁塔拉拉毛塔拉……”他的声音那么清亮，在说唱体中尽情描述着雄狮大王格萨尔的前生故事。阿旺罗罗一下子从他的声音里感觉到那久违的激情！是呵，格萨尔的传说，是草原上每个少年心向往之的世界，阿旺罗罗的心跟随着艺人的声音而热血沸腾。

很久很久以前，天国中住着大梵天王，他同王妃绷迥杰姆生育了三个王子，小王子顿珠英俊潇洒、天资聪颖，与父母和哥哥们无忧无虑地生活在美妙的天界。可是下界人间却正处在黑暗时期，妖魔鬼怪四处横行，欺侮压迫着善良无辜的百姓。大慈大悲的观世音看到人间生灵涂炭、苦难重重，心生不忍，就向极乐世界的主宰阿弥陀佛恳请，阿弥陀佛预言大梵天王的一位王子将投生人间，他将是人间的菩萨，只有他能教化众生，使藏族地区脱离恶道，人们从此享受太平安乐的生活。神子顿珠肩负重任，在莲花生大师的精心安排下，选择了父系为念神后裔、母系为龙神后裔的父母：岭国三王子森伦与王妃郭萨拉姆。他降生人世后，开始了命运多舛却豪气冲天的英雄生涯，人称雄狮大王格萨尔。

阿旺罗罗深深地被一波三折的故事所吸引，他在心中默默重复着刚刚被艺人唱诵的歌词：

陌生的孩子你从哪里来？
来到这里做什么？
牛尾洲是万恶的苦海，
罗刹的食欲比火还热，
女罗刹的魔手比水还长，
找肉吃的罗刹比风还快。
古老的谚语说得好：
没有难以忍受的痛苦，
无须把生命溺在水中；
没有遭受极大的冤屈，
不必把财富送进官府。
你这乳臭未干的孩子，
来到这里究竟有何事？
你是什么地方的人？
你的父母又是谁？

阿旺罗罗暗暗有些吃惊，他重复起这些歌词来可以说是得心应手，仿佛他的心中本来就有，只是艺人帮助他唤醒了这些深埋的记忆而已。他翕动着嘴巴，无声地复述着艺人的唱词。那一句句看似简单实际上很深奥的句子他并不能全部了解，但却像流水一样流畅地从心底里倾泻而出。

“阿旺罗罗，阿旺罗罗！”坐在旁边的仁倩卓玛用胳膊肘儿撞撞他。阿旺罗罗回头看，见她满眼泪花，想必是被艺人的说唱所触动。在艺人描述的画面中，一股妖风刮到雪域之邦，顿时刀兵四起、烽烟弥漫，晴朗的天空变得阴暗，嫩绿的草原变得枯黄，善良的人们变得邪恶，这一切悲惨的景象，让她不由得淌下了眼泪。

“你刚才在嘀咕什么呀？”仁倩卓玛瞪着他，“你不好好听，以后这种机会很少的。”

“以后我唱给你听！”阿旺罗罗的话冲口而出，把自己也吓了一跳。

仁倩卓玛认真地想了一下，说：“你得说话算数。”

阿旺罗罗懊悔得要命，恨不能找个地缝钻进去。这时他的保护神扎拉使劲地掐着他的肩膀，他忍着痛，匆忙从人群中撤了出来。

一到没有人的地方，他就大喊道：“扎拉，你个儿这么小，劲儿怎么那么大，掐得我好痛！什么事啊？”

扎拉一脸严肃：“这种事儿你也能乱说？这话还没到要说的时候。”

阿旺罗罗很不情愿听到他的责备：“又不是故意的，那么什么时候才能说？”

扎拉从空中扯出那本长条书来，沾一下唾沫，准备查阅。阿旺罗罗不耐烦地说：“不要查啦，我只是随便说说，我哪儿会唱格萨尔啊，以后我给仁倩卓玛背一段不就行了。”

扎拉说：“男子汉大丈夫一诺千金，要说话算数。”

他眨了眨那双蓝色的大眼睛，望着远方：“你会唱出来的。唉，美好的时代什么时候能到来呢？”

“你说什么？”阿旺罗罗警觉地问。

“没什么，”扎拉连忙说，“和你一样，我也是随便说说。”

阿旺罗罗很想问问保护神，自己想跟着艺人学唱格萨尔的事情，可是话到嘴边，又觉得无法形容，就问道：“扎拉，听说艺人都是神授的，有没有后来跟着老师学唱的艺人啊？”

扎拉的目光从夜空中收回，看着阿旺罗罗，等了好一会儿，似乎在斟酌研究自己的措辞：“你听过青蛙的传说吗？”

阿旺罗罗莫名其妙道：“青蛙和艺人有什么关系？”

“你听我讲嘛，”扎拉挪挪屁股，在阿旺罗罗的肩膀上坐稳，他洁净的哈达衣裳在微微飘动，他说，“当年雄狮大王格萨尔的次妃梅萨绷姬被亚尔康魔国的黑魔王路赞抢走，格萨尔为了降伏路赞，救回梅萨绷姬，开始了称王后的第一次征程，可是就在快到魔国的路上，他的宝马不小心踩死了一只青蛙，格萨尔感到非常痛心，他本来就有一副慈悲心肠，无缘无故地杀生对他来说是有罪过的，所以他立刻跳下马来，双手捧起青蛙，虔诚地为它祈祷度亡，并请求天神保佑，让青蛙来世能投生人间，成为故事人，专门讲述格萨尔怎样降妖伏魔、如何造福百姓的英雄业绩，让这辉煌的英雄业绩传遍天下，为所有藏族人耳闻。他还说愿他的故事像杂色马的毛一样。果然，那只青蛙后来脱胎换骨来到人世，转生为一名故事人，讲啊，讲啊，一直到今天，你们听到的格萨尔故事人都是他的转世或者化身。”

阿旺罗罗惊奇地思索着：“那么青蛙的转世就是第一位艺人喽？”

“那当然，这还有假？”扎拉说。

阿旺罗罗又问：“格萨尔大王说的杂色马是什么意思？”

“他说的是马身上毛多，难以用数字表达，意思是格萨尔的故事像马毛一样多，一个人一辈子说也说不完。”

阿旺罗罗感叹道：“那么多啊，青蛙艺人真了不起！”

“那都是格萨尔大王祈祷的结果。”扎拉拍拍手，打了个长长的呵欠。

阿旺罗罗仔细想了一番：“你的意思就是说，艺人都是神授的？”

“是格萨尔选择你，不是你选择格萨尔，就这么简单。”

“那么一个人没有被选择，可他特别特别喜欢格萨尔，格萨尔会不会传授呢？”阿旺罗罗心有不甘。

扎拉蓝色的大眼睛定定地看着阿旺罗罗，眼前这个十三岁少年的目光中充满了真诚和渴望，如同一簇蓬勃的火焰，正在放射着热烈的光芒。扎拉说：“孩子，你要相信自己的感觉，格萨尔不会无缘无故地选择某个人，他选择的那个人必定热爱格萨尔，但这还不算，他还要经过一系列的严格考验，等到时机成熟，格萨尔就会把这个伟大的事业托付给他。”

阿旺罗罗神往地望着深幽的远方，心里想：如果我是那个被选中的人那该多好啊！扎拉似乎看到了他的内心，用一只大手抚平他乱蓬蓬的头发。阿旺罗罗又问：“他会考验什么呢？”

扎拉说：“这是天机啊，不可以随便乱说的，只要这个被选择的人坚信自己的信念，就能经受住种种考验，格萨尔不会选错人的。”

“什么时候算是时机成熟？”

扎拉见阿旺罗罗着急的样子，笑了起来，但旋即消失了。阿旺罗罗知道是有人来了，转身一看，是仁倩卓玛嗔怪地站在身后，她说：“这么难得的机会，你也不好好听，忙什么哪！”

她嘴上埋怨着，手却从怀里掏出好多块阿妈做的甜食“辛”，放进阿旺罗罗的怀里，然后还拍拍腰部。阿旺罗罗知道，那枚金雕蛋正静静地被她的体温温暖着。

阿旺罗罗收好“辛”，调头准备随仁倩卓玛返回人群中。这时他看到，在艺人忽而高亢激越、忽而低回婉转的说唱声中，一轮若有若无的光环渐渐从艺人头顶上扩张开来，渐渐升起，渐渐扩大，像一个透明的保护罩，渐渐把人群罩起来，越拱越高，逐渐向广场四周扩散开去。阿旺罗罗感觉仿佛身在一个巨大的气泡里面，一种特殊的香气渐渐弥漫开来。他使劲张开鼻孔呼吸，试图辨别出到底是什么香味，但一会儿能嗅到，一会儿又嗅不到了。他碰碰仁倩卓玛的胳膊，用眼睛示意光环，再用鼻子示意香味，仁倩卓玛虽然领会他的意思，抬头看了，也张开鼻孔吸了，但从她迷茫的眼神里显然可以看出她并没有看到光环，没有吸到香味。

就在他准备张口说明的时候，人群突然躁动起来，他惊愕地看到一头巨大的野牦牛从天而降，突然出现在广场东面的山坡上，还没等大家反应过来，它已经低着头直奔广场而来。它高耸的脊椎仿佛一座大山，红铜色的双角在夕阳中闪着金属的光芒，像两柄粗壮的利剑举在空中，阿旺罗罗随即看到那轮光环在牛角锋利的切割中烟消云散。

此刻，太阳忽然失去光辉，一声惊雷从天空炸响，万里晴空刹那间乌云密布，只见野牦牛裹挟着一股黑风滚滚卷来，鼻孔里冒着毒气，嘴巴里喷着火焰，闪电似的红舌拖在地上，震天裂地的凶猛吼声已经传至心扉，刚刚吸到袭人馨香的鼻孔里全是呛人的毒雾，粉红色和烟灰色的雾气弥漫在半空中。

惊慌失措的人群中惊呼声一片，已经有些妇女和孩子踉跄着纷纷倒地，慌乱的狗吠声此起彼伏。阴森可怖的野牦牛直奔广场而来，人们躲避不及，接二连三被撞倒，但那野牦牛似乎目标很明确，低吼着冲着广场中心奔去。阿旺罗罗定神看到，爷爷和仁增赤列以及森格云丹活佛已经围住艺人嘎玛威色，似是要保护艺人。阿旺罗罗甩脱仁倩卓玛的胳膊，喊道："你快跑！"自己立刻跑向爷爷，他要和爷爷在一起。

阿旺罗罗和四散奔逃的人群逆向而行，几乎与野牦牛同时到达广场中心，他看到手无寸铁的几位老人眼里却是无畏的光芒，三人形成鼎足之势，团团围住嘎玛威色，老艺人则双手紧护着前胸的圆光镜，好像还在禅定的状态。但野牦牛已经全力奔袭到老艺人面前，那双红铜色的犄角三下两下就挑烂了仲夏艺人帽，紧接着挑起圆光镜但没挑稳，圆光镜正在犄角尖上晃悠。眼看他们就要受伤，阿旺罗罗不顾一切冲了过去，嘎玛威色一把夺过圆光镜塞到他怀里："快去阿尼玛卿找闸宝大师！"爷爷也大喊道："阿旺快跑！"此时野牦牛也注意到阿旺罗罗，它瞪着一对凸出眼眶的血红大眼，朝他奋力一扑。阿旺罗罗已经能感觉到一股臭气熏天的气流从对方身上涌动而来，但他胸前的护身符突然将他一推，他抱住圆光镜，转身跑向远方……

第二章　次巩卡I：神箭之路

·傍晚的白唇鹿·

男孩行走在沉默中。圆光镜沉甸甸地躺在怀里，护身符已经不在胸前，脖颈的系绳处还有些隐隐的痛意。薄暮里，翻越一面缓坡，眼前又出现一面缓坡，不知过了几道山口，刚攀上一面山坡，迎面遇上一群鹿，大约有七只，大小不一，领头的鹿个头高大，其他几只母鹿和幼鹿迅速走到它的身后，幼鹿屁股上的黄色斑块若隐若现着。这是一群白唇鹿，全身金褐色，只有唇部呈现出柔和的白色。头鹿的两支犄角阔大而高峻，阿旺罗罗粗略估计一下，分叉多达七个，带着毛茸茸的光环。头鹿俯视着眼前突然出现的男孩，机警地与阿旺罗罗对望着。阿旺罗罗似乎看到了它赭色的眸子，那里闪动着一丝光，仿佛要倾诉什么。头鹿的蹄子轻轻地敲打了几下地面，然后引着鹿群轻快地转身离去，伴随着它们骨关节发出的咔嚓咔嚓的脆响，很快不见了踪影。

也不知爷爷他们怎么样了，阿旺罗罗感觉身后的世界仿佛轰塌了一样，他不时回头望望，又加紧了脚步，看来只有赶紧到阿尼玛卿找到闻宝大师，才能妥善解决发生的一切。怀揣着圆光镜，就像揣起了一个使命，他心里明白，只有不停地向前、向前……

此刻，黑暗已经降临，繁星下远方的雪山呈现出清晰而神秘的轮廓，坡下的河水哗啦啦地流淌着，冷冷的夜风裹挟着寒意扑面而来，令人浑身战栗。仁倩卓玛塞进他怀里的“辛”早已吃完，阿旺罗罗不由得收紧了身子，隐约看到河水边有一顶游牧人的小帐篷，便向帐篷走去。

小帐篷孤零零地坐落在岸边的乱石上。没有炊烟，没有獒犬的叫声，静寂如无人。阿旺罗罗迟疑着掀起帐帘，里面黑洞洞的看不真切。

“有人吗？请问有人吗……好像没人吧……”

“谁说没人啊？我还没死呢。”一个苍老的声音从里面的角落里响起。

阿旺罗罗吓了一跳，缓过神来赶紧解释道：“老人家，请问这里是什么地方？我迷路了……”

里面一团黑影蠕动了一下，随着眼睛渐渐适应了黑暗，阿旺罗罗看清那是一位满头灰白乱发的老奶奶，她蜷缩在一堆看不出颜色的皮袄里，嗓音沙哑无力地说：“这里是桑巩卡，当年格萨尔大王带着岭国大将们要去阿尼玛卿祭祀山神，可是有三座大山挡住了去路，格萨尔射出神箭，劈开三座山，开出一条道路，这三座山的垭口就是桑巩卡、格巩卡和次巩卡，你继续往前走，到了次巩卡，就算到了阿尼玛卿的地界，就能看到格萨尔的煨桑台啦。”

“老奶奶，能给碗茶喝吗……”

“我也没茶喝啊，长着小鸟眼睛的年轻人，我都快死啦。”

阿旺罗罗已经顾不上不快，满心的怜悯促使他走到近前："奶奶，我能帮您什么吗？"

"唉，你还太小，"老奶奶翻起眼皮，浑浊的目光看了看他，"帮不上我的。"

阿旺罗罗顾不上脚上起泡的疼痛，连忙扶着老人坐起来："您说说看，我会尽力的。"

老奶奶好沉啊，阿旺罗罗费了好大劲才搬得动她。坐直了身子的老人家不知从哪儿摸出一个小巧的转经筒，咿咿呀呀地转了起来。她慢条斯理地说："按说你也可以做到，只怕你没这个心帮我。"

阿旺罗罗真诚地望着她，尽量不去嗅那直冲鼻孔的气味，她可能有一百年没换衣服了吧。

"您说说看，我能做到的一定帮您。"

"这么说你是答应啦？"老奶奶立刻来了精气神儿似的，眼睛里放出一道光，"看着你就是好孩子。"

"你看到我病的样子了吧？年纪大了，身体不行了，又没人照顾我，死到临头啦，除非你能帮我取到一样东西，我的病就马上好啦。"老奶奶闪一下眼神，接着眼睛眯缝起来，漫不经心地说道，"我说的是一种动物身上的东西，唉，可能你也没办法，算了吧，我估摸着天亮的时候我就断气啦。"

阿旺罗罗急道："那怎么行，不能等到天亮，我这就去找。"

"好孩子，你虽然年纪小，但已经是男子汉了。"老奶奶说。她一只手紧紧抓住阿旺罗罗的胳膊，另一只手的拇指与食指比画出一段很小的距离："我需要一截鹿茸，我说的是这么一小截。"

"鹿……的鹿茸？"阿旺罗罗被她的手抓得好痛，本能地想挣脱她，可是发觉根本行不通，"我不杀生！"

老奶奶忽地又放了手，说："不是让你杀生，你可以和它商量，它会答应的，我保证，何况我还有回报，我送你这个。"

她的手上多出来一样东西，阿旺罗罗仔细一看，骨节枯槁的手上躺着一枚红艳艳的石头吊坠。

阿旺罗罗说："我不要回报，问题是怎么和它商量？"

"就像和我商量一样啊，白唇鹿是非常聪明的动物，比有些人聪明多了，它一定能听懂你的话。"

阿旺罗罗只好接过那枚石头。那枚石头沉沉的，小鸟蛋那么大，闪烁着深红色的光芒，昏暗的破帐篷顿时红彤彤地亮堂起来。他说："我上哪儿去找鹿啊……"

老奶奶嘶哑的声音里开始有了笑意："你不是刚刚遇到一群鹿了吗？我说的就是那头雄鹿。"

阿旺罗罗艰难地站起来，不知该怎样完成这个任务，他看一眼病入膏肓的老人，实在不忍心她就这么死去，决定出去试试。他刚要起身，却被老奶奶压住胳膊："让你的保护神在我这儿待着，等你回来。"

"什么……什么保护神……"

扎拉却已从左肩飘出来，向着老奶奶双手合十行了礼。

阿旺罗罗嗔怪地看着他，自己可从来没有在外人面前让他显形过。可扎拉低眉顺眼的样子，完全不在意他的感受。

“这就对了，”老奶奶一把将扎拉拉到她身边坐下，继而用严厉的声音嘱咐道，“还有，你拿到鹿茸后得到河里，那里有一眼泉水，用泉水泡着拿回来，记住，别用河水糊弄我。”

阿旺罗罗听明白了，点头答应了她。老奶奶把一支牛角壶递到他手上，朝他连连摆手：“快去快去！”

阿旺罗罗出了帐篷，茫然地看看四周，星空下万籁俱寂。他粗略地判断一下方向，便朝记忆中鹿群离开的方向走去。寒冷的夜风袭来，很快冻僵了他的双颊，幸好有呼出的热气温暖着冻僵的鼻尖。粗粝的石头硌着他的脚，尽管他穿着爷爷亲手缝制的牛皮靴，但尖锐的触感还是不断传到双脚。他紧握那枚红色石头，坚持走向几个时辰前走过的缓坡。

坡下是一条黑黝黝的山沟，两边是陡峭的岩石山壁，岩石间的零星树木在夜风中摆动着黑沉沉的轮廓。远方隐隐约约回响着野狼的长嗥，昏暗的天光忽隐忽现，一轮薄薄的月亮悬在空中，岩石山崖下传来河水的哗哗水流声，显得山沟更空旷而寂寥。

阿旺罗罗的喉头一阵阵发紧。说实在的，他长这么大，放牧归圈时迷路也发生过几次，但都没有现在这么紧张，好像要有什么事发生。山沟尽头曲折而漫长，阿旺罗罗又饿又冷，他紧紧衣裳，挂在腰带上的牛角壶啪嗒啪嗒地拍打着他的大腿。

正在阿旺罗罗颦眉思索的时候，忽然听到一阵马蹄声由远而近，从那声响可以听出，那是一匹身姿矫健、快步如飞的好马。阿旺罗罗出于本能，连忙躲到一块岩石后面。很快，那马蹄声就在不远处响起，他发现一匹高头大马上载着一位武士模样的人，听得噗的一声，那匹马踩到了一个什么东西。只见武士跳下马来，捧起那个被马匹踩着的东西，说："江噶佩布啊，我的宝马，你怎么踩了青蛙？"那匹被称作江噶佩布的马儿竟然开口说起了人话："是我不小心，拜托大王赶快给它念念超生经，让它早日转世。"

那位武士说："可怜这只青蛙，我们无缘无故杀生是有罪的，为了忏悔，我就为它祈祷，让它脱离动物界，来生变成人类吧。"说着，他就念念有词，向上天祈祷起来。

阿旺罗罗在岩石后躲藏着，但却看得一清二楚。这不是常常梦见的格萨尔大王吗？他的脑海里闪现出格萨尔史诗中描绘的故事，这位武士就是威名远扬的雄狮大王格萨尔，而那匹能说话的宝马就是与他一起从天界下凡的天马江噶佩布，他们正走在赶往魔国的路上，要去拯救格萨尔的次妃梅萨绷姬。那么，青蛙的传说就是这么开始的……

阿旺罗罗蓦地发现武士捧着青蛙朝自己的方向走来，紧张得不知所措。格萨尔大王来到阿旺罗罗面前，用手一拨，那块岩石竟然移动到一边去了。阿旺罗罗站在那里，直愣愣地望着他。曾经深深留在记忆深处的一些片段缓缓地回流到了脑海，不错，在《魔岭大战》篇中，青春焕发的格萨尔正是这样的模样：长着白螺牙齿紫面皮，穿着岭地金甲衣，骑着火红千里驹……

格萨尔大王来到阿旺罗罗面前，什么也没说，就把青蛙朝他手里一推。阿旺罗罗来不及思索，不由自主地接了过来。啊呀呀，那份凉滋滋的感觉真令人害怕，青蛙黏滑湿润的皮肤挨着阿旺罗罗的手，让他心里毛瘆瘆的。他低头一看，青蛙四脚朝天地躺在他的手掌里，那张怪模怪样的脸庞上似乎挂着一个可疑的微笑，阿旺罗罗简直不敢相信，低头定睛再看，那只青蛙忽而飞来一脚，直接踢在阿旺罗罗的额头上！

阿旺罗罗唉哟一声，扔掉青蛙，格萨尔大王却疾速地接到手上，他笑呵呵地说："孩子，青蛙的触感或许让你感到不自在，但也是一条生命，我们人类不应以自己的好恶来定标准，所有的生命都是平等的，应该珍惜，况且你与它还有缘分呢。"

阿旺罗罗摸着额头，隐约觉得青蛙的脚印留在了上面。格萨尔大王撩开阿旺罗罗的头发，查看了一番，说："很好！很好！"

阿旺罗罗这才想到要行礼，面前站着的就是魂牵梦萦的格萨尔大王呀！他双手合十，紧张得感觉心脏快要蹦出胸膛，同时又害羞得要命，全身冒出大汗来，一时竟不知说什么好。

格萨尔大王和蔼地看着他："赶夜路的人一定使命在肩，你这是要到哪里去？"

"我要到阿尼玛卿……"阿旺罗罗想起爷爷和嘎玛威色

老艺人，千言万语如鲠在喉，两眼竟冒出泪花来。

“我的寄魂山呀，东查仓的后裔历来守护得很好。”格萨尔大王微笑着，“青蛙脚印并非都能印到每个人的额头上，看来你得继续你的使命了。”

阿旺罗罗使劲点头，把泪水咽回去，心想我也是东查仓的儿子，不能流泪丢脸。他望着对方那张英气逼人的脸膛儿，不敢深看那双射出光芒的眼睛。他说：“我愿意完成使命。”

虽然他目前还不能完全明了那使命究竟是什么，但在英雄面前，他心中陡然升起一种自豪感。是啊，梦寐以求的格萨尔，竟然就和自己面对面地站着，他能感觉到英雄的呼吸声，甚至能嗅到英雄的气息，这让他无比自豪。率真的性情促使他庄严地朝英雄重重地点了点头，表示已经承接了这个光荣的任务。

“很好，我们藏人最看重诺言，尤其男子汉大丈夫，对说过的话要负责任，快去找闸宝大师吧。”格萨尔说完，骑上宝马飞一样离开了。

阿旺罗罗追着他的背影道了别：“再见，雄狮大王！”

格萨尔的声音从远方飘来：“祝你好运，小伙子。”

阿旺罗罗失魂落魄地追了几步，忽而一阵咔嚓咔嚓的声音从身后传来，那么近，那么清晰，阿旺罗罗惊吓得转过身来……

那头雄鹿是突然出现的，令阿旺罗罗猝不及防。雄鹿站在阿旺罗罗面前，很近，个头比他还高，那双犄角更是高不可及，散发着一种威严的气息。阿旺罗罗这才从梦境般的奇遇中回过神来，他攥紧那枚红色石头，都快要攥出血来了，还是不知道该怎么办。

雄鹿是单独出现的，它的身后没有鹿群。它盯着阿旺罗罗看了一会儿，身后是又大又圆的月亮。阿旺罗罗结结巴巴地说："是老奶奶生病来着……病得很严重……只有你的鹿角才能救她……你也愿意救她，是吧？"

阿旺罗罗把手掌打开，那枚红色石头吊坠摊在手心中，黑色牛皮绳在夜风中飘动。他接着也像老奶奶一样，比画着手指说："我用老奶奶的这个换你的鹿角，不知你肯不肯换？她只需要这么一小截……"

雄鹿似乎在看着那枚石头，轻捷地挪动了一下脚步，然后就把头低了下来。阿旺罗罗迅速把吊坠挂到雄鹿的脖子上，牛皮绳在犄角上牵牵绊绊的，好不容易挂到雄鹿的脖子上，一支很短的鹿角杈竟然被挂断了，不偏不倚地落在了阿旺罗罗的手里。

雄鹿转身离去，它的四肢骨节发出咔嚓咔嚓的声响，不一会儿就消失在黑夜里了。阿旺罗罗欣喜地捧着鹿角杈，感觉那支鹿角杈在引导着他朝河滩跑去，很快找到老奶奶说的泉水的位置，他一头扎下水去，好凉啊，冰凉的泉水迅速淹没了他，他将鹿角杈放进牛角壶，然后咕咚咕咚灌满泉水。

除了浑身湿透，一切都很顺利，可是阿旺罗罗还没来得及高兴，就发现返程时迷失了方向。一离开河滩，高悬着的月亮就消失在云层里，周围黑漆漆一片，他握着牛角壶，前后左右判断了半天，估摸着朝前走去。

离开河滩不久，远远看到一丛火光隐隐约约闪现着，阿旺罗罗赶紧过去，发现是一丛篝火，旁边是熟睡着的扎拉，篝火映红了他的脸庞。阿旺罗罗推醒他："你怎么在这儿？老奶奶呢？帐篷呢？"

一大堆疑问在阿旺罗罗脑海盘旋，然而扎拉一问三不知。"不知道啊……我不知怎么就睡着了……"他迷迷糊糊地说。

篝火上架着一大壶正冒着热气的奶茶，旁边还有满满一盒"辛"！那红糖酥油炒面点心散发出的香甜味道简直太诱惑人啦。饥肠辘辘的阿旺罗罗坐下来，架起衣服烤火，一边吃着"辛"，喝着奶茶，一边把得到鹿角杈的情况给扎拉讲述了一遍，身上也暖和起来了。

天亮了，还不见老奶奶回来，四周空无一人。这时扎拉一拍脑袋："想起来了，记得她说让你把鹿角杈带在身上，直接去次巩卡，她在前面等我们。"

阿旺罗罗记挂着老奶奶，但也别无他法，只好与扎拉重新朝着雪山出发。太阳照得人暖洋洋的，阿旺罗罗放松下来，慢慢咀嚼着昨夜梦幻般的奇遇。

扎拉则在阿旺罗罗的肩膀上一直打着瞌睡。

"扎拉，你醒醒，带着小镜子吗？给我看看。"

扎拉半梦半醒地埋怨道："你一个男孩子，要镜子做什么？鼻子上跑着牛吗？"

"快给我！"

扎拉变幻出一个小镜子。阿旺罗罗接过镜子，别别扭扭地歪过身子，背对着扎拉，连忙撩开额头上的头发。扎拉的镜子虽然小得不能再小，但还是能看得清清楚楚，额头上除了几颗小痘子外，什么痕迹也没有。他有些发傻。

收起镜子的扎拉似乎清醒了许多："这是什么情况？有点反常，什么时候开始注意自己的形象了？是不是在看眼睛啊，你不是最不喜欢别人说你的眼睛长得像鸟眼吗？其实看上去很好，你不要总担心这个，记住什么都是最好的安排，眼睛也不例外……"

"不是眼睛……"阿旺罗罗打断小伙伴的喋喋不休。

"那就更奇怪了，男子汉总照镜子不是什么好事。"

阿旺罗罗最看不得扎拉的目光里那追究到底的执着，在扎拉认真的追究下，他只好吞吞吐吐地把昨天晚上的奇遇都告诉了扎拉。

这会儿保护神愣了半晌。他摸摸阿旺罗罗的额头，怎么使劲也没摸出个青蛙脚印来。"到底是你又做梦了还是真的遇见了？关键时候你怎么不喊我？"

"什么都没来得及……"

"还有什么没来得及？"

"我经常梦到他，不知他是否能感觉得到……"

"傻孩子，他到你梦里，他一定是知道的！"

"你的意思是……"阿旺罗罗吃惊起来，"是他到的我梦里？"

"不管怎么说，你都答应人家格萨尔大王了，男子汉要言而有信。”

“这我知道，我肯定会遵守我的诺言。”阿旺罗罗烦躁地说，“可是我额头上并没有青蛙脚印，如果我真的找到闸宝大师，他会相信吗？”

“是啊，这是个难题。”扎拉抱着他的膝盖，不知怎么办才好。一会儿他又小心翼翼地问：“你相信自己将来会是位神授艺人吗？”

“说实在的，我不能确定，我只知道我非常喜欢格萨尔，非常！”

他俩说着话，同时把目光望向了远方，那很远很远的山峦，雪峰在太阳下熠熠闪光，银白色的冰川穿过了千年万年，神秘的名号经常出现在每个藏人的双唇之间，那就是大名鼎鼎的阿尼玛卿神山。

扎拉忽然喜形于色道：“或许我们看不见的青蛙脚印闸宝大师能看见吧？”

“哎呀，我也是这样想的，只是怕万一他也看不见呢？”

“你找到他，他会有法子的，要不他怎么叫大师呢。”扎拉万分肯定。他的话给了阿旺罗罗很大的信心，阿旺罗罗也放松了下来，但转而又想，是格萨尔大王在考察自己的能耐吧……

“你快赶路吧，我要睡会儿。”扎拉说着就飘进了他的肩膀里。

· 森伦箭、松耳石奶桶和姜噶贝嘎神杖 ·

从清晨到正午，阿旺罗罗一刻也没有停下脚步。他行走在广袤的草原，时而穿过溪流，时而越过缓坡，天上的白云亦步亦趋，空中的百灵掠过耳畔，发出好听的鸣唱，不知多少时辰已经过去，次巩卡依然遥远。

脚步坚定的阿旺罗罗疑惑起来。

昨天晚上的情景是真实的还是幻觉？是愿望还是想象？抑或是神灵顽皮地开了一个玩笑，还是梦神好心前来抚慰一下他孤寂的时光？

“扎拉！扎拉！”

阿旺罗罗想和扎拉说说话，可是奇怪的是扎拉在这一路上都没有出现，任他怎么呼唤都没有得到回应。这太不正常了。

他摸摸左肩，感觉不到扎拉的分量。当然他从来感觉不到保护神的重量，他只是明确地知道扎拉的存在。

扎拉无数次地保护过自己。有一次在山上放羊，不小心被草蛇咬伤，他在快昏厥时大声地呼唤扎拉，醒来后看到扎拉已将他腿上的毒血尽数吸出，正在那儿擦嘴巴呢；还有一次遭遇野狼袭击，眼看野狼就要扑上他的喉管，扎拉突然出现并咬住野狼的尾巴，硬是把野狼拖出一箭射程那么远；还有一次他爬上山崖去捡山鹰蛋，脚下一滑，接着就开始绝望地坠落下来，是扎拉张开哈达般的一张网，结实地网住他，使他轻松落地，毫发无伤……

要说扎拉的好处，简直太多了，自从第一次发现了扎拉的存在，他就有了一个朋友，孤单时能陪他说说话儿，即使扎拉不出现，他也知道自己是不孤独的，因为只要他诚心祈请，扎拉总会现身。

可是今天怎么了？难道是决定做错了？还是远离了扎拉的保护范围？

阿旺罗罗无奈地看看天。太阳光亮晃晃地照耀着大地，汗水已经湿透了他的脊背。他突然一泄气，一屁股坐到草地上，饥饿和疑惑同时袭击着他单薄的身体。他自说自话道："我实在走不动啦……"

他坐稳后，从怀里拿出那盒剩余的"辛"，开始吃起来。

"巴仲不能太饱，也不能太饿。"扎拉尖声尖气地说着话出现了。

阿旺罗罗看着他轻飘飘地浮在眼前，埋怨道："你去哪儿啦？"

扎拉满头大汗，他用力甩落额头的汗珠，阿旺罗罗奇怪地听到那汗珠落到草地上的啪啪声，怎么会有那么大颗的汗珠啊！

扎拉夸张的神态让阿旺罗罗高兴起来，他一张口，吞掉了最后一颗"辛"。

他说："我还没饱呢，你说什么啊？"

扎拉的脸色红扑扑的，似乎经历了长途奔波，现在正在大口喘气："是古老的谚语，意思是巴仲吃得太饱就没有兴趣到处传唱格萨尔大王的故事，如果太饿就要整天为口粮奔忙，也顾不上说唱格萨尔了。”

阿旺罗罗说：“这话有道理，可是跟我有什么关系呢？”

扎拉诡秘地闪动着一双大眼睛：“因为……因为……你想当巴仲呗，你想当一名真正的格萨尔神授艺人，我还能不知道！”

“那也不是我想当就能当上的呀，格萨尔说了，要有缘之人才有这份幸运。”

阿旺罗罗伤感地舔舔指头，“辛”遗留下的碎屑也全进了嘴里。实际上他还是小心地把一小块食物压在舌头下面，想慢慢地咀嚼，但是“辛”耐不住他丰富的唾液，一下子全化了，他越发觉得饿了。

“扎拉，你不饿吗？”

“饿啊，有什么办法？你也不为我煨个桑。”

扎拉垂头丧气地坐在阿旺罗罗的肩膀上，细细的胳膊肘儿撑在膝盖骨上，用大手支着下巴，一边说着话，一边就有大滴的口水滴滴答答地落了下来。阿旺罗罗看着觉得好笑，翻身起来。“好吧，我就为你煨个桑，这里只有草，没有酥油和糌粑，你就将就点儿吧。”

阿旺罗罗找来一堆草，堆在一块儿，打开腰带上挂着的火镰，取出打火石和羊毛引火绳。仁倩卓玛的大哥伍金扎西曾经给过他一个塑料简易打火机，他用着很方便，可是被爷爷夺去了。爷爷说塑料都是妖魔，用塑料燃烧的桑烟，会呛跑保护神，保护神就不会保佑人和人生存的土地了。阿旺罗罗只好用火镰。火镰是爷爷的旧物，爷爷在第一次带他上牧场的时候，郑重其事地把它挂在了阿旺罗罗的腰带上，并且告诉他：“一个男人身上需要几样宝贝：火镰、佩刀和叉子枪。如果再有一匹骏马，这个男人在草原上就算是有立足之地了。俗话说，我虽然没有帐篷，但蓝天就是我的帐篷，我虽然没有靠山，但肩后的叉子枪就是我的靠山。男人可以依靠这些宝贝，成就自己的事业。”阿旺罗罗牢牢记住了爷爷的话，现在，他的腰带上已经挂了火镰和佩刀，他已经是半个男子汉了。

由于湿气重，草料好半天才燃起来。烟气很大。阿旺罗罗虔诚祈请道：“给给索索拉加罗！这一个桑烟献扎拉！愿扎拉勇气百倍终成就，愿扎拉保佑阿旺得平安！”

扎拉满意地从阿旺罗罗肩膀上轻轻地飞起来。他并没有翅膀，但是比有翅膀的飞禽飞得还轻松，还漂亮。

“啊！”扎拉的眼睛散发着柔和的光芒，双唇间不断发出感叹的声音。他围着桑烟飞了一圈又一圈，速度从疾速渐渐慢了下来。他的鼻孔至少放大了两倍，强烈的吸食声令阿旺罗罗吃惊地张开了嘴。阿旺罗罗看到所有的桑烟毫无例外地被吸进扎拉的鼻腔中，而他小小的喉结在有节奏地吞咽。扎拉追随着桑烟陶醉地飞着，洁白的哈达衣裳在空中飘出一抹快乐的弧光。他飞啊飞啊，双眼也由于饱食而慢慢眯缝了起来。

当扎拉呼哧呼哧地坐定在阿旺罗罗的肩膀上时，阿旺罗罗发现他刚刚还干瘪的肚子竟然变得圆滚滚的，而桑烟的烟气也消失得无影无踪。

“吃得那么香啊！”阿旺罗罗说。

“虽然是素食，但也不错。”扎拉心满意足地打个哈欠，一连串长长的饱嗝接连不断地响起，“等你再长大一点儿的时候，就知道不应该总是让我饿肚子的。”

阿旺罗罗问道：“那么，你刚才饿着肚子跑到哪里去了呢？”

“我饿着肚子去干活可不怎么样，走了很远很远的路呢。”扎拉夸耀着，看看阿旺罗罗的脸色，“老实说，我是去帮你借梦了。”

“借梦？”阿旺罗罗吃惊不小，“梦还有借的？”

“那当然，只有我这样的保护神才能办到。我是忠心耿耿为你服务，你怎么一点儿也不领情？”

阿旺罗罗质疑的眼光把扎拉看了个遍。“借梦？什么借梦？借什么梦？到哪儿去借梦？”

“问题太多，问题太多，”扎拉刚刚恢复原状的鼻孔又放大了，这次是得意，“听我慢慢说。”

扎拉大步跨到阿旺罗罗对面，坐在空气里，正对着他，表情少有的郑重其事，他说：“我看你小小年纪，走得辛苦，走得又慢，就先去了一趟次巩卡，想看看有什么可以帮你的，虽然没有运气拜访到阿尼玛卿大山神，也没有缘分见到闸宝大师，不过我倒是找上了他的弟子兰顿大师的弟子。他开始还变幻成野牛魔来吓唬我，那双犄角有那么那么长，牙齿有那么那么长，嘴巴有那么那么大，一甩尾巴半空就响起大大的霹雳。啊呀呀，那样子太可怕啦，就是他喷出的臭气简直都能熏死我，不过我可没有那么傻，想想看，我都活了四百年，什么没见过？我报了闸宝大师的名号，他才变回原来的模样，以后你也得像我这样，一定要有勇气才行。”

阿旺罗罗看他那双大手在空中忽然伸出老远，用来比画野牛魔的犄角长度。那的确够长。天色已经完全黑下来。扎拉在昏暗中呈现出银灿灿的形象，照样让阿旺罗罗看得清楚他挥舞的双手和丰富多变的表情。

“跟他借的梦？”

“别着急，耐心听我说。”扎拉慢条斯理地收回长手，“兰顿大师的弟子认为我们在见到兰顿大师之前还应该了解一些情况，不然我们会白费功夫。我就问了，那么怎么样才能让受我保护的人——我指的是你——不白跑一趟呢？他就说了，看在我辛苦为你先跑一趟的分上，他把三个梦借给你，这对你有用。”

阿旺罗罗这才知道扎拉一借就借了三个梦。“哎呀，你没见到兰顿大师啊？”

“兰顿大师是你要见的，不是我。”扎拉有些气恼，“你见兰顿大师之前必须先了解这三个梦才行。”

“好吧，你说来听听。”阿旺罗罗的心思全在兰顿大师的身上，对梦不梦的不大在意。

扎拉说：“阿旺你开开窍行不行？梦不是说的，是做的。”

阿旺罗罗在昏暗中睁大了眼睛，说：“我怎么能知道要做什么梦啊？”

“你不是有我吗？我帮你想办法呗。”扎拉说着，握起一只拳头，半闭眼睛，念念有词起来。等他慢慢张开手掌时，阿旺罗罗借着月光看到他手里有些东西，但因为太小看不清楚，随着扎拉发出的时断时续的嗡嗡声，那些东西在慢慢变化，越变越大，直到扎拉用两只大手捧着时，阿旺罗罗这才看出端详来，那是三样东西：一支铁箭，一个用松耳石做的奶桶，还有一根手杖。

阿旺罗罗询问的目光朝扎拉望去。这时扎拉已经停止念诵，他抑制不住得意地解释道：“这三样东西和三个梦有关，我帮你做准备。”

扎拉把双手一合，再打开时，三样东西又变回刚开始时那么小了，只能隐隐约约地看出个模样。突然，扎拉用力朝阿旺罗罗的耳朵眼儿里推了一把，一阵强烈的冲力击向阿旺罗罗，他踉踉跄跄后退了几步，终于朝侧面跌倒下去。阿旺罗罗只觉得一股热腾腾的气流冲进了耳朵，也感觉到那三样东西疙疙瘩瘩地随着热气畅行无阻地进入耳道，直冲脑顶。整个脑袋热了起来。接着，全身也热了起来。四肢关节开始麻酥酥地松弛，一种惬意的舒适感充满了大脑，整个身体放松得动都不想动啦。阿旺罗罗就势侧卧在草丛里，愉快的睡意不知不觉已经来到，他迷迷蒙蒙地闭上眼睛，一会儿就已经呼呼大睡了。

扎拉对此非常满意。

但他仍然仔细查看了双手，确认三样与梦有关的器物都已经顺利进入阿旺罗罗的脑袋后，也打起了哈欠：“做个好梦吧。我也睡喽。”他转瞬即逝，化作一缕轻风飘向了阿旺罗罗的肩膀。

阿旺罗罗感觉自己的身体很轻，竟飘了起来。“啊呀！”他在心中默默地喊了一声，不是因为恐惧，而是这种飘浮带给他从没有过的愉快。他似乎摆脱了一切羁绊，自由自在地向天空飘去。他听到风从耳畔呼啸而去，他向上飘着，仿佛都快与大地失去了联系。他试着张开双臂，一股向上的强大推力使劲地托着他，沉重的衣裳也变得若有若无。星星们好像在触手可及的地方闪耀，而一束光就在头顶上方亮起，越来越亮，他直接飘到光的中间去了。

这是一所光的宫殿。

光的正中，坐着藏人熟知千年的莲花生大师。他头戴觉悟帽，手持金禅杖，坐在一朵硕大的莲花上。大师的对面是一位身披七彩天衣的神子，他面目英俊，身形健朗，正在用美妙动人的声音向莲花生大师启请：

前世我曾发誓愿，
教化众生降妖魔。
现在已有慈悲箭，
要配良弓才能射。
想要甘雨降人间，

大海蒸汽浓如烟。
父母不造血和肉，
神子哪能投人间。
慈悲大师听我言，
降生人世需条件：
生身父亲要念神，
凡有祈求皆如愿；
生身母亲要龙族，
没有亲疏与厚薄。
为了降伏强妖魔，
为了除净众生障，
慈悲大师莲花生，
敬请满足我心愿！

啊！原来是大梵天王的儿子、雄狮大王格萨尔的前世顿珠王子呀！只见莲花生大师微微颔首，答应了神子的要求。他们的面前突然出现了一幅雪域之邦的山水立体图：江河纵横，湖泊浩荡，十三座神山巍峨高耸，分布在四面八方；谷地里禾苗葱茏，山坡上牛羊成群，北方雪峰绵绵，南方森林郁郁；向上望去，阿里三围的壮观景色尽收眼底；向中间看去，卫藏四茹的秀丽山水一览无余；向下瞭望，多康六岗的吉祥宝地也清晰得如在眼前。

莲花生大师的两撇胡须动了动，双手伸向前，把那多康六岗的地方撑开，那地方竟神奇地放大了。阿旺罗罗那双浑圆的眼睛亮了起来。

阿旺罗罗随着他的目光看去，发现他的目光停留在地图的中心。

莲花生大师浑厚的声音回响在天宇："在多康六岗的中心，有一个叫岭的地方，它十善俱全、权势兴盛，这正是幸福的太阳将要升起的国土。"

顿珠王子说："岭国土地肥沃、属民善良，我愿意前往，那么我的生身父亲是谁？生身母亲又是哪一位？"

莲花生大师拿出三样东西，正是阿旺罗罗曾在扎拉手中见到的铁箭、松耳石奶桶和手杖，只不过要比他见到的大得多。

"铁箭属于你生身父亲森伦王，他天性善良、气量宽宏，来自古老的东氏家族，带着念神的血统；松耳石奶桶是你生身母亲郭萨拉姆的，她是龙王的女儿，龙神的荣耀她都具备。这样，你的身上就汇聚了天神、念神、龙神的所有品德和勇气，你会成为拯救岭地的大王。"阿旺罗罗听到莲花生大师说。

顿珠王子又问："那么这根手杖有什么用呢？"

大师笑道："这是你叔父超同王的，它的名字叫姜噶贝嘎，曾经由天上的魔王献给象雄苯教贤人，又被你叔父得到，它是鬼神的宝物，你念动真言，它可以让你快步如飞，行止如意，现在让你辨认清楚，以便今后机缘到时取用。"

原来这是格萨尔为了降生岭国大地在做准备啊。阿旺罗罗刚看明白，又不知怎的迷糊起来，不由自主地开始飘动，渐渐远离了那束光，远离了光的宫殿、神圣的莲花生大师和顿珠王子。

他飘啊飘啊，心中充满了懊恼，在莲花生大师身边再多待一会儿多好啊，可惜只有那么一刹那的幸运时刻……等他从迷糊中清醒一点儿时，已经来到了郭部落和岭部落的交界处。阿旺罗罗曾经在格萨尔神授艺人的演唱中，了解过这片黄河边的旷野荒郊里发生的故事。这是《英雄诞生》篇里一个重要的部分，格萨尔在人间的父母就是在这里相遇的。

阿旺罗罗看到郭部落的人们四散逃离，岭军在森伦王长子嘉察协嘎的带领下奋勇当先，可是却看不到敌人的行踪。这之前超同早已暗通郭王，想霸占先前来到郭地安家的龙女郭萨拉姆为妻，因此他坚持停战返回。总管王请来森伦占卜。森伦拿出箭来。

阿旺罗罗的心扑通扑通跳个不停，这不就是刚刚看到的那支箭吗？眼前的景象真真切切，战争中的紧张情绪也使得阿旺罗罗清醒了起来。

森伦王占了一卦，他说："再过一顿饭的工夫，刀不必出鞘，箭不必上弦，美女和宝物唾手可得。"

超同一听，脸上带着坏笑，语气中充满了讥讽之意："在这旷野里，如果刀不出鞘，箭不上弦，就能得到美女和宝物，那么所得之物就应该全部归你所有。"

总管王说："一言为定。"

总管王话音刚落，就在阿旺罗罗一眨眼的工夫，眼前的景象已经幻变为一片草原。这里看不到战争的迹象，只有一位女子正在饮下松耳石桶里的奶汁，然后追着一头乳牛奔跑。这正是龙女郭萨拉姆呀。阿旺罗罗的脑海里突然出现了赞颂她美貌的唱词：容光似湖上的莲花，莲花上闪耀着日光；黑白分明的眼睛好像蜜蜂，蜜蜂在湖面上尽情飞舞；身体丰腴似夏天的竹子，竹子被风吹动；柔软的肌肤如润滑的酥油，润滑的肌肤用柔软的绸缎包裹；头发似梳过的丝绫，丝绫涂上了琉璃溶液……

郭萨拉姆追赶着乳牛，竟然跑到了岭兵的千军万马之中。刚吃过饭的岭兵看到龙女和龙畜乳牛从天而降，好不欢喜。总管王按照前面的约定，把龙女赐给森伦为妻。那头龙畜乳牛服服帖帖地跟着郭萨拉姆来到了新家“四门福院”。人们相传：“吉祥的白色乳牛，有一百三十个乳头，非龙女无人能挤奶，非松耳石桶不能承受。”

阿旺罗罗看到岭国人欢欢喜喜的样子，紧张的肌肉也松弛下来。是啊，这下好了，格萨尔王的人间父母终于相见，不久后这位英雄就要诞生在这雪域之邦。

阿旺罗罗又迷糊起来。这次他有经验了，知道还有精彩的景象将要呈现。他开始升起飘浮，心情愉快地等待着姜噶贝嘎神杖的故事。

不料，呈现在阿旺罗罗面前的是超同那张阴险凶狠的脸，把他吓得后退了几步。再看，超同正坐在一顶华帐中独自思索。这位终生与格萨尔作对的叔叔没有得到龙女，龙女却为森伦王生下了一个一出生就有三岁小孩那么大的神奇孩子。这个孩子还获得了同父异母哥哥嘉察协嘎的万分喜爱，并被特别赐了乳名觉如。超同嫉恨觉如，决定加害他。超同请来专修法术、能夺人魂魄的术士贡巴热杂，两人一拍即合。而此时神变之子觉如已经料到了超同的阴谋诡计，他决定报复一下贡巴热杂。

觉如取来四个白色石子，按前后左右的方位摆好，然后闭眼静坐。

两人开始斗法。只见贡巴热杂嘴里念一声“呸”，空中的神都不见了，但九百个身穿甲胄的神依然围绕着觉如。他又念一声“呸”，下面的龙王都消失了，但九百个龙族眷属依然保护着觉如。贡巴热杂又念了一声“呸”，中间的厉神都不见了，但觉如呼唤的护法神依然留在他身边。

贡巴热杂黔驴技穷时，觉如抛出了四个石子。九百个白甲人、九百个青甲人、九百个黄甲人、九百个空行神兵同时出现在贡巴热杂面前，吓得他扭头就跑回自己修行的山洞。觉如马上以神通搬来一块如牦牛般大的磐石，堵住洞门。贡巴热杂只好将每日修炼的供神之物抛了出来，把石崖震得轰隆隆响。他又将每月的供品抛了出来，把石崖炸开了一个缺口。觉如变化成莲花生大师的模样坐在那里，贡巴热杂见了无奈，最后把全年的供品抛了出来，石崖发出猛烈的霹雳般的声音。觉如将那石洞化为霹雳室，贡巴热杂想抛出的东西，竟一点儿也未能抛出洞外，非但没有损害觉如，反把自己炸成了粉末。

觉如除掉了贡巴热杂，马上变作贡巴热杂的模样来见超同。他以贡巴热杂的身份要求超同报恩，其他的供养暂且不论，单只要手杖做谢礼。

超同一听觉如已死，心中异常高兴，但听到贡巴热杂要他家的宝物手杖，又非常舍不得。可是贡巴热杂的意思说得很明白，如果不把手杖给他，他就要把害死觉如的事告诉总管王和嘉察协嘎。“假如他们知道自己害死了觉如，那还有活路吗？”超同心里害怕，禁不住打了个冷战。“俗话说：权力被别人夺去，头发被树梢缠住，就会身不由己。现在已经没有别的办法了，贡巴热杂要什么只好给什么。况且贡巴热杂已经老了，不会活得太久，等他死了，宝物还归我超同所有。”想到这里，超同心一横，把手杖交给了贡巴热杂——觉如的化身。

阿旺罗罗看到这儿，舒心地大笑起来：“哈哈哈……”他一出声，就开始从天空往下掉，还没有搞清楚是怎么回事，他就重重地跌到草地上。睁眼一看，他仍然蜷缩在草丛里，原来他是把自己笑醒了，先着地的屁股疼得要命，但他还是高兴地把三个梦境分享给了焦急等待的扎拉。

· 桑烟升起的时候 ·

黄昏来临时，阿旺罗罗已经清醒了很久了。他坐在草丛中，一直仔细回忆着刚才三个相关联的梦。

扎拉则扒在阿旺罗罗的耳朵上使劲往外掏着什么，把阿旺罗罗都弄痛了。扎拉说："你脸侧一侧，我把三样东西拿出来，还要还给人家呢。好借好还，再借不难，懂不懂？"

阿旺罗罗懂，但他搞不懂放进去容易拿出来怎么这么难。

"跟你开个玩笑。"扎拉直接那么比画了一下，森伦箭、松耳石奶桶和姜噶贝嘎神杖都回到了他的手掌心里。阿旺罗罗的脑子里一下子清凉了，那股热乎乎的气流也随着三样东西从耳朵中消失了。

扎拉独自咕哝着什么。阿旺罗罗不大在意，他在意的是那三个梦竟然有些模糊起来，而刚刚还清晰地浮现在眼前的呀。

"你跟我去了吗，扎拉？你记得梦境吗？"

"嘿嘿嘿。"

"扎拉，我有些记不住了，记得的越来越少了，怎么办啊？"

"嘿嘿嘿。"

扎拉用心不在焉的笑声答复阿旺罗罗。他已经把森伦箭和松耳石奶桶收到不知什么地方去了，只留下神杖在手心里，反复掂量着。

"如果我们暂时借用一下姜噶贝嘎神杖会怎么样呢？"扎拉好像在自说自话。

扎拉蓝色的大眼睛里闪着狡黠的光，看阿旺罗罗不解，有些失望。"神杖的故事没有忘记吧？"

"姜噶贝嘎神杖！快步如飞……行止如意……"阿旺就记得这么多。

“这就对了。”

扎拉重新回到阿旺罗罗的肩膀上。这时神杖神奇地变大变长变粗，那是一根类似蟒蛇皮包裹的粗壮杖子，杖头又像盘根错节的千年树根，上面伸出一个狮头，大张着嘴，嘴巴里一颗闪亮的珠子正在滴溜溜地转动。

“抓紧它！”扎拉吩咐。

阿旺罗罗发现一只手根本无法抓牢，只好用两只手紧紧环抱住杖身。只听扎拉念了句什么咒语，神杖忽然飞起来，一下子把他带得往前冲去。

他们在离地面一尺高的地方飞行。草丛疾速向身后滑过。阿旺罗罗听得见飞行的唰唰声。晚归的百灵鸟尖叫着飞开了，这大概是它们今天的最后一个噩梦。

他们向地平线的山峦飞去，那座老辈人传说中非常殊胜的神山，山势巍峨磅礴，高高地矗立在晚霞中。当神杖带领他们飞到一座山垭口时，突然停了下来，缓缓落到地上。还没停稳当，扎拉就开始朝手心吐唾沫，用来抹平阿旺罗罗飞起来的头发，然后收起神杖，整理自己的衣裳。

“怎么不飞了？”阿旺罗罗觉得自己的眼睛里都是风的凉气，他气喘得厉害。

扎拉太爱整洁啦，他不但整理衣裳，还连带整理了头发、脸孔和手指甲。阿旺罗罗侧眼看着他：“除了我，还有谁能看见你呢。”

“我们总得干干净净地见大师吧，”整理清爽的扎拉说，“快到了，这段路我们得走着去。”

次巩卡到了，阿尼玛卿神山已经清晰可辨。

十三座拉则从大到小排列在山垭口，最大的拉则底座是三层石头砌成的台座，上面插着许多铁箭，羊毛和哈达包裹着箭杆，其中一支最高的铁箭箭镞上闪耀着黄金色彩，直冲云霄。其余十二座拉则的底座依次变小变矮，里面插的铁箭也少了很多。大拉则前有一座正方形供桑池，四边绘有龙鹏狮虎的图案，盘绕其上的经幡在晚风中呼啦啦地飘扬着。

“这是转山路口的第一座拉则，据说很久很久以前有一位大师，名叫贡则赤加，他在一天之内，用法术修建了一百零八座拉则，这座拉则就是其中一座，快叩头快叩头！”扎拉说着就自顾自地双手合十，念念有词，开始叩拜。

阿旺罗罗也跟着伏下身去……但当他的额头碰触到大地的那一刻，突然听到轰的一声，供桑池里的桑料点燃了，桑烟滚滚而起，惊讶的男孩抬起头来，怔怔地跪在原地，只见浓郁的桑烟逐渐铺满大地，柏枝发出爆裂的声响，到处弥漫着柏香。

浓烟散处，传来杂沓的马蹄声，人声鼎沸，锣鼓喧天，螺号之声四面响起，这正是格萨尔大王汇集岭国各部来到阿尼玛卿祭祀山神的盛大情景。

号角在鼓声、螺声和钹声中响起，上岭的金旗军旗主尼奔达雅带领赛巴八部人马、红旗军旗主阿奴斯潘带领达绒部落人马，中岭的银旗军旗主曲鲁达潘带领六部人马、黑旗军旗主却君威那带领嘎德部落人马，下岭的白旗军旗主仁青达鲁带领穆姜四部人马、大英雄森达阿冬带领达部十三万户人马、绿旗军旗主嘉察协嘎带领奔巴部落人马，汇聚到煨桑台前，彩旗遮天蔽日，铁骑威风凛凛。

父辈总管王、超同王、森伦王三王齐聚，大元帅奔布嘉察协嘎率领岭国众英雄悉数到场，森姜珠姆和梅萨绷姬两位王妃也在众女眷的环绕中出现。

众位英雄合声呼唤道："岭国格萨尔大宝王，你是空行母心爱子，你是莲花生一化身，你引度众生是上师，你降伏敌人是英雄，你保佑百姓是君王，你镇压强梁济弱小，你心无亲疏是太阳！"

在人们的呼唤声中，雄狮大王格萨尔在高处冉冉升起，只见他头戴佛陀义成白头盔，上插太阳自升绸盔旗；身穿坚固防雷黑铠甲，上插护法怙主依魂的紫红火焰绸背旗；战神依附的虎皮箭囊系右侧，九十七支上等披箭装里面；畏尔玛住魂的豹皮弓袋挂左边，里面装着牛角大弯弓；右手持有上系战场取胜枪缨的三界制敌长矛，腰间挂着金刚劈岩的宝刀；脚登威镇天龙八部的长筒靴，上系母续空行彩虹纹的靴带子。他以无碍自鸣金刚曲调唱道：

天神派我下凡尘，
赛马称王护玛域，
岭国从此自当强，
拒缴魔王暴敛税，
属虎男儿服兵役，
斩妖除魔保社稷，

扶助众生得安宁。
用烟作供酬神灵，
善神助我灭魔军。

众人像众星捧月一样围绕着他，开始合唱：

珍宝堆饰花旗悬，
秘密青龙大鼓敲，
我等遵从大王意，
集结圣地煨桑烟。

此时，森姜珠姆和梅萨绷姬两位王妃走上前来向格萨尔大王献茶、献酒。森姜珠姆的歌喉流淌出美妙的旋律：

阿尼玛卿吉祥地，
殊胜金刚宝刹土；
黄金宝座雄狮王，
日月星辰众围绕；
森姜珠姆我献茶，
梅萨绷姬她敬酒，
祝愿岭国事业顺，
降伏四魔显神威。

大家开始拾柴点火，供奉桑料，格萨尔大王洒上圣水，用诸多供品供奉阿尼玛卿神山。

桑烟却引来了魔国魔王寄魂牛——红铜角野牛。只见一股黑风滚滚而来，随风而来的红铜角野牛鼻孔里冒着黑色的毒气，闪电似的红舌拖在地上，冲着岭地直扑而来。刹那间天空中的太阳失去了光辉，一声雷鸣巨响传至耳旁……

围观的百姓顿时慌张起来，歌歇舞停，乱作一团。超同朝后躲藏，他说："哎呀！我说大王和勇士们啊，煨桑的烟气引来红铜角野牛，它身体巨大像山峰，毒风滚滚像狂飙，怒气冲天要置人死地啊，我看还是逃到大山里去，能保住性命就是一件奇事啦！"

以嘉察协嘎为首的众英雄纷纷全副武装，争相上前准备第一个冲上去杀死野牛。嘉察协嘎说道："这分明是北地魔王路赞的寄魂牛，它来得正是时候，让我先来收拾它！"

总管王绒察查根拦住众英雄说："今日吉祥时辰时，我们煨桑很及时，至于降伏野魔牛，只有雄狮有缘分。"

格萨尔披挂整齐，十三位战神伴随着虹光和火焰汇集到格萨尔身边，格萨尔威风凛凛地唱道：

我从天界降人间，
专做善事利他人，
千方百计护众生，
须要射杀魔王牛，
手拉扳指射利箭，
箭与赤电一同行，

福德事业从此始，
引度牛魂净土去。

与此同时，野牛碰倒了梅萨绷姬，它正要张开血盆大口吃掉梅萨绷姬，却在刹那间似乎被她的美貌震慑住，正犹豫时，格萨尔的箭伴随着铺天盖地的火焰、狂风、雷声、冰雹飞来，正中野牛前额，它应声倒地。

惊魂甫定的梅萨绷姬被格萨尔扶起。躲在一旁的超同看看梅萨绷姬，再看看野牛，暗自点点头，心怀叵测的他似乎明白了什么。

“禀报大王，这是很好的缘起，是对黑魔、霍尔、姜国、门国四方敌人的有力威慑，是攻取十八大宗、打开上部天竺佛法大门、运来下部汉族地区的茶叶、把众生引向信佛之路的因缘已经具备的标志。”总管王说，“雄狮傲踞雪山顶，迎击风雪鬃丰满，射杀魔牛好缘起，从此降伏四方敌，我等谨祝格萨尔，制胜事业永顺利。”

动人的音乐响起来，岭地百姓们跳起欢乐的舞蹈。天边飘来云霞，架起彩虹，大地降下花雨，半空中四方诸神显示尊容，颔首点头允诺要保佑和帮助岭国的事业，年神和龙神也来庆贺。岭国王臣勇士们高呼“拉加罗”，声音响彻云霄……

阿旺罗罗分明看到一缕黑烟升向空中，迅疾地朝着山根退去，但众人拥着雄狮大王却朝着他的方向过来。他清晰地看到格萨尔英武的面庞，不由得再次深深俯下身去，将额头虔敬地叩在格萨尔大王的脚下。此时此刻，他激动得喘不过气来，格萨尔离他那么近，他的额头几乎就抵在了那双金花镶嵌的马靴尖上……

突然世界安静下来。周围的静谧让阿旺罗罗疑窦丛生，他缓缓地抬起头，发现桑烟已经散尽，四周偃旗息鼓，悄然无声，刚刚看到的惊心动魄的场景已经消失不见，唯有供桑池依然冷峻地昂立在天地之间。

阿旺罗罗恍惚了半晌，真真切切看到的一切转瞬即逝，恍若梦境，但那头野魔牛让他联想起东查仓的红铜角野牛事件，两者似是有着隐秘的联系，可是一下子又理不清楚头绪，尤其是超同的最后一眼，让他感觉心里像堵着什么。他还来不及继续思索，扎拉已经把他拉起来，说："快点走吧，我怕大师等不及了。"

这时，阿旺罗罗发现身后不远处也跪着几位信徒，他们正在虔诚地叩着等身长头，还在兴奋状态的阿旺罗罗问道："您刚才看到格萨尔大王了吗？"

"你说什么？"他们茫然的眼神看着他。

"噢噢，没什么。"他感觉被扎拉踢了一下肩膀，便恍恍惚惚地起身，慢慢向前走去。

山上的岩石裸露在午后的阳光中。山上到处都是岩石、岩壁、岩沟，杂草和一些灌木丛顽强地从岩缝里伸展出来，散发着绿绿的鲜活色彩。蓝天下，阳光硬邦邦地砸在岩壁上。阿旺罗罗甚至能听见岩壁上发出的当当的回响。

阳光真好。阳光下一切都是透明的。透明的群山，透明的空气，透明的心情。阿旺罗罗走在通往山上的路上。可是……可是时间怎么又回到午后了呢？

阿旺罗罗的额头忽然开始疼痛起来。他捂住额头，不知道这阵剧烈的疼痛来自何处。“扎拉！扎拉！我们怎么才能找到闸宝大师呢？”

扎拉在他的肩膀上东张西望：“应该来接我们的呀。”

“谁？谁知道我们要来？”

“当然是兰顿大师的弟子，我通告过的。”

“兰顿大师是谁？”

“兰顿大师是闸宝大师的弟子，我们得先拜见兰顿大师。”

话音未落，就看见不远处山崖底下一处阴凉地方站着一位中年男子。他穿着一件简陋的藏装，头发乱蓬蓬地覆在头顶上，脸色十分冷峻。

阿旺罗罗紧张得忘了头痛，不知怎么开口。扎拉从空中一步跨过去，深深地行了个礼，并且立刻把手中的三样东西奉上。

那人说：“我就料到这么快，你肯定用了姜噶贝嘎神杖。”

扎拉用拇指和食指比画出一段非常小的距离：“只用了一小会儿，为了不耽误大师的时间。”

那人打量了一番阿旺罗罗，犀利的目光似乎掠过阿旺罗罗的额头，说：“你替他收好。”说完便不再说话，扭头便走。扎拉连忙收起三样宝贝，示意阿旺罗罗跟上。

他们走上一条人迹罕至的小路。小路四周被矮小的灌木丛覆盖，杂草高及脚踝，根本不容易被发现。渐渐地，他们走进了两座悬崖之间的深缝里，宽度正好能容下一人。阿旺罗罗抬头看，已经不大看得见日光。四周昏暗下来。

终于，他们在一处高耸入云的岩壁下停住了脚步。那位弟子在岩壁前站了一会儿，就忽然不见了。阿旺罗罗左右看看，没有发现他的踪影。扎拉说："还愣着干什么，进去。"说着就推了一把阿旺罗罗。阿旺罗罗一个趔趄，竟扑进岩壁里。眨着眼睛看时，他已经进到一座洞里了。再回头看，那面岩壁仍然坚硬地矗立在那儿。

"那是大师设置的幻象。"扎拉又开始整理衣裳，他显得有些激动，在阿旺罗罗前面大步往前走。

这是一座幽深的岩洞。左右岩壁上燃着两盏酥油灯，自动向前移动着，给他们照明。灯光映照处，一缕缕奇异的香味扑进鼻腔。真好闻呀。

他们七拐八拐，走到岩洞的尽头。那是一间开阔的洞府，正中盘腿坐着一位中年人。他穿着一身白色的衣裳，正笑眯眯地望着他们，先前那位弟子侍立一旁。

"兰顿大师！"扎拉已跨前一步，规规矩矩地行了礼。阿旺罗罗也连忙合掌行礼。

兰顿大师道："这么说，你们已经见过那三样宝贝了？"

兰顿大师的声音像是具有某种穿透力，深幽低沉，从地底下穿过来，透过阿旺罗罗的脚心，直击他的心房。阿旺罗罗震动了，额头又开始痛起来。

“过来让我看看。”

阿旺罗罗走上前去。兰顿大师撩开他的额发端详了一眼，说：“我们等了你很多年了。”

阿旺罗罗用手一摸，额头上清晰地鼓凸出一只青蛙的脚印！

“兰顿大师，这都是真的吗？”

“你说呢？”兰顿大师笑着，慈祥的面容离他很近。

阿旺罗罗苦恼地说：“可是，关于英雄诞生的三个故事，还有……还有次巩卡桑烟升起的地方看到的情景，我好像记不太清楚了呀。”

兰顿大师说：“已经到你心里的东西，不会忘记的。”

“我确实有点……”

“每当格萨尔大王出征前，都要在阿尼玛卿煨桑祭祀，祈祷山神保佑。魔岭大战是格萨尔称王后重要的第一场大战，征服亚尔康魔国的魔王路赞，是他开疆拓土的肇始，”兰顿大师说，“你真的想忘掉吗？”

“当然不想！”

兰顿大师深沉地看着他，说：“那么我帮你复习一遍吧。”

他让阿旺罗罗躺在一张草垫子上。这时，空中出现了一大摞书，像经文一样大小，用一根牛皮绳捆在两张夹板中间。夹板上绘着彩色的图案。兰顿大师打开后翻了一遍。他说：“这就是格萨尔故事的《魔岭大战》篇。”

然后他让阿旺罗罗解开腰带，把肚皮露出来。阿旺罗罗不敢多问，一切照做。

兰顿大师用长长的指甲在阿旺罗罗的腹部上上下下比画了一阵，突然以迅雷不及掩耳的速度划开了他的肚皮！

阿旺罗罗惊骇得大叫起来。他看见自己瘦弱干瘪的肚皮完全翻开了，里面五脏六腑的鲜红色正令人恐惧地蠕动着！他不停地大喊大叫，可是任他怎么企图扭动、躲闪，身体根本不听自己的，而是静静地躺着听凭兰顿大师的摆布。

在阿旺罗罗的惊声尖叫中，兰顿大师从容地把双手伸进阿旺罗罗的肚子里，竟把他的肠肠肚肚全拽了出来，嘴里还在说："这些都是无用的东西。"

他把阿旺罗罗的内脏一扔，就扔得远得看不见了。阿旺罗罗简直要死了，他觉得自己除了疯狂大叫，连喘气的时间都没有。阿旺罗罗把全部力量都用在疯狂大叫上，声音简直震耳欲聋，可是兰顿大师似乎根本就没有听见，他此时正在专心致志地把那一大摞书装进阿旺罗罗的肚子里。

他的双手甚至又伸进阿旺罗罗的肚子里，像是整理了一下书籍的位置。

然后，他合上阿旺罗罗的肚皮，用手掌一抹，一把把阿旺罗罗拉起来，说："好了。"

阿旺罗罗发疯一样大叫着摸摸肚子——是好的。

再摸，又看，是好的。拍打，揉搓，还是好的。他的叫声渐渐停了下来。他试着喘气，试着鼓吸，肚皮竟然完好如初，连一条缝儿都没有。

他看见扎拉和那位弟子在一旁捂着嘴巴，眼睛眯成了一条缝儿。岩洞里的芬芳香气重新弥漫开来。大师也回到了原先坐着的地方。

“怎么回事？”阿旺罗罗用最后一点儿力气问道。

“这样你就不会忘记了，现在你可以去拜见闻宝大师了。”兰顿大师说。

太阳部落

（节选）

节选自长篇小说《太阳部落》/ 获第五届全国少数民族文学创作骏马奖

第二章

· 青稞地 ·

桑丹卓玛的手飞快地挥动着镰刀，一片片青稞倒伏下去，被扎成垛来，立在地头。她机械地低垂着眼帘，仿佛在躲避来自地头那端几乎听不见的割麦声，但那声音通过土地、麦子、镰刀、手臂，早已清晰地传入了她的心房。她一边躲避，一边又在极力地感受那声音的持续、停顿，以及其中的轻微喘息，甚至感受到了麦茬的汁液在镰刀下的无声断流。

快中午时，桑丹卓玛一伸手，割去了那最后一道及腰高的青稞屏障。洛桑达吉手持镰刀，站在离她很近的地方。

她看着他身后捆着的青稞，而他则看着她的脸。

“你好。”他终于说。

她笑一笑，仿佛不知该如何回答。

于是他又说：“瞧，太阳出来了！”

她便矜持地抬眼看看太阳，太阳已普照了一个早晨，可她的确刚刚才发觉。太阳正暖洋洋地把美丽的光芒洒在洛桑达吉年轻的睫毛上。他在这种光芒中显得体魄健壮，富有朝气和无穷的激情。

她的眼睛证实了洛桑达吉所说的太阳的确明媚地存在着，就使劲点了点头，说道：“谢谢你……”

“不用谢……你们人少……不要说这些傻话。”

洛桑达吉一听到“谢”字就非常紧张，他极不自然地扭开衬衣的领子，那纯白洁净的领口已湿了一片。

桑丹卓玛的眼泪流了下来。

两人这样面对面地站在太阳底下，一边是汗流浃背，一边是泪如雨下。

桑丹卓玛从饮泣到失声痛哭，最后索性放下捂着鼻子的袖子放声大哭起来。洛桑达吉一次又一次地将硬领口往脖子后面推。

哭了个够的桑丹卓玛听到有人在喊洛桑达吉的名字，洛桑达吉答应了一声。

桑丹卓玛说：“是她给你送午饭来了吧？”

“不会。”洛桑达吉一边说，一边迅速地将一条皱巴巴的手巾塞到桑丹卓玛的怀里，走了。

桑丹卓玛的泪眼看着洛桑达吉离去，她想用手巾把眼泪擦掉，可是抬起的手却将手巾放在了唇上。

这块留着异域芳香的手巾，是不是在那位走街串巷的小贩的毛驴车上买的呢？小贩经常站在洛桑达吉的庄廓门前喊个不停。这时，洛桑达吉的妻子尕金就会在众目睽睽之下，大声唤他进屋，买他的手巾和丝线，还会和他说笑，使敏感的邻里不得不侧目而视。

桑丹卓玛每次想到洛桑达吉，就会立刻联想到尕金，很多时候觉得想到尕金比想到洛桑达吉还要多，她对此毫无办法，这次又不例外，一条小小的手巾，使她烦恼顿生。

桑丹卓玛怏怏地回到家中，发现女儿香萨被一个陌生的男子抱在怀里逗笑。她大吃一惊，扑过去将香萨抢了回来："你是谁？"

那男子笑的时候，有一口非常美观的牙齿，不怀好意的人一般不会拥有这种牙齿的。

"我是索白千户的仆人，我叫完德扎西，我们夫人听说你梳辫子梳得好，特意让我来请你，明天一早去好吗？夫人等你。"男子一边笑着说，一边将双手垂在袍边，好像是在等吩咐。

"夫人在亚塞仓城堡里等你。"男子又说。

桑丹卓玛说："我知道了。"

"那好，就这样，我回去交差了。"

完德扎西将怀里揣着的一块小奶酪放到香萨的嘴里，又露了露雪白的牙齿，告辞走了。

一大早，桑丹卓玛就收拾停当，然后打开炕柜，取出一把红木细梳。梳子的质地非常精良，流线型的梳身，细腻的梳齿，用来梳理藏族女人的素素长发再合适不过了。桑丹卓玛一手拿着梳子，另一手则拿出一条淡蓝色的哈达仔细地包住梳子，然后放进怀里。

骑上马，母女俩在清香的晨霭里，从处在凹地的恰姜仓出发，走上山坡，绕过亚浪山，走在通往亚塞仓的小路上。

一派秋野。

一派丰腴而甜美的秋之原野。

她捂着梳子，缓缓地走。梳子是很多年前，父亲送给母亲的定情礼物，母亲曾用它打扮过多少美丽的女人啊！母亲的梳头绝技曾名噪四方，如今，母亲的梳子连同梳头绝技都留给女儿了。同母亲一样，她常常被这个人或那个人请去梳头。她梳过多少新娘的头发已记不清了，但是那些新娘或木讷、或羞涩、或哭泣的粉脸是难以忘怀的。她也曾是新娘，但她的头发，却是自己梳的，用的也是这把红木细梳。

马儿喷着响鼻，它的四蹄已被露水打湿了，它轻盈地替换着步子，保持着平衡的高贵与尊严。

这匹马曾有一位雄性伴侣，伴侣的名字叫作雪狮。那一年，桑丹卓玛的丈夫嘉措在一次赛马会上，一下子就相中了一举夺冠的雪狮，然后用二十张上等水獭皮换得了名扬天下的雪狮。

他第一次跨上去的时候，雪狮立刻四蹄张扬，给新主人来了个下马威。那以后，嘉措愈加疯狂地爱上了它，经常不厌其烦地翻上翻下，对它百般照拂，企图和它建立一种家庭氛围中的兄弟关系。雪狮是懂得感情的，它渐渐冷静下来，默认了这一事实。它对主人最好的回报是，不论主人在任何地方烂醉如泥，它都能神不知鬼不觉地把他驮回家交给女主人。

女主人对烂醉如泥的丈夫常常报以无奈的一笑，她的无奈在于她不懂丈夫何至于如此。在她看来，天空依然是蔚蓝的，而蔚蓝只属于看得见蔚蓝的人，她是其中之一，他曾经是，但现在不是了，或许他看到了另一片天空，那片天空，对她来说却是十分虚妄的，甚至有些可笑。

嘉措到底还是走了。那天天气很好，他一早就牵出雪狮。晨光中，雪狮洁白透亮的身体仿佛被镀上了一层温柔而灿烂的金色，如同梦幻中某位王子落难时留在观者瞳仁里的剪影。

嘉措吹着口哨，故作轻松地给它紧紧地系上肚带。雪狮昂扬而立，长嘶一声，卷曲的、金色的长鬃纷纷扬扬，露出它雄性的、结实的后颈。

这时，嘉措同他的护身盒一起跨上了雪狮。他为他今后的漫漫长路只准备了两样东西，雪狮和护身盒，生命和保卫生命者。

雪狮再嘶，随即绝望地走出了院门。牛犊般大小的黑色牧羊犬，低吠着跟了几步。晴朗的天空下，雪狮的胸铃哀哀不绝，它灵巧的四蹄踏着冰封的大地，笃实而沉重。就这样，嘉措离开了代扎。

那一年，小香萨只有两岁。

只有两岁的小香萨对那一年的记忆却是超常的，她知道她有一位英俊高大的父亲，不论怎样，他都是独一无二的。当他打猎时，当他和朋友们谈笑时，当他用胡子茬来逗她时，甚至当他和母亲大吵大闹时，他都是独一无二的父亲。

父亲的伴侣雪狮，也是她的伴侣，雪狮只属于她同她的父亲。因此，她绝对禁止雪狮同牝马交往。每当雪狮归巢，她便坚守在它的身边，不许它去亲近它的女伴，每个午后，她都倦睡在雪狮的脚下。

由于她的坚守，雪狮同那匹牝马饱尝了相思之苦。它们只能以目传情，以歌代思，聊慰衷怀，但它们绝没有半点抗议的表示，它们只是耐心地等待着，或许它们没想到最后等来的竟然是分离，但结果就是结果。当雪狮的咴声哀哀不去的时候，牝马的前蹄到底渗出了血来。

如今，四岁的香萨就骑在这匹失去爱侣的牝马的背上，她抚摸牝马的鬃毛，仿佛在抚摸心中怀念着的雪狮。她看见牝马的两只尖尖的小耳朵转向前，又转向后，茫然无助的样子，便即刻感到悔意在烧灼她握着鬃毛的双手。

香萨放开两掌，对从后面抱着她的母亲说："阿爸什么时候回来？"

桑丹卓玛紧紧抱着女儿，她盯住女儿头顶的两涡发旋，吃不准那里面到底藏了些什么。

女儿在鞍子上扭来扭去，等待着母亲的回答。

· 亚塞仓城堡 ·

桑丹卓玛沉湎于往事的时候，香萨已经看到了亚塞仓村庄。亚塞仓的特征，就是那座方圆百里独一无二的城堡——索白千户的庄园。

城堡四周层层叠叠的白杨，整齐、挺拔，在风中翻动阳光的树叶发出沙沙的低语，衬托出一种古老、神秘、森严的气氛。

远远地，母女俩就下了马。

完德扎西在门口迎候，他接过缰绳，连说“请”。桑丹卓玛牵着香萨，刚刚跨进门槛，就被几只大黑狗的低吠吓住了，幸好它们是拴着的，不然就会一声不响地扑上来把人撕个粉碎。

一进高墙，桑丹卓玛就有一种说不出的奇怪感觉。她觉得身上湿漉漉的，挨着衣服非常难受。但香萨漂亮的大眼睛里却充满了好奇，她的目光停留在那些精致的雕梁画栋上，久久不肯离开。

千户庄园由四个大院组成。前院有大厅、经堂、佛堂；西侧院是畜栏、草房；东侧院是仆人们住的地方；后院有一幢两层小楼，楼上是主人的卧室，楼下是小客厅，西厢房有小佛堂，东厢房是客房。

庄园的四墙角上都有高高的角楼，每个角楼上都留着四方形的瞭望孔，仿佛是一只只逼视的眼睛。桑丹卓玛穿过这些黑色的注视，跨上七级台阶，绕过大厅，走进后院门。

院子非常开阔，楼前的平地上种着一些野菊、太阳梅，色彩很艳，映衬着小楼的门楣，门楣上雕着五彩的莲花和行云流水，气象万千。六根大立柱，高擎着一只只啸傲的雄狮，狮口里的珠子正射出夺目的金光……

香萨跟着母亲走上松木楼梯。

楼上的一墙木格窗全是开着的，徐徐升起的朝暾正沐浴着坐在窗前的秀发飘飘的女人。她听到响声，缓缓地转过身，说："我等你好久了。"

桑丹卓玛是第一次见到这位千户夫人。夫人的脸色异常苍白，身体很瘦，披着一块绿缎披肩，里面是一件镶边的长可及地的绿绒夹袍，没有扎腰带，腹部明显地隆起着。她就那么坐在窗前，披散着头发，全身上下没有一件饰物，纤纤十指上也没有戒指。她凉凉的目光看着桑丹卓玛，再下移到香萨的身上。

桑丹卓玛微微屈下膝，说："夫人吉祥！"

话落，桑丹卓玛将怀里的梳子取出，两手捧过哈达，献给了坐着的美丽的夫人。

夫人终于站起来，她接过哈达，却转而挂在了香萨的脖子上。桑丹卓玛吃惊地看着她。

她说："我叫耶喜。"

"我知道的，夫人，我叫桑丹卓玛，这是我的女儿香萨。香萨，快说夫人吉祥。"

耶喜说："不要为难孩子，这孩子真漂亮。不过，我要生个女儿，一定会比她更漂亮。"

"夫人说哪里话，女儿有哪样好？夫人命贵，一定会生个小千户的。"桑丹卓玛小心翼翼地把香萨拉到身后。

耶喜听到这话面无表情，她沉默地注视了一会儿窗外，然后说："不对，还是女儿好，我说的一定不会错，你以后会明白的。"

"或许是吧。"

"不要再说了，还是梳头吧！"

耶喜说着转过身，把一头黑油油的头发亮到桑丹卓玛的眼前："用我自己的梳子，编好辫子束在一起就行了，我不戴辫套。"

夫人的梳子是一把镀金的银梳，梳子上镶着一对鸳鸯，鸳鸯的眼睛是红宝石做的，背面是藏文"扎西德勒"，意思是吉祥如意。

"夫人，"桑丹卓玛手握这把工艺品，固执地说，"夫人的银梳很漂亮，但是梳齿的距离太大了，头发梳不光的。"

"看来只好听你的。"

"这把红木细梳虽然简陋，但是很干净。"

"没关系，我听人听惯了。"

红木细梳的梳齿轻轻地埋进了黑发中，桑丹卓玛的工作开始了。当她的梳子走遍了每一根黑发时，她的心情渐渐轻松起来，仿佛是在梳理一位普通姑娘的头发，那么柔软，那么漆黑，长短如一，没有散乱的碎发，尤其是在分发时，发根的皮肤白洁细腻，一下子就让桑丹卓玛发出由衷的赞叹：

"夫人，您的头发真黑呀！"

通过窗前那面镜子，桑丹卓玛碰到了夫人淡淡的目光。

耶喜淡淡地说："我知道。"

她说"我知道"时，声音里有一种散漫，好像言不由衷，又好像漫不经心。

桑丹卓玛将梳子浸了清水，开始抿那一缕缕已分好的头发，她准备编小辫子了。

"夫人，您不戴辫套的话，头顶留一条辫子吗？底下的辫子要不要编到耳朵旁边？如果不戴耳环的话……"

她抬起眼睛，询问镜子里的夫人。这时，夫人却在定定地看着别处，夫人的眼睛里竟有些忧伤。桑丹卓玛急忙一回头，蓦然看到完德扎西神不知鬼不觉地垂手站在后面。

"夫人，"完德扎西轻声说，"老爷那边会议散了，要吃饭。老爷请您准备一下，一会儿过去敬酒。"

耶喜仿佛没有听清他的话，她并不转身，只是从镜中久久地看着他："什么？"

完德扎西又轻声重复了一遍。

"我知道了。"

"那么我下去回禀老爷。"

耶喜仍是目不转睛地看着他，末了才说："你下去吧。"

桑丹卓玛飞快地编着辫子，耶喜突然说："你慢慢地编，多陪我一会儿，反正一早也没事。"

"夫人，"桑丹卓玛说，"我地里的青稞还没割完呢。"

"待会儿我叫人帮你，你也要帮我。"

耶喜慢悠悠地说完，就低下眼睛。她看见自己镶边的袖口有一根冒出来的线头，就开始神情专注地揪扯线头，裂口张开了，很快，袖子的镶边被拆了下来，露出绿绒的本色，她轻叹一口气："这下好看多了。"

说着，她把镶边扔到地上，准备拆另一只袖口，忽然她抬起眼睛柔声道："完德啊，什么事？"

桑丹卓玛吓了一跳，她没有听见完德扎西再次到来的声响，她从镜中看到完德扎西依然像刚才那样垂手于两侧，静默着，还没有来得及回答女主人的提问，耶喜又补了一句："你瞧，这下好看多了。"

她举着刚刚拆掉镶边的袖子给他看。完德扎西怔怔地看着她，他看到了两只手，一只在镜子外边，一只在镜子里边。她的手和手腕都露了出来，雪白雪白的，仿佛没有血液流过，而手的姿势就像一只在晨光里正欲展翅高飞的鸽子……忽而鸽子又回到肥大的袖口内，她正色道："什么事？"

"老爷请夫人过去。"

"怎么这么快？我不去了，你去告诉他。"

"夫人，我怎么回禀呢？"

"就说我不去。"

完德扎西正欲下楼，耶喜又唤住他："要不就说我不舒服……随便你怎么说吧。"

桑丹卓玛已编好最后一根辫子，她把二十来根粗细均匀的辫子拢到一起，用一根墨绿色的绸带扎住，辫子长至耶喜纤弱的腰上，颇具婀娜之姿。

耶喜站起来，在镜子前转了转，脸上的表情说不上满意，也说不上不满意。桑丹卓玛第一次感到很尴尬，她是听惯女人们夸赞的，而此时，她却未听到她想要听到的那句话。

耶喜突然说："本来应该是你坐在这，由我来为你梳头的，可是现在全颠倒了，我坐在你该坐的位置上，你不生我的气吗？"

桑丹卓玛吃惊地看着耶喜，想不到耶喜会以这么直截了当的方式提出彼此都在回避的话题。她仔细地把梳子上的一根长发去掉，然后说："我没想过……"

耶喜神经质地大笑起来。

随着她的大笑，楼梯震响起来，一阵靴子杂沓的声音传来，索白千户出现在楼梯口，他面带恼色，一上楼就以极不满意的口气责怪道："怎么回事？等你半天了……啧，原来你这里有客人。"

他看见桑丹卓玛屈膝道了吉祥后，气色迅速平和了："你是哪个村的？我怎么没有见过你？"

"老爷，我是恰姜仓村的，名叫桑丹卓玛。"

"唔，听说过，原来就是你。"他审视着面前这位高挑健康的女人，"多大了？"

桑丹卓玛低头看着他的羚羊皮靴，双手叠在袍前，说："我属马，今年二十六了。"

"呵，属马，比我们耶喜大一岁。耶喜是属羊的，对不对？"他回头看看耶喜。

耶喜不看他也不说话。

他接着说："好了，既然你们有女人要说的话，那边就不用去了。桑丹卓玛，以后有什么事，就说一声，闲下来，就多走动走动，我们好歹还是亲戚。"

桑丹卓玛说："多谢老爷，我们就母女两个人，不会有什么事的。"

"先别这么说，不走不走的路还要走三趟呢。"索白说着深看她一眼，走了。

桑丹卓玛被看得心头一惊，这位留着两撇小胡子的高大男人，很健壮的腰身上系着一块朱红的崭新腰带，深秋的天气里，却只穿着一件团寿纹的单绸衣，没有镶边，也没有饰物，只是左手的食指上，显眼地戴着一枚极其名贵的太阳石戒指。他甩着挂在腰间的右袖，一摆一摆地走了。

耶喜的声音忽地有些抖瑟："阿姐桑丹！"

桑丹卓玛愕然……

耶喜抖瑟道："阿姐桑丹，帮我拆掉辫子好吗？"

被突然称作阿姐的桑丹卓玛不知所措，只好机械地去摘刚刚系上去的情趣盎然的绿色绸带……

·银链子·

夕阳栖在山巅，亚浪仓沉浸在橘红色的夕照之中。几处炊烟，召唤着各自的家人。

洛桑达吉穿着短袄，镰刀别在后腰带上，早早就打发掉两个帮工，自己朝家中走去。

他的头发乱蓬蓬的，因为日晒，在夕阳下有些苍黄。他脸色发黑，但眼睛的黑白两色却格外分明。他走在田间，黑白分明的眼睛看着两侧的庄稼。

今年春，种子一落地，天就开始旱了。六月里一两次零星雨雪，简直顶不了一点儿渴。八月后，本该有太阳大晒几天，却又是连绵的阴雨，把庄稼人的兴头打得湿湿的。九月一到，高原的天即刻就凉了，豌豆荚已被几场暴雨打成青黑色，既不饱满，又不够数量，麦子与青稞稍稍好些，只是颜色难已变成纯熟的金黄了。

洛桑达吉走在这种青不青、黄不黄的庄稼地里，疲劳不堪。到自家院门时，却不忙着走进去，他犹犹豫豫，左看右看，似乎在尽力拖延进门的时间。很快，他找到了拖延的最佳方式：掂起铁锹，往门旁捂肥的水洼里添土。添够了土，又走进对面的草房，夹一胳膊干草，这才跺跺脚，进了院门。

门板后挂着的铜铃清脆地敲打着门板，洛桑达吉被敲打声搞得神情紧张。院中空无一人。院门厅两侧是羊栏与骡栏，每当傍晚，就有二百只羊与四匹骡子在这里憩息。院子里铺着大青石，有正房四间，东厢房三间。东厢房北邻空地里，搭着干柴棚子，垒着一墙干牛粪饼，那些干柴和干牛粪饼都是备用的燃料。干柴棚子与骡栏之间有一截矮墙，隔出一角厕所。

洛桑达吉用脚踢踢门板，门板上挂着的铁链子重重地甩下来。他踩在松土上，心烦意乱地看看两根细柱子后面的骡槽，把草料均匀地铺到那里面。

他在松土上走来走去，朝里墙留有小洞的地方望望院内，院内仍是空无一人，但能看见厨房的窗口正在冒着热气。他对着那冒出来的热气叹一口气，然后回头望望用干柴架在木梁上的顶棚。他的目光顺着木梁走到骡栏的东头，东头有一扇小门开着，里面堆满了粗粗细细的干柴。他走过去抓起一把铁锹，低下头，把已经很松软的土又松了一遍。

他终于喘着粗气走到院中间，一声“阿爸”把他吓了一跳。

原来是尕金的小儿子森巴仁庆，他像是从地上的石缝里滋滋而出的小蛇，鬼头鬼脑地站在阴影里朝继父摇头摆尾。洛桑达吉做了个举手的姿势，森巴仁庆就做出很害怕的样子抱头鼠窜了。

其实森巴仁庆知道这个被他称作“阿爸”的人根本不可能打到他，因为只要阿爸一举手，母亲就会尖声呼叫，不用几秒钟，阿爸就已是威风扫地。森巴仁庆可是母亲的心尖子，这个三岁乳儿，成熟得能博得任何人的欢心，当然，洛桑达吉除外。

森巴仁庆长得又黑又胖，大家都叫他小黑蛋，但他的脸被母亲洗得干干净净的时候，又有点眉清目秀，有些像他的母亲，甚至他不小心露出的小狡猾，都像他的母亲。

他似乎在潜意识里就不喜欢这个父亲，这种不喜欢竟也能得到母亲的纵容。或许母亲爱儿子胜过爱丈夫，爱血亲胜过爱缘分；或许母亲从一开始就认为丈夫天生就是个次要人物，而儿子却是个天才，或者说，即将成为天才。

森巴仁庆用种种小狡猾来折磨他的继父，在母亲的默许和庇护下，他以失去亲生父亲的小可怜特有的八字眉和倒吊眼，赢得了邻里的无限同情。

他享受同情，犹如享受各种到口的美味。他知道，这种同情，很快会变成铁砂弹，射向那个伪装成父亲的人。

说真的，洛桑达吉对他的爱已被他的小阴谋击得粉碎。在洛桑达吉的眼里，森巴仁庆，这个小黑蛋，虽然与自己没有丝毫血缘关系，但却有权利生活在他的生活之中，像个小幽灵，时常令人苦不堪言。

苦不堪言的洛桑达吉在房檐下愣怔着。此时，夕阳的余晖从西厢房后洒进来，刚好将洛桑达吉驱逐到房檐宽大的阴影下。这阴影，犹如行踪诡谲的森巴仁庆，神不知鬼不觉地在洛桑的脚下绘制的一条阴阳分界线，正巧和门柱间悬挂着的铁丝组合在一起，好似一个正在聚拢的陷阱。

他慢吞吞地取下镰刀靠在柱脚上，又慢吞吞地解下腰带，一举手将腰带挂上铁丝，铁丝弯下一些，与阴阳线分离了，于是他满意地跺跺脚，进了正房。

正房坐北朝南，西边开一扇门，进门的一间其实只能算个过厅，放着一溜儿矮柜，矮柜上方是一面镜子。过厅与第二间由两根松木立柱隔开，第二间的南面靠墙是张偌大的热炕，炕上有镏金描银的方形小炕桌。热炕对面的墙上靠着一个桌柜，桌柜有两个抽屉，两扇柜门，式样古朴，拉手全是铜环，铜环的相接处有点花纹，颇是妩媚。

第二间与第三间亦是由两根柱子隔开，柱子上挂着几串颜色不同的佛珠。第三间是厨房，靠窗有两口大铁锅架在灶膛上，靠墙是一个古色古香的松木碗架。碗架上半部是敞式的，架边镂着花纹，六条隔板上放满了各式各样的碗；下半部是封闭的，里面放着面粉。第四间也是厨房，置有一方极大的案板，还有一些干柴、干草与粪饼等燃料。

洛桑达吉脱鞋上炕，宽了宽夹袄，在炕前盘腿坐好。一阵丁零脆响，尕金端过来一碗清茶："我说是谁呢，门铃响过半天了，怎么这会儿才进屋？"

洛桑达吉看看她腰带上系着的银链子，便开始喝茶。

银链子响着，尕金又端过来一盘切成梯形的馍馍，她一边使劲让银链子发出巨响，一边说："你没见到阿妈和夏仲益西吗？"

"没有。"

"那怪了，夏仲益西非要去接你，阿妈就跟着去了，没碰到？"

洛桑达吉吹开茶叶，像是摇了摇头。

尕金说的夏仲益西是她的大儿子，今年六岁了，小眼睛，小鼻子，貌不惊人，但相对而言，他比他弟弟森巴仁庆要稍稍多得一点儿洛桑达吉的疼爱。

尕金偏爱小儿子的缘故令夏仲益西多得了一点儿继父的疼爱。再说，夏仲益西对他的继父有一点儿实在的感情，或者说，他有点崇拜自己的继父。

洛桑达吉听到夏仲益西去接他，心头微微颤了一下，这个家竟然还有一个人在牵挂着自己。他情不自禁地朝打开的木格窗外看了一眼正对着的大院门，他似乎在盼望这个孩子的归来，虽然他不能确定他对这个孩子的感情是否已到了相互牵挂的地步，但此时此刻，真的，他有点牵挂那个孩子了。

他把探出去的身子缩回到原来的位置，不动声色地继续喝茶。他在盼望着那个瘦瘦的男孩子，但绝没有同样盼望那个陪他出去的老女人。

尕金一直在说着什么，银链子在炕桌与厨房之间来回地闪烁，她趿拉着一双洛桑达吉的布鞋，布鞋与显眼的银链子极不相称，但她从不在乎这些，她只在乎耳环、项饰、腰链、辫套、镯子等有价值的东西，而脚上的鞋，简直不值一提，谁会注意别人的鞋子呢?

但是洛桑达吉却在注意穿在别人脚上的自己的鞋子，并且迅速地做出了反应：他决定今后不再享用这双鞋了，尽管这是一双用自己劳动所得换来的鞋。

好了，现在，鞋就归她了，反正什么都是她的。这座庄廓，庄廓里的老母亲，两个儿子，马、牛和羊，还有伏在炕上睡大觉的懒猫，都是她的。

反正一切本就是她的，自己不过是个不小心闯进来的、寄人篱下的外人而已。

他有些愤愤然，忽地，把碗里的剩茶泼到地上，懒猫立刻在潜意识的驱动下逃到了女主人的长袍后面。

尕金站在炕边，她是个非常聪明的女人，虽然她不知这个比她小五岁的丈夫此时的糟糕心境完全由她脚上的鞋子引起，但她却明白，男人需要的，非女人莫属。

于是，她高擎起茶壶，恭恭敬敬地将空碗添满，嘴里的唠叨也就此打住。

她站在那里，像是忽然发现了他一样，一动不动地看着他，而他则抬眼看着房梁，看着房梁最中间的一根柱子上包着的一方织锦缎，织锦缎上挂着红，垂着一束被熏黑的橘黄流苏。这是盖房屋时挂上去的，用来镇邪驱鬼，图图吉利。洛桑达吉直着眼，仿佛看出了什么名堂。

尕金终于在这种对抗中首先软下来，她正准备放下做主妇的架子来讨好丈夫时，院门的挂铃被门板撞响了，她立刻挺直腰板，像是见到了从天而降的救兵。

尕金的母亲阿多携着外孙子夏仲益西回来了。夏仲益西的手里有一枝酸白刺果枝，墨绿色的叶子间点缀着黄黄的小颗粒，晶莹得诱人。夏仲益西细长的眼睛首先落到了西厢房的门廊柱下，他看到那一弯镰刀后立即举着酸白刺果枝冲进了正房。

阿多一只手放在怀里，她看着正房敞开的木格窗问：“他回来了？”

尕金说：“早回来了，你快进去吃饭吧。”

阿多说：“我就知道他会早收工的，这个懒东西，庄稼烂在地里他就高兴了。”

她一边说，一边从怀里抓出一把极青绿、极饱满的豌豆荚塞到女儿的怀里："你自己吃。我在地里挑的，简直没点好的，都瘪了，比不上去年……你自己吃。"

她再三强调要女儿自己吃，尕金就笑了："阿妈，声小点儿，他会听见的，听见又没个完。这豆子留给小黑蛋吃。"

"我这儿还有留给他吃的，这把你自己吃。"阿多固执地继续说，"怕啥？你就是心好，才叫人家欺负。"

"谁也没欺负我，阿妈，别这样说，他才不敢欺负我呢。"

"他敢！"

母女俩嘀咕一阵，进了屋。

洛桑达吉起身让让，阿多就十分艰难地上了炕，义不容辞地坐在首位。

夏仲益西早就偎在洛桑达吉的脚边了，他将一颗又一颗白刺果塞到父亲薄薄的嘴唇里，笑嘻嘻地看着父亲被酸得失去了做父亲的尊严。

阿多耐着性子看着父子俩，她从不当面批判他。这时，她终于将右手从怀里取出，去解开缠在头上的头帕。

早年，她浓密的头发编成小辫子之后很长时间没有重新梳理，头发互相缠死，再也无法分开，只好全部剪去。如今，她稀疏的发茬已经雪白雪白了。

她重新结好头帕，说："我们去接你了。"

她似乎不表达没接到他的愤怒就无法罢休。

洛桑达吉说："尕金刚才对我说了，阿妈，今天我早了点。"

他因为真实地拥抱着夏仲益西，所以显得心平气和。有个孩子，多好哇，可惜的是，自己永远也不会有亲生的孩子了。

尕金一边说着什么，一边端上来一个大托盘，里面有五碗面条，面条是新麦子做的，有油炝的葱花、羊肉块、青头萝卜片，还有几块洋芋疙瘩，非常诱惑人的嗅觉。

洛桑达吉的嗅觉一恢复，顿时觉得饥肠辘辘，他的贪婪，完完全全扫去了他刚才正襟危坐的庄严效果。

阿多却不急，她问女儿："尕及各里呢？"

她说的尕及各里，指她的宝贝小外孙森巴仁庆。

尕金才发觉森巴仁庆无影无踪了很久，于是她跑到院门口，朝东边喊一声"小黑蛋"，又朝西边喊一声"小黑蛋"。不一会儿，双眼亮晶晶的小黑蛋就黑乎乎地出现了，他胸前的银制护身符上沾满了泥巴。

他上了炕，阿多把他拉过去亲了一会儿，尕金又把他拉过去亲了一会儿，就好像一支接力棒，前一个递给下一个，可是到了洛桑达吉的手里，接力棒就停止了，他并不去亲这个小东西，而是把一块羊肉夹到夏仲益西的碗里。

夏仲益西目瞪口呆地看着弟弟被亲了又亲，然后眨巴着细长的眼睛，把那块羊肉吞了进去。

·挨揍的白毡·

阿多十七岁的时候，嫁给了亚浪仓的有钱汉多杰。多杰比妻子大十岁。不知何时，他同东科镇的羊毛贩子攀上了交情，于是年年将亚浪仓所有人家的羊毛集结起来拉到东科镇，从中捞了不少好处，应该说他占尽了天时地利，可是不久他却抛下怀胎八月的新娘子与偌大一份家财，跑到东科镇做了羊毛贩子的拜把子兄弟。

被抛弃的孤独的阿多，养育了唯一的女儿尕金。生活虽然宽裕，但她的内心却充满了对男人的痛恨，她恨那个名叫多杰的高大男人，由此而痛恨多杰用过的所有东西。

每天清晨，她上过乔玛，高唱一段经文，对神佛尽尽义务之后，便从门背后拖出一条白毡，把它立在门廊柱上，用一根不粗不细的皮鞭，开始了漫长而结实的鞭打。她一边鞭打那条白毡，一边努力地回忆所有最恶毒的语言来咒骂它。

这条白毡是她和多杰的新婚用品。

很显然，她从一开始的痛恨之后，竟渐渐爱上了这种鞭打，她在痛快淋漓的鞭打过程中得到了不少的安慰。她仔仔细细地鞭打每个角落，仿佛是在驱逐攀在毛毡上的蛀虫。她一边心痛地看着毛丝在皮鞭下一根根地脱落，一边就高兴起来。到最后，她挥动着皮鞭，达到了快乐无加的地步，因为她只是在鞭打白毡，这举动似乎已跟那个名叫多杰的家伙毫不相干了。

尕金站在母亲身边，感受着母亲的快乐无加，每感受一点，她似乎就长高了一点儿。当母亲挥动皮鞭已没有从前那么得心应手的时候，尕金已长成了大姑娘。

尕金眉清目秀，但颧骨略略高了一点儿，大概是她在母胎时吸收的养料中仇恨的成分过高，所以在她表现出生气的样子的时候，面目有些凶狠，但是这些特征并不妨碍那些多情的小伙子没日没夜地为她唱拉伊情歌。

她对婚姻的选择自然有她的道理，她认为母亲的失败是因为父亲太有钱，有钱人就是自由人，他的来去可以不受任何限制，但没钱的人就不行了，没钱的人就等于没有一切，没有一切就等于没有尊严，没有尊严，那么谁会看重你呢？没有钱的人，唯有听凭有钱人的安排，才不致失去一切，所以，没钱的人，就没有自由。

尕金养尊处优，身上佩满了饰物，她把这些金银珠宝看得很重，她认为是这些东西给了她自由，给了她选择的权利。

所以，她毫不犹豫地选择了长工多丹本。

多丹本的确是个穷光蛋，尕金以这种选择来进一步证明自己是个自由人，她将父母亲的某种关系，在她自己的身上来了个大颠倒，这样，她觉得自己的婚姻会万无一失。

阿多习惯于和女儿两个人的生活，她对于上门女婿的到来非常不满。很长一段时间，她不再去鞭打那条白毡，因为失去了鞭打的快乐，她常常长吁短叹，坐在廊柱下晒太阳时，也表现得无精打采。在这段时间，她又养成了另一种习惯，就是将右手塞进怀里，攥得紧紧的，仿佛攥着一条虚无的鞭子。

但是她再也没有鞭打的动作了，只是坐在那里晒太阳，似乎在回忆着过去的好时光。

多丹本却是个快乐的穷光蛋，他根本就没有想到该去注意一下老太太的脸色，他觉得老太太多是坐在太阳底下，要不然就是去嚼舌根，相较而言，坐在太阳底下倒是更合乎他的理想，所以他觉得阿多整天坐在太阳底下长吁短叹是合乎情理的事，根本就和他无干。

于是多丹本仍然快快乐乐地去放羊、放牛、遛马，干一切他乐意干的活。当他回到家时，发现窈窕的尕金为他换了新衣，便惊喜地去扯断系在她腰间的银链子。

他毫不掩饰他的需要，他的每一个粗鲁的动作里都带着天然的成分，他明目张胆地爱好女人的身体，同时又自自然然地坦露自己的需要。

记不清扯断了多少根银链子，尕金终于生育了一个儿子，他们花费了很多钱财，请喇嘛，烧茶，献哈达，布施酥油与银元，放逐生灵。

于是，儿子从喇嘛那里得到了一个奇怪的名字：夏仲益西。两口子谁也不知道这个名字到底是什么意思，他们叩头再三，请喇嘛告知，喇嘛只是笑而不答。

有了夏仲益西，满足的多丹本忽然意识到，他的使命完成了，他快乐的生活里加入了很多松懈。每当日头高照，他才恹恹而起，既不穿毡衣，也不戴帽子，只是哼着他惯于哼唱的两句歌子，呼啦啦把羊群赶上山坡。

这时的阿多一手抱着夏仲益西，一手攥在怀里，她的鞭打欲望已有些死灰复燃、重新抬头之势，但她看一眼心爱的女儿，便硬生生忍了回去。

心爱的女儿做完家务之后，总要拿起绣针，缝制一些辫套。她是绣花的能手，举行结婚大礼的辫套、伴娘的辫套、家常的辫套、居丧的辫套，她都能拿得出手，作品真是独一无二。因为她不以此为生，所以往往能独出心裁、别具匠心，缝制出真正的艺术品，她的手艺也因此而名扬代扎。

尕金在缝制辫套时非常投入，常常忘记了身边的一切，忘记了夏仲益西，忘记了阿妈，连同笑哈哈的多丹本，甚至忘记了自己关于有钱与无钱的重要见解。

但是她无法忽略羊圈里羊群的数量，每当多丹本晚牧而归的时候，羊群中就会少一只最肥大、最敦厚、最惹人怜爱的母羊，而被马驮回的多丹本，却醉得不省人事。

尕金起初不懂，但很快就懂了，懂了的尕金立即废止了多丹本的牧羊权，将这份权力移交给新雇工洛桑达吉。

她绞尽脑汁，把多丹本从炕上翻到地上，又从地上翻到炕上，想看出这个人的究竟，而这个人正耽于醉乡，乐不思归。

她只好把自己的婚姻从头到尾想一遍，她估计是哪个环节出了点儿问题，但一时半会儿还理不出个头绪。

尕金掰着指头回忆着一年又一年，终于回忆到生养夏仲益西的那一年。那一年，她认为是多丹本表现得最好的一年，因为他正在接近她所设计的理想。

最初的见解是不会错的，尕金根本就无法使自己怀疑到这一点，开始既然不会错，那么，以后肯定会好起来。

尕金忽地有了主意，她笑了，并且甜蜜地扯断了自己腰带上的银链子。

尕金终于如愿以偿，她怀上了第二个儿子：森巴仁庆。

这之前，尕金与多丹本在夏仲益西的问题上出现了严重的分歧。尕金常常逼迫夏仲益西做出在父母之间最爱其一的选择，小夏仲益西便不知所措地将小指头指向紧张地喘着粗气的母亲，于是尕金满意了，但是多丹本却大光其火，他鄙夷这种做法，大声地痛斥尕金想把一切据为己有。尕金当然想据为己有，到后来她同洛桑达吉生活在一起的时候，也没有丝毫改变，但洛桑达吉却不光火，因为他根本就无法参与进去。

尕金怀孕期间，没有酒喝的多丹本表现得反复无常，羊只倒是没有再见少，但是家里贵重一点儿的器物却在一件件地不翼而飞。

于是尕金一狠心，将所有金银饰物包括银链子一类的东西全部都藏到妈妈的被褥底下，妈妈阿多则整日坐在被褥上，警觉地把手揣在怀里。

于是，多丹本搜寻的目光便常常会意想不到地碰到阿多回避的目光，两人无奈地对视良久，对视的焦点从对方的眼睛终于移到对方的耳朵上时，多丹本就失踪了。

尕金大哭起来。

挺着大肚子的尕金大哭不止。她哭过后，揣一条绣花手巾，跑到松仁仓百户丹增才巴的庄廓。

胖墩墩的丹增才巴听完后把她扶坐到炕上，说："别哭了，小美人，我判你们离婚，你高兴吗？让那个叫什么多丹本的家伙举起两手，永远地从你的家滚蛋！”

被称作小美人的尕金停止了哭泣，她没想到哭诉的结果刚好跟自己的意愿相反，但她听到耳畔一声声甜腻的称呼后，虚荣心就渐渐占了上风，好歹，那是离婚，不是离弃，何况，肚里的孩子可能会因此而有一位高贵的父亲也未尝可知。

· 越过贡尕河 ·

丹增才巴果然判尕金与多丹本离了婚，尕金先是高兴，过不了一会儿便懊悔起来。

阿多一看见女儿哭就受不了，她殷殷劝道：“怕啥？这种人本不该来我们家。老天有眼，让他走了，这不是很好吗？还留了两个孩子……”

一说到孩子，尕金就发觉自己冷淡夏仲益西已有多时了。这个有着细长眼睛的小男孩，有着一种虚无缥缈的气质，你想到他，他就出现了；你忘记了他，他就一下子便不存在了。

这或许是做母亲的通病，母亲总是把关注的目光从第一个孩子的身上移到第二个孩子的身上，再移到第三个孩子的身上，以此类推，最小的孩子是最得宠的，其他的孩子总是被母亲或多或少地忽略了。

失宠的夏仲益西走出雕花的大门，默默地跟在长工洛桑达吉的身后，去很远的山坡上放羊。在那里，他认识了亚塞仓的雪玛。

四岁的雪玛是扎西洛哲与万玛措的孩子，她小小年纪，就可以统领五十只羊组成的羊群。雪玛常常骑在头羊的背上，一声呼哨，羊群便集聚一处，再一声呼哨，羊群便四散开来。

雪玛又快乐又威武的样子颇使夏仲益西倾慕，他毫不犹豫地成为她统领的羊群中的一员，开始在蓝天白云与灿烂阳光下尽情嬉戏。而洛桑达吉，头下枕一块青石，开始呜呜咽咽吹他那一管形状奇特的鹰骨笛。

悠扬的笛声，充满了这方自由的、无拘无束的世外桃源。

从此，夏仲益西一远离母亲的目光，就会立刻陷入巨大的快乐之中。

尕金则在无法排解的怅惘中，等待着她的第二个孩子的出生。偶尔，她还会去一两次丹增才巴的庄廓，每当走过拉嘎的深沟边缘时，她就立刻回想起丹增才巴附在她耳边的甜蜜称呼，这时她就会加快步伐，越过流淌的贡尕河，身轻如飞。

或许她是在渴望什么，但她不能明确地说出她到底是在渴望什么。

或许她渴望的是那一声“小美人”的称呼，这种称呼使她在失落中暂时得以解脱，从而重新生出一点儿自信。

或许她渴望的是那座庄廓的肃穆与威严，以自己的容貌和财富，匹配这种权威才恰到好处。

或许她渴望的就是丹增才巴百户大人吧？他是这一切的

象征，权利、名誉、土地、财富，凡是她所爱，必为丹增才巴所拥有，她爱权利、名誉、土地、财富，也就理应爱上集中这一切的载体。

每当夫人华热德吉不在时，丹增才巴呼唤小美人，尕金总是戴着自己精心制作的辫套应邀而来。她把珊瑚珠串在辫套上，走路时发出沙沙的诱人声响，珊瑚的红润，恰如她妩媚的小嘴。

她妩媚地斜靠在热炕上，丹增才巴为了给她助兴，就要唤来艺人为她演唱一段《格萨尔》。艺人向百户道了吉祥，然后看着尕金，丹增才巴就说："这是我老婆。"

艺人便煞有介事地向歪在炕上的尕金道个吉祥，尕金顿时心花怒放，她第一次接受别人的礼敬，立刻就大胆地幻想起今后的无数次，她殷殷地希望这不是最后一次，于是，她就拿出做夫人的架子，懒洋洋地点点头，把双手叠到腹部，像是受惯了礼敬并对此毫不在乎似的，示意艺人可以开唱，丹增才巴则惬意地欣赏着她的表演。

于是，艺人就按主人挑中的一段唱了起来：

这凤舞莺歌的同瓦地，
这弥香荡彩的花花岭，
长眼圆眼的都在注视，
长耳圆耳的都在倾听。

心里话，时候到了总要说，

称心事，时机到了自然成。
我从远方来，
羽翼沾着路途的风尘，
给你带来心醉的佳音。

尕金伸伸懒腰，与丹增才巴眉来眼去一番，她认为这段唱文，完完全全是献给她的。

“仙女呀——”艺人一声出色的道白。紧接着，他跳了几个高难度的舞蹈动作，又接着唱：

你令人倾倒的形象，
将随着我的脚步走向华贵，
你得到的是身为王后的高位，
你将登上松石宝座，
给拉如王子做继母，
给辛巴众臣做主母，
给霍尔江山做主妇，
在瞻仰与崇拜的目光中，
显示你至高的权利吧！

艺人渐入佳境，他手敲响板，靴底用劲地跺着松木地板，以富有节奏的优美清唱，讲述着那个千古流传的故事：

英雄勇武的白帐王，

威名如雷四方颂扬。
他的牛羊如蓝天的白云，
他的骡马如碧海的波浪，
面对纳贡称臣的万邦，
他是一轮闪射光芒的太阳。

幸福的地方虽然多，
难找霍尔这样的天堂。
兴旺的国家虽然多，
怎有霍尔这样的兵强马壮。
你这金花似的美人呵，
正好与白帐大王匹配成双！
…………

艺人唱到此只好打住，因为丹增才巴与尕金早已满意得哈哈大笑，乐不可支的丹增才巴拿出银元赏给艺人，爱财的尕金则立刻滋滋地吸进许多凉气。

从他们暧昧的笑声听来，他们仿佛已经领会了歌中每一句唱词的微妙之处。那浪漫的行板，那波荡的节奏，那热烈的情感……尕金全身心地投入，感受着歌中如梦如幻的美景。是呵，她就是那金花似的美人，正好与白帐大王匹配成双……白帐大王这时伸出了温柔的手，去抚摸那张充满了遐想的甜蜜的面庞。

这时，就听到院门的铜铃一响，白帐大王的妻子回来了。

华热德吉在村口听到不少风言风语，她急匆匆地往回赶，既兴奋又担心，兴奋的是她即将目睹一幅早有耳闻的景象，担心的是这幅景象真的成为事实。她左思右想，唉声叹气，不知该说怎样的话、该有怎样的动作，才不失百户夫人的优雅与高贵，又能把那人打入十八层地狱永不翻身而后快。她加紧步伐，几乎是急不可待地冲进了紧闭着门的厢房。

她一头冲入房内，顿时满脸的失望，她所目睹到的完全出乎自己的意料。这位企图寻找到快感的女人一脚在门槛里，一脚在门槛外，目瞪口呆。

厢房分为三间，中间为过厅，一侧是卧室，另一侧是乔康——佛堂，只见尕金艰难地跪在一块羔皮垫子上，面朝佛祖，正在垂头痛哭。丹增才巴则在卧室的炕上正襟危坐，满脸恼怒之色。

丹增才巴一见妻子，仿佛见了救星一样一跃而起，他说："你来得正好，你来得正好！"

华热德吉这下真不知发生了什么，她目不斜视地走到炕边，坐下。

夫妻俩同时以冷峻的目光俯视着垂头痛哭的尕金，丹增才巴怅然道："唉唉，这个女人，可怜见的，丈夫欺负她不说，还要抛弃她，留下个半大小孩，帮不上什么忙，还遭村里人看不起……"

尕金停止哭泣，吃惊地看着他。

丹增才巴满脸同情，他说："村里不管谁有难，我这个做百户的，自然应该管。就在刚才，这个可怜的女人还哭哭啼啼地请求上天把她收回去呢，真是罪过，但是除此之外又有什么好办法呢？”

尕金大张着嘴，想说什么却一句也说不出来。丹增才巴仿佛忽然计上心来：“对了，我说华热德吉啊，你不是每天都在想着积点德做点善事吗？这不，救人一命，胜造七级浮屠，你不妨把这个可怜的女人认作干妹子，一来村里人看你的面子不会再欺负她，二来嘛，你也会因为行善而得到好报的。”

两个女人互相端详，继而面面相觑。

丹增才巴说：“怎么，尕金，你不愿意有个好心帮助你的姐姐吗？”

尕金在百户大人的敦促下，毫无选择的余地。她重整衣衫，上前屈膝，道了一声带着啼泣又带着深情的吉祥，她说：“夫人吉祥！夫人如果能接纳我这个干妹子，真是我前世修来的宏福！”

她不由分说地就拜了下去：“阿姐华热德吉吉祥！阿哥丹增才巴吉祥！”

她低下头，低下满腹羞愤，她深怀不平，却又无法排解，她知道，这，就是丹增才巴的权利。她在短暂的快乐之中都快忘记的贫富原则，此时，油然从心底升起，她想，这就是对她遗忘的真正报复。

老天的惩罚，命中注定。

于是，绝对相信命运的尕金仍然要对命运做最后一次反抗，她愤愤地将丹增才巴唤作哥哥，不啻是对他的一次暗示与警告。

华热德吉早已在尕金的跪拜前失去了原则，她高举着下巴，承担了妹妹行给姐姐的大礼。她的内心充满了对尕金的敌意，但在异性与同性之间，她毫不犹豫地选择了后者。她高傲地认为选择后者就意味着选择了自己，于是，她立刻抹去脸上流露出的敌意，起身扶起泪流满面的尕金。

她说："妹妹……"

尕金闻言即放声悲哭。

丹增才巴则向后一仰，哈哈大笑起来。

那一夜，尕金在承受精神痛苦的同时，承受了肉体上的痛苦。她坐在灶膛前，觉得自己就像个弃儿，被远远地抛出了曾经浪漫想象过的未来。丹增才巴，以及丹增才巴的百户生活，是那么令人失望。

她想到她的被弃是丹增才巴一手所致，便不由得悲愤不已。在悲愤中，她腹中未足月的孩子开始蠢蠢欲动。她痛苦万状，却不吱声，她以这种痛苦的方式来惩罚自己的一时大意，因为大意她未能守住早已分分明明的生活走向。她勇敢地承受着。

黎明时分，她躺在炕灰中，生下了早产儿森巴仁庆。

这次生产全然不同于上次，由于早产导致的大出血，她的子宫受到了巨大的损害，她再也不能生孩子了。这份隐痛，就像是一块无法愈合的伤疤，在阿多与尕金母女之间默默地封守了起来。

第三章

·幽会·

天色很阴。桑丹卓玛一早起来，走进乔康。

乔康是专门用来供佛的房间。人们每天起床后第一件事就是上供。桑丹卓玛也不例外，她从木筒中取出一壶净水，然后将七只黄铜盏子一一拭净，摆成一排，添满净水。

她的嘴里念叨着绿度母的名号。

桑丹卓玛的乔康里主供的是绿度母。绘有绿度母的唐卡挂在供桌的上方，再上方的唐卡上绘的是前世、此世、来世三世佛，下面悬着几条敬献的白绸哈达，两边是绘有莲花生大师与宗喀巴大师的唐卡。

度母是女神，是救苦救难观世音菩萨的化身，共有二十一相。藏经上说，如果平日里净心供奉绿度母的话，就能摆脱八种恐惧。这八种恐惧是狮难、象难、火难、蛇难、水难、牢狱难、贼难、非人难，因此又叫她救八难度母。

桑丹卓玛双手合十，敬畏地仰望着这一尊存在于织锦当中的绿度母。

绿度母身呈绿色，双手持莲，样子欲起还坐，颇有动感。她身披锦衣，彩带当风，赤足于莲上，莲瓣粉嫩如初生。而她清纯的双眼，是美的永恒源泉，更是善的最高境界。

或丝帛或金绣的唐卡，是上等供品，有的用金粉银箔直接画上去，有的用剪成一定的形状的绸缎拼贴而成，这种挂画须用五彩织锦缎垫裱，才能被称为唐卡。

唐卡的内容一般都与佛教有关，诸如佛祖释迦牟尼的生平、宗喀巴大师的业绩、四方诸神的功德、各位金刚的法术等等。还有一类是与政事有关的，比如吐蕃几代赞普及王妃的画像、对民族及历史有过重大贡献的仁人志士的画像等等。

桑丹卓玛在铁锹上点燃几枝松柏叶子，吹去明火，浓烟顿时熏熏而起。她一边念念有词，一边手持铁锹，走遍每一个房间、每一个角落，走遍羊圈、骡栏、牛栏、草房、院子。那倦倦的柏香，就飘荡在了这座庄廓的上空，有些忧悒，有些伤感。柏香有驱鬼避邪、敬天敬地的意思，因为有了这个意思，柏香就显得格外地浓郁，格外地庄重，甚至格外地神秘了。

桑丹卓玛手持铁锹，站在院子当中。她蓦地感到怅怅然，若有所失。

天空一片阴霾，就要下雨了。她咀嚼这份怅然，咀嚼到最后竟咀嚼出了酸酸的寂寞，非常非常的寂寞。

应该干点什么，手中干点什么的时候，就不会寂寞了，可是干什么好呢？有什么可以补充这巨大的空洞呢？这洞口，正在扩张，它吞噬了一切从前赖以生存的东西，并且分泌出酸酸的寂寞，来腐蚀这一个个简单的日子。

在这片狭小的天空旋转，旋转到头，也不会有什么得以排遣的结果。桑丹卓玛忽而就对手中的铁锹感到厌倦起来，然后就开始厌倦这片小小的天空。

于是她扔下铁锹，拿起一把镰刀，往西山奔去。

一身热汗使她有了一些快意，她觉得暂时扔下了一个包袱，暂时甩开了那久久不去的寂寞，暂时的，可以得到一点儿宽慰了。

她闲闲地走，闲闲地割一些草，等爬到亚浪山头时，已在不知不觉间背了一大捆草。

雨意氤氲，盘绕于头顶，桑丹卓玛靠在草捆上揩汗。一扭头，她看见了洛桑达吉。在亚浪山南面碧色莹莹的草坡上，洛桑达吉正在遛马！

桑丹卓玛的心一下子就噙到了嘴里，怎么会这么巧……怎么会这么巧……

远远地，她问候那个影子一般的人——

你好吗？你怎么样？你在做什么？

你做你必须做的事，我也在做我必须做的事，可这必须做的事，到底有什么要紧？

雨来了，起初一点一点地来，过不了一会儿，便大片大片地来了。

那人仍在那里走来走去，没有离开的意思，也没有抬头的意思。

桑丹卓玛心灰意冷，她擦一把脸上的雨珠，把满腹的委屈吞进肚里，一使劲，背上草捆，朝山后跑去。

就在这时，坡下的洛桑达吉意外地抬起了头，他抬起头就看见朝山后跑的桑丹卓玛，桑丹卓玛飘逸的紫红腰带正无声地扬起，仿佛一只扬起的手，挥动，徘徊，久久不去……洛桑达吉看到了扬起的腰带，就如同看到了一只手在召唤。

桑丹卓玛朝山下跑，跑到山坳里，山坳里流淌着一条河，河的名字叫作玛冬玛，因此这弯山坳也叫玛冬玛沟。玛冬玛河流淌下去，在转弯处形成了一座天然的湖泊——玛冬玛湖。

玛冬玛河的北侧岸是一条长长的林带，有松、柏、白杨。此刻，林子里充满了激情，树木感受着雨，诉说着即将告别雨季的寂寞。

桑丹卓玛在跑，雨已把草捆彻底打湿了，桑丹卓玛觉得自己背的简直就是一筒高过头顶的水，她脚下一滑，就跌倒在了河里。

桑丹卓玛坐在水中，四周的河水溅起了一片片欢乐的水花，呼啸着跃上她的脸庞。

林子后面有一个隐秘的山洞。

桑丹卓玛找到了那山洞，她一头扎进去，面朝岩壁，用力地擦去流到两腮的冷冷的泪。

为什么而来？她双目环顾，四壁上长满了母亲的眼睛。母亲说，你哭吧，你哭吧。

每当落寞，她就来哭一场，对着满壁的眼睛，对着母亲，对着自己想象出的母爱。如果母亲还在的话，如果漂亮的母亲还在的话，如果会梳辫子会唱酒曲的母亲还在的话……

母亲说，你哭吧，你哭吧。

她坐在洞中的青石上，却哭不出来。

这时洞口的光一下子被遮去，进来的是洛桑达吉。

他湿漉漉地看着桑丹卓玛。

后来他环视山洞的目光就落在了草捆上。

“背少一点儿不行吗？”他对着草捆说。

他看她不答，又说：“我不知这儿有这么个山洞。”

桑丹卓玛仍沉默不语。

洛桑达吉便无法接下去，他想倒不如像那一天一样，她对着他号啕一番，这样，两个苦人儿才能得到一丝安宁。

洛桑达吉一直认为，自己是个无关大局的次要人物，他一直默守着这份次要，直到遇到桑丹卓玛，以及桑丹卓玛那半是忧伤半是热烈的目光，他觉出自己正在日益高大，正在日益成为一个真正的男子，一个懂得女人的男子。

从此，他黑黑的眸子，开始追逐这个遥远、飘忽而又心爱的影子，就像蛾子至死都在追逐着光芒。他执着，却又充满了怯懦。

他在慢慢地接近她，他在一点一点地了解她。

就像那天他遇到她时她大哭了一场，他当时不懂，经过这长久的思念之后，他觉得他懂了，可是这次她却不哭，他又为她的不哭而懵懂。

他们僵持地看着彼此的袍子，似乎连对视一下的勇气都没有。洛桑达吉手心沁出一层汗来，于是他仿佛是自言自语地说：“我看看马还在不在。”

他一边说一边走到洞口朝外张望了一下，不知他张望到了什么，桑丹卓玛已经心软了，她起身走到洛桑达吉的背后。

“马拴到哪儿了？”她站了半天后说。

“这里看不见，不过不会不在的。”洛桑达吉感觉到了她的气息后结结巴巴地说。

他不敢回过头来，他害怕桑丹卓玛直视的眼光，他害怕自己会支持不住，更害怕他转过身后桑丹卓玛会离他更远。他保持着这种张望的姿势，很累，但又很幸福地呼吸着她的气息。

桑丹卓玛以敏感的女人情怀感觉到了这一点，她的心中升起一股怜惜之情，她情不自禁地将手放在洛桑达吉腰后的那只空袖上，她拍拍那上面的雨水，继而握紧了它。

洛桑达吉颤抖不已。

桑丹卓玛轻轻地靠在他的肩上，她说：“洛桑啊……”

洛桑达吉艰难地扭过头，正好看见桑丹卓玛衣领下露出的一截粉嫩的脖子，他抖抖索索地搂住这个女人，将热唇放到他看见的地方。

他呻吟道：“桑丹啊，我的仙女……”

这对互相等待已久的有情人，终于紧紧地拥抱了。

洞外，是缠绵的雨，是雨的眷眷私语，是抒情歌曲最后那声悠悠的尾音……

而雨外的世界，早已不存在了。

他们不再考虑应该说些什么好，只是拥抱，只是将自己的双唇，印在对方所有能印到的地方。

在桑丹卓玛紧紧环绕的双臂中，洛桑达吉仍在颤抖，他不敢相信这是真的。这阵巨大的幸福击中了他，使他站立不稳。他所拥抱的，不再是梦中那个时而出现、时而遁去的影子，而是眼前这位心脏正在剧烈跳动着的、系着紫红色腰带的、自己日思夜想的、真实的桑丹卓玛。这个仙女，被他捉到了，拥抱了，亲吻了。

桑丹卓玛感受着他的颤抖，他愈是颤抖，她就愈是抱紧他。她的手从他的后领里滑下去，触摸到了他年轻、光滑的脊背，也触摸到了那上面细密的汗珠。

她替他慢慢地擦，热气蒸腾了所有的汗雾，汗雾侵蚀了洞中的氧气，他们结结巴巴的话语，化作了粗重的喘息。

他的手解开了她的腰带，那美丽的洁净的女性胴体，犹如掩藏在季节深处的花朵，豁然开放在他的眼前。他被深深地吸引了，他二十八岁的身体从没有如此激动过。

她的皮肤白洁细腻，散发着淡淡的玉质的光芒，她柔软如水的双臂紧紧地环绕着他的脖子，缠绵的星眸游移在爱侣的身上，丰满湿润的红唇半开半闭，白似珍珠的牙齿轻轻地咬着舌尖，红晕涂上她的双颊，那对薄薄的耳垂软滑如缎，流线型的颈子从耳根延伸下来，一直到她毫无防备地伸开的腋窝，都自然而然地流露出对他的欲望。

你不是最初……

但你是最好……

他疯狂地亲吻她软滑如缎的皮肤，他疯狂的亲吻击中了她渴望着的身体，她扭动起来，她的呻吟从心底深处那最隐秘的地方飘了出来……

这是她从没有体验过的，她对肉体的经验停留在很多年前，这么多年过去了，她的身体仿佛经过了一次很长很长的睡眠，刚刚苏醒过来，苏醒过来的身体才发现自己因为睡眠的恢复而变得敏感而冲动。

她挺起身子，热烈地接纳了他。

他迎接了她扬起的青春火焰，慢慢地接近着她，她原本是那么遥不可及，敏感的身体掩藏在宽大的衣衫下面，生机勃勃的欲望被深深的哀伤所湮没，他看不到她包裹着的另一面，看不到她的身体所能引起的无所顾忌的冲动。

现在，她明亮的眼睛里闪耀着火焰，那激荡着的浓黑长发映衬出她潮红的面庞，那么光芒四射，动人心魄，她那如潮水一样的激情一次次托起他，把他托到潮头的高处。

他在高处晕眩，迷醉，流连忘返。他呻吟的声音是她的名字，这名字是他欢乐的源泉。

他从高处忽悠悠地落下，紧闭着的心灵一下子就敞开了大门，露出最单纯、最真实的一面。他把这当作礼物，奉献给温顺地躺在怀里的爱人，这是他身体内最脆弱的地方，最容易被攻破的地方，现在他把它献给她，他真正是她的人了。

“我的好人呐！”

桑丹卓玛伸出舌尖，她让她爱人的耳朵听到来自她心灵深处的呼唤。

柔情似水，他们紧紧拥抱。眼睛看着对方，那朦胧的睫毛下的阴影，迟迟不肯映照出渺茫的未来，而此时，上天使他们成为出色的一对，施爱与被爱，被爱与施爱，她紧随他的引导，努力地抗拒着分离的到来。

他们漂浮于幸福之上，他就是那黑暗中的光芒，他就是那破云驱雾的光芒……她知道他正在帮助她，他们正在互相弥补，在弥补苍白的生命，在补充赖以生存的水……

· 岩壁上的眼睛 ·

世界原就是一片混沌。

清晰的现实，早已离得远而又远，最初的恐惧，也已成为记忆中毫无意义的点缀。

夜来的时候，雨便住了。

雨收住最后一滴湿润而温柔的汗息，一轮弯弯的红月亮，就立刻升起在高山之巅。代扎，这片喧噪了一天的土地，此刻已沉沉入梦。

醒着的，只有这高山、树林、岩洞，还有哗哗而去的玛冬玛河。

还有私语。还有四臂环绕的缠绵。

月光倾泻在雨痕未去的树叶上，树叶顿时射出奇妙的光芒，它们翻动着，以不同的角度，反射出不同的色彩，淡淡的，朦胧的，仿佛在以一种特殊的语言，表达着它们的缱绻之情。

月光描绘出洞口的轮廓，洞口是个大半圆，周围有十分规则的放射条纹状的岩石，恰似一座紫黑色的法轮，旋转，旋转，旋转，以至于模糊了轮内的轮辐。

洛桑达吉与桑丹卓玛相拥而坐，沉默地望着洞外变幻莫测的景色。

她忽然说："刚才有一双眼睛在看着你呢！"

她看看岩壁。

他惊骇地看着她，沿着她的目光看着岩壁，那里什么也没有。

"咳！"他吐出一个字，算是回答。

"咳什么。"她认真地说，"你怎么不搂着我的腰啦？"

洛桑达吉觉出自己的失态，便重新搂紧了她。

"亲亲这儿。"她指着自己的脖子。

他低下头去亲她，他的胡茬扎得她痛痛的，她不吱声，她欣赏他的专心致志。

他说："你怎么会知道这个山洞的？"

桑丹卓玛把唇伸到他的头发里，他的头发柔软而卷曲，散发着湿漉漉的芳香。她说："我的母亲在这里嘛。你来之前，她的眼睛里有两颗泪，你来了，我高兴了，她的眼泪就没有了。"

"傻丫头，又说疯话了。"

"刚才她告诉我，说你这个人还不错。"

"这句话我高兴听，后来呢？"

“后来……”桑丹卓玛凄然道，“后来她就病了，生的病不容易好，村里待不下去，就来到这座山洞。我每天给她送饭，那时我还小，十来岁吧。”

“桑丹！”

桑丹卓玛仍然说：“那时我还小，每天给她送饭，又不敢让村里人知道。这种病是不会再好的，她自己也清楚。那时，我们有个邻居，得的也是这种病，他被人倒拖着出了村子，再也没有回来。”

洛桑达吉企图用唇去堵住她的话，但她坚持要说下去：“那人的妈妈整天都在哭，一直等她哭瞎了眼睛，儿子还是没有回来，她就离开村子，拄着一根拐杖，去找儿子了。”

远远的天边，一位衣衫褴褛的老人正在抚地痛哭。她唯一的儿子，曾经年轻英俊、声音洪亮的儿子，此时，就躺在那片暗夜之中，没有头发，没有感觉，身上布满了凝血的黑洞。

洛桑达吉吻着女人，轻轻地说：“有些病是可以治好的，只是需要时间。”

“是呵，”桑丹卓玛说，“有些病是需要时间，可是大家不肯等呵。好了，他走了，他的妈妈也走了，按道理这事应该完了，可是没完呵，大家又拿眼睛盯着我母亲了。”

“是传染病？”

“他们说既然是邻居，那就肯定传染上了，一道墙是隔不断病魔的，病魔总是溜着墙根走，串过一家，再串下一家。”

洛桑达吉的背上滑动着凉意，他看看岩壁，不敢确定那里是否真的什么也没有。

桑丹卓玛偎在洛桑达吉的怀里，她说："我父亲也没有办法，他有钱，所以我母亲不至于被人倒拖出村子，可是我母亲怎么能再待下去呢？她只好带了一张羊皮垫子，来到这里。"

桑丹卓玛环顾洞内，双眼蒙胧。

"她来到这里，就开始掉头发，一大把一大把地。其实她没病，我现在才明白，她什么病也没有，只是一到这，才开始生病的。她掉头发，还不许我碰她。从前她的头发好黑呵，我最爱看她梳头时的样子，很漂亮。父亲也说她很漂亮，可是后来父亲不再说她很漂亮了。他整天躲在屋子里唉声叹气。每天到傍晚，我才能出村去看她，免得被人发现。"

桑丹卓玛目不转睛地看着那一面岩壁，说："有一天，我去送饭，篮子里装了她最爱吃的葱油饼，可是她一看见葱油饼就哭了。她问我的父亲在做什么，我说他什么也不做，不出门也不说话。她问葱油饼是谁做的，我说是父亲做的。她说她一看就知道是他的手艺。她哭了一会儿，但却不碰那些正在冒热气的葱油饼，后来她就让我不要再去送饭，只是，她要我传话给我的父亲，她说她有话要对他说。"

桑丹卓玛用手指着洞内的一块青石板说："我把葱油饼放在那上面，回家告诉我的父亲，他不吱声，不说去，也不说不去。那天晚上，我被一种奇怪的声音惊醒。那声音来自屋檐下，来自屋檐下抱头盘膝的父亲。他在哭，他的哭声压抑而又悲惨，我不敢去劝慰他，但是，他终究没有去看望我的母亲。我一直不明白他为什么不去，有什么理由阻止他去看望自己的妻子。我不明白，所以只好去问母亲。我做了很好看的葱油饼带给她，可是她不在洞里，我就等她，一直等到天亮，也没有等到她回来。她再也没有回来。”

桑丹卓玛静静地看着洛桑达吉，她忽然莞尔笑道：“我母亲再也没有回来，不过她把眼睛留在了这里，隔几天我就要来看看的。”

洛桑达吉抬眼望望岩壁，他终于看见了一双眼睛，一双妇人的眼睛，一双很美、很善的眼睛。

他吁一口气，说：“我到底看见她了。”

桑丹卓玛目不转睛地看着他，突然说：“我认识你，多好啊！”

洛桑达吉笑了起来，无论这个女人说什么，做什么，他都喜欢，他甚至喜欢她对自己的伤害。因为这样的女人，一生中只能遇到一个，如果遇到第二个，那肯定是在下一辈子的轮回之中，而第二个也肯定是第一个的转世……

这就是命。

你可以不相信世上明摆着的一切，但无论如何，你得相信命。

洛桑达吉就信。

他相信她带来的真实，那暖暖的风，那暖暖的依偎，那暖暖的、稍稍有点感伤的情怀……

于是他说：“你能跟我在一起，多好呵！”

“那倒也不一定。”她又说。

“是吗？你还有话没说完吗？”洛桑达吉笑着去咬她的耳朵。她的耳朵薄薄的，几近透明。

“我明白了，我妈妈的耳朵就是残的，我一直以为是戴耳环导致的，现在看来有点问题。”

“是吗？是吗？”

他不管，仍是咬。

“那没办法，他们好歹是夫妻呀！”

他不再咬她的耳朵，而是目不斜视地看着她的双手。

那双眼睛在岩壁上闪烁。

“他收留了一个流浪儿。”桑丹卓玛亦是目不斜视，她说，“我是说，我的父亲到后来收留了嘉措，那时正是嘉措无处可去的时候，我父亲说，我必须和嘉措结婚，否则嘉措他不愿意待在我们家里。”

洛桑达吉一本正经地说：“呵，他就这样求的婚！”

“他并没有求婚呀。”桑丹卓玛说，“我父亲说，这是正义战胜邪恶的唯一途径，嘉措他倒是听从了我父亲的安排，我们结了婚。不过嘉措他常常不肯待在家里，他老是出门，一去就是十来天，我父亲也不知道他去了哪里。”

洛桑达吉说：“他喝酒吗？”

桑丹卓玛摇摇头，说：“那会儿他不喝酒，只是我父亲去世后，他才拼命地喝起酒来。我父亲还在的时候，正碰上抓丁，也不知怎么搞的，名单上有嘉措的名字，嘉措说什么也不愿意去。其实，我父亲也不乐意让他去。父亲说，少一个人，家就不是家了，何况已经少过一个人呢。那时，我正怀着小香萨，父亲不愿意孩子生下来就没有爸爸。抓丁，哪次抓丁有回来的呢？”

“后来呢？”洛桑达吉问。

“后来，父亲变卖了所有的家财，用所得的钱把嘉措的名字从名单上抹掉了，可是父亲从那时起就一病不起，他临去世时，给我女儿起了个名字，这个名字曾经是我母亲的名字，我知道他是为了到她那儿后对她有个交代。”

他觑一眼岩壁，然后重新偎紧她：“后来呢？”

桑丹卓玛即刻感觉到他的温柔，于是她亦温柔地说：“该回去了。”

“那么起来吧，走吧。”

“好的，就走，就走。”

“再不走就有人追你来了。”

他不答，只是痴痴地望着她，月光照在他端端正正的脸上，满是清纯，满是满足。他不再说什么，只是搂着她的后腰，朝山下走。

“我的草……”她突然说。

“不要了，明天我替你割一大捆！”

明天吗？她笑笑，不过她为这句话高兴起来。

“再见，”她对岩洞说，“明天见。”

雨后的林子里非常软滑，树叶腐烂在泥土中，一阵阵木质的清香扑鼻而来，月光斑驳，将树林伪装成一个前途未卜的迷宫。

两人慢慢走在这个虚幻而又深刻的迷宫中，关注的目光停留在对方的脸上，久久难以离去。树林里充满了盎然生机，静静的林子，顿时就有了许多夜行的惊鸟，惊鸟的翅下扇起阵阵清脆的折枝声。这时，两人看到了那一面碧莹莹的湖水。

玛冬玛湖，清凌凌的玛冬玛湖，波光柔柔的玛冬玛湖，情意撩人的玛冬玛湖。

桑丹卓玛洗掉沾在袍子上的泥土，她洗完袍边，就朝水里走，越走越远，她将袍子围在腰上，继续走，她真真切切地感觉到玛冬玛湖的水了，这水，能彻底清洁所有的污浊，清洁那来自远古的风尘仆仆的心灵。

身边环绕着的，是洛桑达吉的眼睛吗？

洛桑达吉真的就环绕在她的身边了，在静谧中，在水中，他附在她的耳畔悄声说了句什么，她的脸上浮现出羞红，她的躯体却不由自主地靠近他。

他被她迷人的姿态彻底俘虏了，那种虚幻而又清晰的欲望，重新扇动着翅膀，鼓励着他们的身体。两人的热唇重新紧紧地贴在一起，他们找寻对方那扑朔迷离的眼神，找寻那湿湿的散发着暖意的爱。

·鹰骨笛·

又是一个黄昏。

洛桑达吉仍坐在屋檐下，眯着眼睛，他已晒了一天的太阳了，这会儿仿佛是在晒夕阳。他的手刚支起下巴，尕金就迅速地走到他身边，把一簸箕青豆荚倒在地上。她紧盯他一眼，好像监督了一番他的思想，然后蹲下来开始漫不经心地挑拣。她把饱满的豆荚放回簸箕里，把发黑的或是干瘪的一扔，就扔到了洛桑达吉的脚下。

他暗暗懊丧起来。尕金的敏感，使他无处躲藏。每当她发觉他若有所思的时候，她都会义不容辞地守在他身边，好让他无法忽视她的存在。他为此付出了所有的记忆和想象力。

尕金监督似的目光，使洛桑达吉从地上反弹起来。他弹起来，在院中乱走了一遭，好像一只困兽，既不知所措，又无处发泄。

一抬头，他看见了屋后立着的经幡。

他便踏上扶梯。扶梯架在畜栏边上，他走上畜栏顶，朝院墙外望了一眼，看见森巴仁庆正在欺负夏仲益西，前者一下又一下地把结实的小拳头抵到后者的胸上，后者毫无回敬的意思。洛桑达吉咳嗽一声，森巴仁庆抬头，发现了高高在上的继父，立刻抱头鼠窜了。

远处传来妇女呼唤小儿的声音，孩子们则在打碾台上排队唱歌，乐不思归。

后墙正中立着一杆高高的经幡，幡顶是金色和银色的日月同辉，杆上包裹着蓝、白、红三色经文旌旗，在风中舒展有致。

洛桑达吉采了一朵金红色的野菊，他站在经幡下，想把这朵花系在幡顶的某个部位。这时，他听到院中的尕金说：“洛桑啊，小心。”

他低头一看，其实他明明知道她不会注视自己，但他仍抱有某种企望，果然不出他所料，她正在一心一意地择豆荚，似乎认为他上了房就已是万事大吉。他又一次感到绝望了。

就像那一次，她嘱他到县城里买几尺缎子，她要缝一件新袍子，她埋怨说自从和他结婚他就根本想不到为她添一件新衣，他认为她埋怨得有理，便去了镇上，回来时却遭到了意外的袭击，他的坐骑被一块从某个角落飞来的石块击中了腿部，它一个趔趄就扑到一个坑里，洛桑达吉连吭都没来得及吭一声，就抱着那几尺缎子，从马上摔了下来。

等他回到家中时，尕金就大叫起来，她抱着弄脏了的缎子，心疼地大喊大叫，然后把马拉过来拉过去地检查伤势，然后就开始数落丈夫。她一点儿也没有想到首先应该安慰的是丈夫，这使他极度绝望。

他靠在后墙上。

村里升起了一层又一层的炊烟，浓浓的，是粪料烟，淡淡的，是草料烟。远方的山峦渐渐朦胧，而坡下的贡尕河，正发出缥缈的流水声。

他极力把颈项伸向恰姜仓方向，当他的眼前展现出那被山垭口挡去的恰姜仓美景时，禁不住热泪盈眶。这之前，他从来没有想过“福”这个字眼，就在此时，他把自己概括为有“福”的人。有福气，这在男子的一生中，多么要紧，有福气并且又很年轻，多么要紧。

洛桑达吉悄悄滑下扶梯，只听见大门叮当一声，他已把马牵出去了。

专心致志的尕金回过神来，顿时恼不可言，她追到大门口大呼：“回来，回来……”

洛桑达吉的马已经跑远了。

尕金恨恨地想，这是洛桑第一次不听话，有了第一次，就会有第二次，这是为什么？她遍索枯肠，终于想到在她耳边溜来溜去的流言蜚语。

那天，她对他说：“我对你这么好，你可别没良心。”

洛桑达吉定定地看着她。她看到他的脸上满是大惑不解，便认定他是在装洋蒜，顿时怒火中烧。她歇斯底里地用自己单薄的身躯，去撞击另一副同样单薄的身躯。

“说！”她怒吼道。

一向温柔敦厚的洛桑达吉此时此刻竟然毫无妥协之意，他说：“我没什么好说！”

尕金便疑惑起来，她觉得自己应该哭一声才对，于是她便放声大哭，一边哭，一边诉说自己的种种好处。末了，她说：“洛桑，要不然，你把她叫来咱们一起过嘛！”

洛桑达吉早已被哭声搞得失去了主张，他说：“这不可能，你不要乱想。”

他把她扶坐到炕沿上。

尕金止住了哭泣，她用手指甲在木炕沿上划了许多横条竖条，仿佛羞涩起来，她说：“我的大孩子……”

大孩子虽然比她小好几岁，但早已长大成人。长大成人的男子对这种称呼一开始会感到力不从心，可洛桑达吉被这样称呼惯了，他习惯了这种称呼背后的所有照顾，他只需蹲在某处想想心事，所有的日子，就会很快消磨过去的，何况，他已浑浑噩噩地消磨了这么久……

尕金不开心的时候就会说：“洛桑，你猜我今天看见谁了？不知道？桑丹卓玛嘛，我看见她穿了一件很漂亮的袍子。”

洛桑达吉躲开她针尖似的聚光注视，说：“你的袍子够多了，是不是还想缝一件？”

尕金便羞涩地说：“你这个当男人的，就是不注意老婆。”

洛桑达吉这才发现她穿了一件新袍子，式样很别致，他便神情恍惚地看着她，最终，他难逃她的天罗地网。

尕金一想到神情恍惚的丈夫，就很甜蜜地回到房檐下继续择豆荚，她甜蜜地说：“这个没良心的……”

多丹本离家出走后，尕金不得不把家中男人应干的活都依靠在洛桑达吉的身上。

洛桑达吉，这个瘦削、高挑、沉默寡言而又稚气未脱的年轻人，总是不作一声就把一切安排得妥妥当当，然后，他就会蹲在某个角落，或者坐在屋顶上，捧着那管形状奇特的鹰骨笛，吹一些情调伤感的小曲儿，有时候他一支曲子也不吹，有时候他又一气吹个大半夜还不肯罢休。

那一夜，坐在屋顶上的洛桑达吉盘着腿，看着飘散的淡淡的云，看着泛着蓝光的点点星辰，直到那一轮清凉的月儿，凄凄惶惶地栖在亚浪山的肩头，周围升起浅紫色、深紫色、紫红色云雾的时候，他从怀中取出笛子，面对着月亮，轻轻地吹起来。

他吹着，声音呜呜咽咽，抑抑扬扬，并且悠悠地、悒悒地飘进了屋内尕金的耳朵里。

那一夜，伴着洛桑达吉这忧伤的笛声，尕金生下了森巴仁庆。森巴仁庆初来人世时见到的第一抹光亮，是来自炉膛内那堆行将熄尽的火焰余晖。当这抹余晖照亮他没有棱角、面目模糊的脸庞时，他便立刻大哭起来。

昏迷的尕金，下意识地感觉到孤独的内心深处穿过了一阵轻微的暖流。那暖流，正是来自她头顶上那管鹰骨笛的几个笛孔。那几个笛孔，流水般，倾诉着温柔。

对着月亮，洛桑达吉正在倾诉温柔，但他分明听到脚下那声力透人心的啼哭。那声啼哭是陌生的，虽然听得出是发自婴儿的喉管，但那声啼哭声里所包含的真切的抗拒感和威胁感却使人觉得毛骨悚然。

洛桑达吉犹犹豫豫地放下笛子，企图辨明传来哭声的方向，很快他就明白了。明白了的洛桑达吉恐怖万分，他匆忙爬下扶梯，嗓门里咕噜有声。

他似乎想喊醒熟睡的村庄，但声音最终只在喉管里打一个旋涡又转回到肚子里，于是他只好悄声来到尕金的身边，一碗冷水，使昏迷的尕金恢复了神志。

森巴仁庆以及他从母体里带出的所有东西，都由阿多精心收拾。她口念咒语，将浸透了血渍的炉灰扔到门外，以示驱除了不祥。洛桑达吉则听凭阿多安排干这干那，他根本就没有意识到，那炉灰对他的将来意味着什么，对他的血缘意味着什么。

每天，洛桑达吉在牧归的时候，都会带回一满筐牛粪。他把这些干牛粪都倒进尕金的炕洞里，使尕金和小东西度过了一个个温暖的长夜。

有一夜，他终于闲下来，便怀揣着笛子，走上木梯，但是他的笛声刚刚从笛孔里蜿蜒而出的时候，森巴仁庆突然就从沉睡中大哭起来。

他大哭，哭声引来左邻右舍的狗的兴趣，吠声四起，继而野外的狼嗥亦隐隐可闻，这种混合的步调一致的声音，扰乱了千年万年的静谧。

毛骨悚然的洛桑达吉，从此便对森巴仁庆有几分不可言传的疑惑与戒备。他不再拥有那笛子了，也不再拥有笛子所包含的一切意义了。

对此，尕金似乎感到十分不安，她度过了一个又一个温暖的长夜后，就知道洛桑达吉的重要了，她隐隐地感觉到洛桑达吉失去笛子就意味着她将失去他，意味着这个家庭将失去一个能挑重担的男人。

他会去哪儿呢？他会去找姑娘的，这毫无疑问，他已到了该找姑娘的年龄了。

怎么样才能让他丢掉这个或许还没有萌发的念头呢？

于是，产后在洛桑达吉的照顾下逐渐恢复的尕金，便陡然焕发起青春来。她穿上漂亮的袍子，并在颊上涂了淡淡的胭脂。她像小姑娘一样在院中走来走去一番，然后对牧归的洛桑达吉说："今天煮了羊肉啦，给你留着羊肋巴和胸叉，快去吃吧。"

洛桑达吉惊讶地走到灶台边，果然有羊肉的香味，他深深地吸了一口气。

尕金说："看把你累的！"

洛桑达吉便红了脸，他第一次发现尕金的周身散发着暖洋洋的气息。他非常舒心地坐在灶台边，尕金已将羊肉捞了一大盘。

他连忙说："太多了……"

"吃吧。"尕金说，"今天还有酒呢。"

"我不喝酒……"

"喝一点儿不要紧的，解解乏，暖暖身子，来！"

"阿姐尕金！"他突然叫了一声。

"哎！"尕金含情脉脉地望了他一眼，她撇开原则，接受了这种称呼，她说，"洛桑达吉啊，我要感谢你这么多天来对我的帮助，这一碗，我先敬你！"

洛桑达吉惶恐地去捧酒碗，却捧到了捧着酒碗的尕金的双手。这双手非常柔软，非常暖和，使他吃惊不小。

有生以来，他第一次如此近地面对一个年轻的女人，女人微笑着，却不忙把手拿开，洛桑达吉抖抖的手指，将酒向空中弹了三次，敬天，敬地，敬神，然后一饮而尽。这醇而又醇的琼浆玉液，通过尕金温暖的手，倒进了小酒碗中。坐立不安的洛桑达吉，已是微微地醉了。

在尕金“洛桑啊吃吧”“洛桑啊喝吧”的乐曲一般美妙的声音中，洛桑达吉狼吞虎咽，这之前，他似乎从没有吃过如此香甜的羊肉，没有喝过这么醇厚的美酒。

尕金看到酒红从这张年轻而黝黑的脸上漫到后颈上时，她说：“洛桑啊，你年纪也不小了，该有个女人了。”

洛桑达吉没有听出其中的玄妙，他口齿不清地说：“女人吗？”

“是呵，我给你做个媒人好不好？”

“阿姐尕金，不要讲笑话，谁会喜欢我？上无片瓦，下无寸土……”

“那不要紧，要紧的是有一个喜欢你的人，你没有房，她有房，你没有地，她有地。”

洛桑达吉瞪大了眼睛。

“是谁？”他终于鼓起勇气问了一声。

“名字我先不能告诉你，不过她是我们本村的，心眼好，什么也不缺，房子啦，地啦，牲畜啦，不缺吃，不缺穿，如果你上门当女婿，多享福呵！”

尕金十分神往地描绘了一番未来，忽而她又叹道：“唉，只怕你不肯。”

洛桑达吉稀里糊涂地看着她，说：“到底是谁？”

“只怕是你不肯，我也不知道你到底肯不肯。”

她毫无把握的样子使他惊奇不已。

洛桑达吉低下头，将村里的姑娘们排成队，然后从头到尾想了一遍，这个不可能，那个也不可能，最后他醺醺然道："阿姐尕金，听凭你安排……"

"你当真吗？那好，她嘛，个子这么高，"尕金十分得意地比画着自己的苗条身材，说，"腰身细细的，脸嘛……"

洛桑达吉笑道："像阿姐你吗？"

尕金喜上眉梢："你当真吗？"

洛桑达吉带着十二分的醉意，忘乎所以地点点头。

这时，尕金的象牙镯子突然噗的一声，掉进了灶膛边上的冷灰里，她不拾，等着洛桑达吉拾，洛桑达吉就真的低下头去拾，恍恍惚惚地递给她。

尕金说："你替我戴嘛！"

洛桑达吉就举着镯子，朝她撮起的手套去，套了好几次都套不进去，于是他索性抓住她的手……

这时，尕金已紧紧地捉住他的双臂，朝他偎过来，她那张涂了胭脂的面庞接近了他的面庞，她去吻他的脸，吻他的胡茬。神志不清的洛桑达吉毫无余地地搂住了怀中的女人，心中的一片苍白，被女人的温情淡淡地覆盖住了。

灶膛里的火，静静地寂灭为灰。

第二天一大早，洛桑达吉被一阵胜似一阵的口渴惊醒过来，他发现怀中蜷睡着尕金，简直不敢相信自己的眼睛，他难以转动僵硬的脑子使自己清醒一点儿。他想，肯定是他搞错了，要不然，就是她搞错了。

她终于醒来，并且安详地对他说："你就是我两个儿子的父亲了。"

洛桑达吉大怒道："这不可能！"

尕金便抑扬顿挫地哭了起来。

"你昨晚答应我当真的，怎么过了一夜就变卦了？"

她嘤嘤有致地哭诉道："全村人都知道你昨晚睡在我的炕上，你还不承认，你这个没良心的……"

洛桑达吉被哭声搞得心烦意乱，他觉得最解燃眉之急的，应该是一碗冷水。

于是他一跃而起，走到灶台上找水，他揭开锅盖一看，一大锅羊肉没有捞出来，在锅里过了一夜的羊肉已泛出红红的血色。他静默地站在那里，看着那血色，仿佛是在看着自己血红但不牢靠的舌头。

这样，他就不得不接受了在他看来已成为结论的事实，只过了一个迷蒙的夜，他便是两个孩子的父亲了。

他甚至想不到懊悔，因为翻过来覆过去都是一样的。尕金千方百计地使他相信女人都是一样的，而男人应该有一个女人，当然还应该有很多很多孩子，因此，他只好静下来等待属于自己的骨血。每过一年，孩子还未等来时，他都要恍然大悟一次，恍然大悟之后，就麻木了。

尕金剥着豆荚，得意扬扬地哼着小曲儿，阿多走过来说："你别高兴得太早，依我看，男人都一样……"

她把恶毒的话咽了回去，痛心地看着女儿，又将鄙视的目光投向门外。

是呵，这么晚了，遛马的洛桑达吉也该回来了，他怎么还不回来呢？自己既然已经耗费力气捉住了他，现在就不能简简单单地放他跑掉。

尕金急急忙忙回到屋里，将崭新的白毡换到炕上，她仿佛觉出某种危险正在悄悄地溜进自己的院门，她立时呸呸呸地朝那个方向唾了三口唾沫。

然后她把自己打扮得干干净净的，换上新袍子，系上银链子，颊上涂了淡淡的胭脂，就像从前一样。炉火映红了她的脸庞，她在等待丈夫的归来。

· 小佛堂 ·

入秋的月，明晃晃地挂在东天。已是深夜了，千户庄廓里的前后院都还亮着灯。

已成为衮巴寺管家的丹麻喇嘛跟着完德扎西朝院内走，他一边走一边问："索白千户在哪间房？"

完德扎西说："老爷在佛堂里。"

丹麻喇嘛又问："夫人不在吗？"

"夫人在后院。"完德扎西小心地答道。

"那好，我进去了，没有吩咐，你和旁人都不要进来。"

丹麻喇嘛说着就跨过了佛堂的门槛，随手关上了门。完德扎西停在门前，对着门板说了声"是"，然后转身走下台阶，绕过经堂，在黑黝黝的后院门前犹豫了一会儿，就悄无声息地进去了。

索白此时坐在佛堂一角的卡垫上，身边放着一只鼻烟壶，似乎在思考什么。当他看见丹麻喇嘛深夜来到亚塞仓城堡，便一脸惊异地站起来，说道：“是丹麻喇嘛呀，请进，怎么，你一个人吗？”

丹麻喇嘛说：“我一人来的，打搅索白千户的静思佛心啦！”

索白说：“一个人就好，你应该常来的，亚塞仓城堡永远都是你喝茶的最好地方。”

索白说着话，随即拿出一条橘黄色的丝质哈达献给喇嘛。丹麻喇嘛也从袖筒里抽出一条月白色的丝质哈达献给索白。

丹麻喇嘛戴着一副水晶石眼镜，暗红色的袈裟裹在肩上，瘦削的双臂露在寒冷的空气里，泛着青灰色的光芒。

他常常一个人闭关坐经，到了乐此不疲的地步。所谓闭关，就是身在斗室，每日一食，坐以待旦，这期间不思俗务，不思饮食，完全从日常起居生活中解脱，放弃正常阳光的物质性光芒的照射，全身心地遨游于经卷佛文之中，以静关照心，以无关照有，从而达到常人所无法达到的境界。

这种境界，何须阳光，真正的温暖来自内心的觉悟，犹如春风拂面，徐徐而来，款款心怀，由此永远。

丹麻喇嘛由于长期闭关，眼睛已不能接受白昼刺眼的阳光照射，因此便戴起了这副在他看来非常奢侈的水晶石眼镜，显得有些书卷气。他看见索白，那眼神给人的感觉不是看着亲哥哥，而只是在看着一位千户施主而已。

索白请弟弟坐下后，亲自为他端上一碗酥油茶。索白心里明白，丹麻从来都是无事不登三宝殿。自从舅舅去世，嘉措出走，索白成为亚塞仓城堡真正的主人之后，丹麻便对他另眼相看起来。那种目光里所包含的无法描绘的冷峻常常使索白无处藏身。

索白坐到丹麻对面的卡垫上，下意识地摸到放在一边的鼻烟壶，那是一只雕着四瑞和睦图的玛瑙鼻烟壶，索白顺手打开壶塞，把淡灰色的鼻烟粉倒在大拇指的指甲盖上，用指关节抵住右鼻孔，一吸气，那些淡灰色的鼻烟粉全都吸进左鼻孔里，索白打了几个喷嚏，一缕缕青烟顿时弥漫在昏暗的佛堂里了。

丹麻喇嘛冷眼看着哥哥，一直到弥漫而起的青烟使两人的身影朦胧起来，才说："想不到索白千户竟然在佛堂里吸烟，这种有悖佛理的事情要不是我亲眼所见，真不敢让我们这些佛门中人相信。"

索白抵在鼻孔上的手指一抖，鼻烟一下子全撒在他的袍子上。他放下鼻烟壶，一边拍打袍子，一边说："是呀，这样真不好，多谢你提醒。不过，我也是没办法，我的精力没有从前那么好了，现在对我来说最好的休息办法就是吸两口，部落里让我操心的事情太多了。"

"你也有这么糊涂的时候吗？"

索白仔仔细细地拍打袍子，他接着弟弟的话头说："一时糊涂，一时糊涂。"

丹麻喇嘛说：“我看你就是糊涂了，你借口部落里事情太多，根本不关心衮巴寺的前程。”

索白惊道：“这话从何说起？”

丹麻喇嘛说：“自从衮巴寺活佛圆寂，到现在已经整整两年了，衮巴寺里所有的僧人都在潜心祈祷活佛的灵魂早日转世，好再为代扎的人民弘扬佛法，以后代扎草原才能人畜两旺，永无灾难。”

“那是当然。”索白说，“我每个月都向寺里布施大批酥油和青稞，还定期在寺里熬茶，也是诚心诚意希望活佛的灵魂早日转世呵！”

丹麻喇嘛坐在哥哥的对面，他看着青烟缭绕着的那张面孔，心想：你怎么还不明白呢？你还要等到几时呢？

丹麻喇嘛叹一口气，脸上冷峻的表情缓和下来，他说：“索白千户，现在你不必向我表示什么，我实在不懂你为什么对寺里的事情那么漠不关心，今天下午我派一个沙弥到亚塞仓城堡请你去一趟衮巴寺，可你竟然推脱政务繁忙而未到来，所以我只好再跑一趟。”

索白说：“下午我真的在开会，这不能说明我就不关心寺院。我刚才还在想明天一早就去衮巴寺拜见你呢。”

“你不必再去，我们明天开始要举行一次祈祷大法会，十五天才结束。”

索白不解地望着弟弟。这寒冷的秋夜里，丹麻仍然一身单衣，水晶石眼镜在昏暗的佛堂里闪着两片晶莹的光点。他面前摆着的那碗酥油茶已经凉了，还不见他喝一口。

丹麻说："我今晚来，是想告知你一件事情，前世活佛圆寂后，我们照着他的模样塑了一尊镀金塑像，高有一尺，昨日请经师祈祷开光后，敬献在供桌上，当时是我和经师亲手把塑像供上去的，坐北朝南，供得很端正，可是今天早晨我们在经堂早祷的时候，却奇怪地发现活佛的塑像不再坐北朝南，而是坐东朝西！"

索白大吃一惊，他对弟弟的话常常怀有疑惑，这次也不例外，他面有疑色地看着丹麻，说："这怎么可能呢，这不太可能嘛！"

丹麻义正词严道："正是如此，经师说，这是最好的兆头，我们衮巴寺活佛的转世灵童快要出现了，活佛坐东朝西，正说明灵童将在西面转世，这是活佛在向我们这些蒙昧的人们指明正确的方向，对于代扎，这是一件值得庆幸的大吉之事。"

索白激动地站起来，连说："好好好！"话音未落，复又沉沉地坐到卡垫上，他喃喃道："什么？西面？代扎的西面不是沃赛部落吗？"

丹麻喇嘛欣然答道："正是！正是！我们明天就开始集体祈祷。早日寻找到活佛的转世灵童，是衮巴寺里所有僧人的最大心愿！"

索白忧虑地说："衮巴寺里坐上一位沃赛部落的灵童，代扎的人们会怎么想？前几世活佛可都是代扎人呢！再说，亚塞仓千户城堡世世代代都是衮巴寺最大的施主，如果活佛是代扎人，亚塞仓城堡必然会在活佛坐床的大典上奉献最精美的供品！”

丹麻喇嘛大怒道：“索白，我明白你的意思，但是衮巴寺不会任你摆布，活佛的灵魂会选择自己的暂寄之躯，这跟施主无关！”

丹麻喇嘛说完，大踏步地往外走，索白追到佛堂门口，低声说：“丹麻，我看你气色不好，闭关修行也要多注意自己的身体啊……”

丹麻喇嘛冷冰冰地答道：“我的身体已经奉献给了佛祖，学习佛的教诲，正是我毕生追求的最大心愿，你不关心寺院，玷污圣洁的佛堂，罪不可恕，我今天回去后马上要再次闭关，为你的不悟，请求佛祖的宽恕。”

索白无言地坐回到卡垫上，一个人吸了一会儿鼻烟，那只玛瑙鼻烟壶很快就空了，他把空壶揣进怀里，一挺身，站了起来。

这座小佛堂坐西朝东，整面北墙上靠着一排供桌，供桌上方有一座座金质或银质的佛龛，正中是佛祖释迦牟尼的尊位，两边是文殊和普贤，还有宗喀巴大师、四臂观音、莲花生大师、怖畏金刚。西墙和北墙上挂满了金绣织品，这些织品藏语叫唐卡，唐卡上有无量寿、无量光、药师王、密集金刚、空行母、度母、妙音天女等神像。这些唐卡色彩艳丽，各放光芒。

供桌上摆满了乔玛。所谓乔玛，就是供品，有各式各样的干果、藏式点心，有青稞和四瑞和睦图组成的斗供。七盏净水中，漂浮着秋天里纯净的黄菊，散发着生命的芳香。

净水前，有一炷檀香，已燃尽了，索白换了一炷。

这种檀香，是丹麻从拉萨带回的，据说是印度货，那次丹麻是去朝圣的，一个人，走了三个月……这个兄弟，他的内心里到底在想些什么？

索白同丹麻从小寄养在舅舅家中，舅舅有一个独生儿子，就是嘉措，三个男孩在千户庄园的锦衣绸乡里长大，舅舅心疼这两个失去父母的孩子，所以对他俩特别关照。

按照乡俗，这三个男孩中必须要有一个男孩去寺里当小完德（沙弥），学习佛经，过出家人的清苦生活。索白是三个孩子中最大的，当索白知道自己就是那一个时，他立刻就病了，病得很厉害。舅舅请了最好的喇嘛医生给他看病，也没看出个所以然来，舅舅只好让老二丹麻进了寺院。

丹麻一走，索白的病马上就好了。

索白记得丹麻临走时的模样，丹麻虽然年幼，但他对哥哥的痛心一瞥，使索白终生难忘。或许兄弟二人的根本矛盾就产生在那一瞥中，或许这矛盾来自骨髓，来自灵魂，来自前一世的世世相传中。

舅母不久就去世了，舅舅也随之而去，那时千户大院里无人走动，更无人谈笑。舅舅去世时，丹麻远在拉萨，而嘉措只知道痛哭，只有索白像个男子汉一样料理了所有的家事。当千户爵位的世袭文书下来时，那上面的名字是索白，而不是嘉措。

嘉措两袖空空，潇洒地走出了千户庄园。

丹麻不再称呼他哥哥。

他的周围顿时布满了风言风语的陷阱……

但是他居然挺到了现在，连他自己也难以相信。

索白想着这个比自己小几岁的弟弟，想努力多唤起一些有关弟弟的记忆，可是从记忆里突然出现并且迅速充塞了他的大脑的，却是那位他一直难以忘怀的年轻女人，她就那么突然出现了，并且美丽轻盈地在黑暗中微笑着。

丹麻喇嘛到来之前，他就在想着她，这会儿，他刚要为弟弟的事烦恼时，她又来了。

不知她从哪里来，就像是天意，天意使他得到了封位，而天意也使嘉措得到了仙女。是的，上天不会将两样好东西赐给同一个人的。可是，嘉措，这个傻瓜，他竟然放弃了自己身边唯一有价值的东西而远走他乡。好了，现在，上天让这位仙女降临到他的土地上（天意居然也有改变的时候！），他将给她以滋养、以润泽，他将使她受伤的情怀渐渐平复，他将带给她人间最纯的、草原最烈的，或许是那芳香的花草，或许是雪巅的灵芝，也可能是那太阳、那月亮、那星辰……凡是能配得上她的，他都会给予她。这代扎，能找出第二位这样的女子吗？不可能了。

——你从哪里来？伸出你的右手，让我看看你的掌纹，我马上就会知道你来自何方，我就会知道你的心，你那颗神仙寂寞的心……给我——

“我的心早给您了，老爷！”

“万玛措！你怎么会在这里？！”

“老爷，看见您这边的灯亮着，我就过来了，您是在等我吗？我知道的。”

庄园里年轻的厨娘万玛措窈窕地出现在千户大人的面前，她眨巴着她那双好看的眼睛说道：“哎呀，您可是第一次吸这么多的烟呀，让我闻闻！”

· 松仁仓的草 ·

第二天一早，松仁仓的丹增才巴百户就登上了千户老爷的大门，他面目苍黄，来不及给索白献上哈达就气咻咻地说：“千户老爷，请您给我做主！”

索白正在听完德扎西报账，他看一眼这位愁眉苦脸的手下，完德扎西就立刻退下。

索白正色道：“你又闯什么祸了？”

丹增才巴说：“哎呀老爷，可不能冤枉我，您一定得给我做主，反正这草场说来也是您的。”

“你是不是想给我增加点收入？”

“沃赛部落的那个头人才不会这样想呢，他倒是打算和您平分秋色呢！”

索白紧紧地吧嗒了一下嘴巴，每逢他知道有人在打自己的算盘，他就会不自觉地吧嗒一下。

他吧嗒一下，然后说：“到底怎么回事？”

“是这样，”丹增才巴说，“沃赛头人不知从哪儿弄到一张假地契，硬说松仁仓背后那片草场是属于他们的，他们说地契是从政府手中买的，还花了一大笔钱呢！”

“疯话，地契我们早就买了，而且每年不是还要交钱吗？他们是什么时候买的？编谎也不能这么没卡码！”

丹增才巴说：“我的话还没说完呢！庄民们在那儿放牧，碰上沃赛的人，两边为了抢那片草场，已经打了半天了。沃赛头人知道得快，他很快就派了一支枪队来对付，庄民们死伤惨重。我知道后赶紧跑来报告。老爷，您可得替我们做主呀！”

索白大怒：“都打起来了，你不到草场去，在这儿说什么？”

索白满脸青色，连叫完德扎西，完德扎西应声而出，索白吩咐道：“赶快给我备马，召集枪手，去松仁仓！”

“那么我呢，老爷？”松仁仓百户问。他似乎对自己的土地已经不抱什么希望了。

索白仿佛没有听见，他自顾自地冲出门去找他的马。他虽然对丹增才巴没有信心，但是，对土地，对草场，无论何时，都怀有坚定的信心。他知道，他这样冲出门去，是要沃赛那狗东西把吃进去的原封不动地吐出来。

代扎部落与沃赛部落已经有十多年不曾交战了，尽管沃赛头人是索白的亲叔叔，但是真正让两部落和平共处的，不是这种亲缘关系，而是沃赛夫人，她的明智使她把自己的妹妹耶喜许给了索白，这样，长年不睦的两部落才算是有了一段稳定的时光，可是现在，那沃赛老贼不顾他们曾经许下的诺言，竟擅自洗掠了代扎部落的地盘！

索白带人冲到松仁仓时，沃赛的手下早已不知去向，但见松仁仓草场上人仰马翻，血迹斑斑，妇人们围在尸体旁号哭不止。一见千户来临，她们立刻齐齐跪下。她们除了满怀的仇恨，除了复仇的强烈欲望，再也没有剩下什么。

一双双决绝的眼睛瞪着他——众人之父、千户之王，那些眼睛里写满了请求：让我去！让我去！

这众人之父，一下子被点燃了，但是他明白一个道理，擒敌先擒王，他要想办法除掉沃赛头人。如果沃赛不在，那么沃赛部落也就名存实亡了。

他知道他该怎么做。

这样，索白内心的冲动逐渐平息下来，他等待血迹污染的黄昏渐渐从人们的记忆里变淡，他等待一个晴朗的天空，他等待沃赛放下武器的时候。

这一天，就这样来了。索白带着二十几个枪手，守候在山垭口，他们准备狙击沃赛头人。

太阳艳艳，暖洋洋地照在冰冷的枪口上。山下那条羊肠小道，一直通向这一带最大的寺庙——衮巴寺。今天是衮巴寺坐经的最后一天，也是沃赛头人放布施、熬茶的固定日。午后，沃赛头人一定会带着家眷，带着一大堆拖拖拉拉的运布施的家丁，经过这座山垭口，去衮巴寺听经。

去寺院的人，是不会带武器的。

午后，远处响起了马蹄声，沃赛一行华冠丽服而来。沃赛的马走在前列，那是一匹黑色的高头大马，四蹄踝上一圈白色，马鞍是银子打制而成的，在阳光下正闪烁着熠熠光彩。跟他并肩走着的是一匹纯白色的马，看不清骑在马上的人是什么人。后面跟着一群女眷，其中一匹马上是一位妇人抱着孩子，大约是沃赛的妻子与儿子。

妇人们的嬉笑声隐约可闻。

艳艳太阳下，急不可耐的枪口一起对准了最前列的两匹马。被激情焐热的枪管，反射出冷冷的光芒。

索白俯视一会儿队伍的前列，又俯视一会儿队伍的殿后，他说："好，都在这儿了！"

在他一侧的完德扎西愁眉苦脸地说："是呵。"

"完德扎西，你跟我这么多年了，也该知道我的脾气。"

完德扎西不出声。

索白断然道："准备！"

二十多个黑色死亡之洞毫不犹豫地瞄准了山下那些快乐走动着的生灵。

忽然完德扎西惊叫起来。

索白怒道："你这蠢材！"

"老爷，您快看，白马上是丹麻喇嘛！"

索白一看，顿时惊呆了，他看清了白马，也看清了白马上的丹麻——自己的亲兄弟，他一下子搞不清是怎么回事，只是不迭地说："快放下枪，你们这些笨蛋！"

索白握枪的手攥出一把冷汗，他痴痴地说："那个笨蛋，他怎么会和沃赛在一起……"

山下的白马上，丹麻一袭袈裟，正在同沃赛头人谈笑。快走出山垭口时，丹麻微微抬起头，好像很不经意地朝山上看了一眼。他的视线穿过草丛、穿过石林，恰巧停留在索白藏身的地方。他仿佛看见了那些对着他的枪口，那些枪口正无声地反射着光芒。丹麻以喇嘛的身份，在危险面前保持着尊严，或许他对这种危险早已成竹在胸。

晴朗的阳光下，丹麻喇嘛朝山上仰起脸，面对亲兄弟的枪口，他的嘴角挂起了一丝冷笑。

山上的索白，听见了兄弟的笑声。

二十多名枪手搓着双手，那上面涌动着无处可泄的愤怒，他们看看索白，又看看完德扎西，于是完德扎西就说：“老爷？”

刚刚听到兄弟那声奇怪的笑声后，索白极感颓然，他把枪收回怀里，又拿出来看，看完之后便说：“快！抄近路赶在他们前面到寺院，等他们进去后包围起来，再见机行事！”

完德扎西大惊道：“寺院怎么能动手？”

索白根本不听，完德扎西又说：“那好，我们去，您就不必去了，老爷，在这等好消息吧，万一出什么事，您也好对庄民们有个交代。”

索白静下来，他看一眼完德扎西，默认了。

完德扎西一声呼啸，众人踏镫而去。

黄昏时，二十多名枪手已神不知鬼不觉地围在寺院大经堂的围墙下。诵经仪式还没有结束，沃赛的家人围坐在廊檐下，唯独沃赛坐在经堂里面，身边仍是丹麻喇嘛。

经堂里坐满了高僧大德，他们正在向威严的佛祖献上完美无缺的颂歌。

完德扎西听到了颂歌，他被颂歌吸引了，他入迷地听了一会儿，然后决绝地对自己说："这是天意！"

说完他便跪在寺院门口，叩三个重重的响头，向神佛谢了罪过，然后一挥手，示意枪手们无声而退。

枪手们回到亚塞仓时，发现千户不在庄园，一个家丁告诉完德扎西，千户派人来通知他们立刻到山垭口去。

二十多名枪手重新云集于山垭口，发现索白仍在那里，他仿佛早已预感到了完德扎西的不成功，所以对他们的退出丝毫也不感到惊讶。

完德扎西上前叩道："老爷！"

不等完德扎西说完，索白千户便摆摆手，他不需要完德扎西的任何解释，事情的经过，他完全能想象得出来，因为他太了解完德扎西了，他甚至能想象得到完德扎西叩三个响头时的敬畏心情。

完德扎西看到千户摆动的手，顿时感到十分委屈。那只手上的太阳石戒指，在傍晚的山巅间显得那么神秘莫测。硕大的、神秘的太阳石戒指在晚风中摆动，使即将到来的这个暗夜哑然成谜。

沉默中，夜就来了。

索白终于说："沃赛这个老贼，我实在难以咽下这口窝囊气！"

完德扎西小心翼翼地说："老爷，依我看，沃赛再大的胆子也不敢跟您作对呀，只怕是有人捣鬼，要不然就是有人撑腰……”

“别乱猜，谁会支撑他的腰。”索白说，“我要让他知道我的厉害，要不然他的劲头大得冲天哩！”

完德扎西说：“我觉得地契的事就特别奇怪，还有，沃赛头人哪来那么多武器呢？”

索白一心想着沃赛，他说：“他不给我面子，我怎么可能给他面子！”

完德扎西便说：“也好！”

夜来了，这个无月之夜，群山进入紫色氤氲之中，远方的云霭，也因沉沉夜之降临，而慢慢模糊了。

索白吆喝众枪手排成两排，在山垭口散开埋伏。他知道沃赛和他的家人在佛经诵完之后，会按原路返回，而丹麻身为出家人，是不可能到沃赛部落过夜的，因此，索白断定丹麻不会与沃赛同路，而这正是他要伏击沃赛的最佳时刻。

山下那条黑黝黝的小路，让索白看得眼冒金星。沃赛这个老贼，此次必死无疑，从今往后，有谁胆敢侵人土地，掠人草场，这就是最好的下场。

暗夜之中，路的尽头响起了索白盼望已久的马蹄声。索白立即吩咐众人：“别乱开枪，要打排子枪，对准那副银鞍子，其他的马不用管！”

山下依然黑黝黝的，只能听见马蹄声疾驰而来，似乎有很多的马匹冲向了小路，声势浩大，和白天的静谧全然不同。马群在夜色的掩护下，浩浩荡荡地奔跑在笃实的土地上。

索白尽管被这种声势搞得有些糊涂，但他坚决不改初衷。他朝山下张望，企图首先辨认出那匹佩着银鞍子的黑色骏马。

果然，那副银鞍子出现了，银鞍子在黑夜里正闪烁着夺人心魄的光芒，它随着马匹的跃动而呈弧线形前进，简直就是在诱惑枪手们去扣动扳机。

索白笑了，沃赛这个傻瓜，只知道佩着银鞍子装腔作势，故作高贵，却不料这正是黑夜给他的最好礼物。

索白举起他那只戴着太阳石戒指的手，然后猛地从空中砍下来。

排子枪顿时响成了一片。

枪声过后，小路上死寂沉沉，好像根本就没有马群经过这里。索白带人冲下去看，山路上，只有一匹老马奄奄待毙，它的身上佩着沃赛乘马的银鞍子，身后拉着一辆四轮马车，马车的后面连着另外两辆四轮马车。看到这一幕，索白恍然大悟，原来之前听到的浩荡马蹄声并非来自真正的马群，而是由这匹老马拖着一串马车在山间行进造成的错觉。

索白放眼四望，路上空无一人。

钥匙

原载《大家》2005 年第 3 期
原篇名为《在那东山顶上》，本书收录时改名为《钥匙》

华果一个人度过漫漫长夜，似乎已有一个世纪那么长了。三个月来，她没有画一幅唐卡画，只是隔几天到扎宝的颜料店里，看一眼印度的金粉、不丹的紫红、尼泊尔的黄丹、安多的朱砂、后藏的蓝靛，也算是满足了没有画画的遗憾。她躺在床上，举起双手，昏暗的灯光下看到自己的手上暗迹斑斑，那些沾染的颜料仿佛长进肉里，再也洗不掉。这是一双奇怪的手，手形优美，皮肤的粗糙却透露出她生活的窘境。右手中指的第一个骨节深深凹进去，那是长年握着画笔的结果。这双沾染着颜料的手透出一股矿石的气息，那是画唐卡特有的气息。

她是嗅着颜料的气息长大的，她三十年的人生与颜料息息相关。父亲把她带进唐卡世界，那世界里色彩斑斓，故事繁茂。她从父亲那里学会了用颜料讲述一个又一个传奇，后来她有了一个同样画唐卡的丈夫。颜料让她满足。颜料曾是她的全部，颜料也给了她全部，可是很快又把全部拿去了。扎宝听说她丈夫带着她的唐卡画远走高飞后，劝慰她说："你还可以画，重新再来。"可是她重新来不了，她一拿起画笔，一展开画布，那种熟悉的颜料的气息就扑面而来，就让她眩晕，就让她俯在马桶上呕吐不停。三个月了，她想都不能想，每次到扎宝的店里，远远看一眼颜料，就逃也似的回家，留下扎宝独自唉声叹气着。

她从没想过嗅不到颜料的味道她也能活下来。这是奇怪的悖论。

有一次她看到扎宝居然拿着画笔煞有介事地站在一幅未完成的唐卡前，她笑起来。扎宝说："你不要笑，你不画，只好我这个蹩脚画匠画了，唐卡总得有人画吧。"

她远远站着。阳光下扎宝的背影有些模糊，她想起很多年前，扎宝是父亲众多弟子中的一个。少年的他留给她的印象不深，只记得他画艺不好，得不到父亲的赏识。他很快离开师父，到城市发展。等她来到这座城市时，他已是一家不大不小的颜料店的老板了。颜料店开在城里唯一一座藏传佛教寺院的旁边，每天到寺院的人很多，他的生意也不错。他经常约华果一起坐坐，华果也不明白"一起坐坐"是什么意思，对她来说，不坐在餐厅也可以吃饭，不坐在茶艺馆也可以喝茶，她的生活简单惯了。时光就是这么过去的，时光让一切变得模糊。

她长长地叹了一口气，引得扎宝回身看着她，说："你得帮我把这幅唐卡画完。”

她说：“我没法画了，你知道的。”

他追着她离去的背影说：“我这儿什么颜料都有，你到底缺什么啊？”

她还是离开了。她每天洗十八遍手，洗净后抹上香脂，可是过不了几分钟就发现深藏在皮肤里的颜料又渐渐洇出来，颜料的气息覆盖了香脂的味道，双手又变回去了，仍然是一双画唐卡的手。她苦恼地看着它们，翻来覆去的，丝毫没有办法。

生活总得继续。可她只会画画，从未尝试过其他的生存方式，面对马上要交租金的房子，她束手无策。如今房中已空空如也，简陋的家具也变卖成个把月的一日三餐，日子难以为继。怎么办？曾经支撑她生存的信念也已坍塌……

她看着墙壁，那上面曾挂满了她画的唐卡，现在只剩下一些挂钉和双面胶的痕迹，墙壁的苍白犹如她的脸色。她绝望地瞪着无神的一对大眼睛，想着那些色彩缤纷的唐卡如今都在何处？那些秘密的花蔓开在何方？

愁容满面的华果起身在房中走来走去，想不起晚餐到底吃过没有。窗外的灯光已经亮起来，夜晚来了。

还是得去看一眼唐卡颜料，否则这将又是个不眠之夜。华果灭了灯，包了一条围巾，辗转来到扎宝的颜料店。这是条熟悉的道路，但也足以令她疲劳不堪。

扎宝的颜料店门前亮着灯，挂着藏式装饰品。门是虚掩的，推开门一看，柜台上摆着琳琅满目的物品，各式各样的颜料盒码得整整齐齐的，墙上的唐卡挂了好几幅，店里空无一人。华果心中奇怪着，叫了一声扎宝的名字，蓦地看到扎宝被五花大绑地捆在柜台旁一根柱子上！她大吃一惊地喊了一声：“老天！”

华果大脑里一片空白，机械地连忙过去，想也没想就去解他身上的绳子。扎宝哭丧着脸，说：“没用的。”

华果发现绳子是一根包着铁链的塑料管，且被一把硕大的铁锁紧紧扣住。她徒劳地摸索了半天，最终毫无结果地停下手来，才知道问一句：“怎么回事啊？”

扎宝抬着下巴指指柜台：“你帮我点支烟。”

华果找到一盒精装的“云隐”牌香烟，这是她熟悉的牌子，她每次见扎宝，他都在抽这种烟。她取出一支，递到扎宝噘起的嘴上，帮他点燃。

“我兄弟，”扎宝在绳子里扭动着身子，“我兄弟锁了我。”

华果说：“兄弟？我还不知道你有兄弟。”

扎宝呼出一口浓烟，似乎呼出了一口恶气，他说：“他锁了我，拿着钥匙玩去了，在滨河街的女神朗玛厅。你去要钥匙吧，求你一定要帮我。”

华果无奈地望着他，一大堆问题都要问，她甚至还没见过他兄弟，可是看到他求助的眼睛，便不忍问那么多，很快答应了他，跑出店去。

华果打到一辆出租车，告诉司机目的地是女神朗玛厅，司机应声调了车头，向前驶去。看来他是知道这个藏式歌舞厅的。华果从后视镜里只能看到司机的上半个头，她从这个局部看到这是个头发蓬乱、额头长满皱纹的中年男人，但她看不到他整张脸，心中有种怪异的感觉。是的，她怎么去辨认扎宝的兄弟呢？他为什么要锁哥哥，又怎么能心安理得地待在歌舞厅里？华果的脑子里乱哄哄的一片，还没理出头绪，车已开到一处灯火辉煌的街上停下，华果付了车费，下了车。

她发觉这条街她是认得的，这是这座城市里繁华的商业街之一。她来过几次，不过都是在白天，来去匆匆，没有留意过，想不到夜晚里这条街会是如此华灯高照、流光溢彩。来来往往的人都兴味盎然地穿行在灯光织成的幻境中，喧闹的人群是白天的数倍，各种各样的香味扑面而来，各种各样的粉黛擦肩而去。她茫然地站在街边，来到这座城市已有六七年，却从没有发现它的这一面。她只是生活在清晨的、白天的这座城市。她看到过疲于奔命的、憔悴的城市面容，她看到过它尘土飞扬、缺乏生气的白天。她也是那白天中的一员，整天忙于做事，天一黑就回家睡觉，完全忽略了空气中隐隐流淌着的昨夜残留的芬芳。那是城市的另一面，是另一类人，是另一种生活。

华果在五彩的灯光中感到一阵眩晕：这是什么呀？她觉得一种生机勃勃的气息充满了这个夜晚，这是陌生的，又是新鲜的，是令人惧怕的，又是令人好奇的。

街边的一座藏式建筑上挂着一块写着藏文和汉文的牌匾，这座建筑就是女神朗玛厅。她迟疑着，还是走上了台阶。

女神朗玛厅里人声鼎沸。她站在门厅里朝里望去，只见一桌又一桌的男男女女，年轻的面孔上泛着青春的色泽，大杯的啤酒泡沫里散发出异样的香气，高分贝的扩音器传来藏族现代音乐，震耳欲聋。华果东张西望了一番，她突然置身于如此喧哗的境地，竟一时不知如何是好。

“华果吗？”她的身后传来一个男子的声音。

她回过头一看，那男子的年纪和长相都和扎宝极其相似，但又有那么点不同，是衣着不同吧？她说不清楚。她忽然意识到自己从没有仔细注意过扎宝到底长什么样，以至一下子不能分清楚他们俩。

她嗫嚅着，半天才开口道：“你是扎宝的兄弟？”

他说：“我叫罗西。”

华果低着眼睛说：“我来替扎宝拿钥匙。”

罗西咧开嘴无声地笑了，他说：“不急嘛，先去坐会儿。”

华果固执地扭扭身子，说：“扎宝还在等呢，你把他捆得……”

罗西看着她，眼睛里飘过一丝笑意，他说：“拿钥匙哪有那么容易，要知道锁他可是费了我一番功夫。这样吧，我提个要求，你要答应我就把钥匙给你，不答应就算了。”

华果没想到还会有条件，她怔怔地望他一眼，看他脸上认真的样子，不明白这兄弟俩到底是怎么回事。

罗西说：“我那边有几个朋友，他们都有女伴，你就当一回我的女伴，聚会结束后我就把钥匙给你，怎么样？”

华果红了脸，说：“我还不认识你啊……”

罗西笑道：“你认识我哥哥就等于认识了我，走吧走吧。”

罗西说完就转身进去，他似乎坚信她会跟上来。果然华果无可奈何地跟在他身后，穿过很多桌子，她看着他宽阔的背影，想着这么爱笑的一个人，怎么会去捆住亲哥哥呢？

他们来到一张桌前，靠舞台很近的地方，已有两男两女坐在那里，桌上堆满了啤酒瓶。华果一看，那几人都好像见过，但不熟。是在扎宝的店里买东西的时候见过？还是怎么？好像是扎宝的朋友嘛……

他们热情地起身招呼她，然后一起坐下来。他们年纪都在三十岁左右，两个女孩看上去要年轻些，衣着时髦，头发梳成古怪的样子，裤子上有很多口袋。罗西紧紧坐在华果的左侧。他依次介绍了他们的名字：“洛桑，女朋友卓玛。本巴，女朋友朵朵。”罗西把华果介绍给大家，说她是一位非常有名的唐卡画家。他咬文嚼字的、郑重其事的语气让华果不知如何是好。

好在几个人不是很在意，也许是音乐太响了，他们没听仔细，也可能是他们对非常有名或画家什么的根本不了解。总之，他们只是举起杯子，邀她同饮。华果慌乱地抓起一只酒杯，胡乱碰了碰，饮下半杯，脸已红了。名叫洛桑的突然站起来，带起桌子椅子一阵乱响，便冲上台去，吓了华果一跳。只见他身上的皮衣在舞台的强光下闪烁着熠熠光彩，那是些装点得太多的金属扣子。原来是台上的女歌手刚唱完一支歌曲，他是去献哈达的。

卓玛把一条腿放在另一条腿上面，撇了撇嘴巴。她的嘴巴下有一颗痣，使她看上去有一种别样的风情。她说：“他到这儿来就是为了听她唱歌的。”

除了华果外，没有人听见她的这句话。本巴搭着朵朵的肩膀，两人低声说笑着什么。罗西正目不转睛地盯着华果的侧面，有些走神的样子。

华果被人近距离地盯着看，很是不自在，她忽然想到扎宝说过她从侧面看上去很美……她使劲摇摇头，像是要把这个念头摇下来。罗西发觉了，就说：“来来来，大家喝一杯。”

大家碰着杯子。洛桑大气地招手让服务员过来，又添了几瓶啤酒。华果看到服务员是穿着藏装的，再抬头看看，整个座无虚席的大厅里，除了台上的演员和服务员外，只有她自己穿着藏装。这个发现令她吃惊不小，她拘谨的双手放在并拢的双膝上，朴素的藏装显然有别于服务员华丽的缎袍，但还是让她有些别扭。这座城市里的老太太们还是穿着藏装的，能在寺院附近看到她们的身影，通常她们手挽念珠串，摇动玛尼经筒，执着地形成一道转经风景线。但年轻人早已换上了时髦的流行服装，既前卫又休闲。

罗西忽然俯在她耳畔说：“我喜欢你穿藏装的样子，很漂亮，真的。”

华果颇感意外，望他一眼，心想，他看到自己的内心了吗？这是个什么样的人，捆住哥哥，却在这里逍遥……他的声音是耳熟的，像他的哥哥。

“在我家乡人人都穿藏装的，”她说，“这里都是藏人，为什么都穿成这样？”

偶尔听到话头的洛桑接口道：“我看我们的藏装变得越来越华丽，除了盛大的节日什么的，平时有谁穿呀！”他自顾自说完，又埋头和卓玛咬耳朵去了。

罗西说：“你要把服装当成一种文化的话，说明藏人的服装文化已经发生了变化。你要把服装只当作服装，那确实会产生一种趋同反应，别人穿什么样，我们只好穿什么样。”

华果无话可说。

罗西目光炯炯地盯着她，继续说：“要坚持一样东西是不容易的。就像你，原来你的唐卡画得多好啊，听说你最近不画了，你的藏装可以坚持穿下来，为什么唐卡不能坚持画了呢？”

华果不想听这个话题，简单地说：“我画不出来了。”

罗西穷追不舍地问道：“是你没有激情了吧？你得承认，创作是需要激情的，那可不像穿藏装那么显而易见，不过激情这个东西，我会给你的。”

他仰到椅背上，笑起来。华果故作镇定地端坐着，酒意涌到大脑里，嗡嗡直响。她从未喝过这么多啤酒。唐卡，又是唐卡，唐卡让她头疼，但她画了这么多年，还没有人和她探讨过什么激情。她只是画呀画呀，别人也只是赞赏呀，购买呀。每当一幅唐卡挂上墙壁，她的力气就耗损了一半，她得休息个把星期才能缓过劲来。激情？就是拿起笔来俯向画面时奔腾到笔尖的那股子劲头吗？

他看她不答，就静下来。他点了一支烟，华果注意到那烟也是“云隐”牌。

桌子边的几个人都是忙碌的，不是对着手机大呼小叫，就是搂着旁边的人窃窃私语，隔几分钟，来一次碰杯。罗西也不与他们说话，和她说话也不多，只是在认真地听歌手唱歌，认真地喝酒。华果觉得自己是多余的，就想张口要钥匙走人。

还没等她提出要求，就听到洛桑他们吆喝让罗西唱歌。罗西笑着，华果发觉他笑起来还是挺英俊的，不由得把目光投向别处。罗西说：“好，我唱一首。”

几乎没抬过头的朵朵从本巴的肩膀中伸出脸庞来，那是一张好看的脸庞，眉眼都恰到好处，她说：“罗西哥唱得好听，唱一个嘛！”

罗西把椅子往后一推，站起来，走上台去。只听见在话筒嗡嗡的混响声中，他祝福了在场的所有听众，并表示愿把最美好的歌声献给“亲爱的朋友”华果。华果的脸一下子热到耳根，眼皮也轻轻跳动起来，她使劲低下头，假装没听见。朵朵和卓玛站着，摇着双臂，热情地为罗西打拍子，洛桑的呼哨声穿梭在大厅上空，本巴用一只空酒瓶击打桌子，发出声声闷响。

罗西镇定自若地站了片刻，朝话筒吹了吹气，开始唱了：

在那东山顶上，
升起皎洁月亮，
未嫁姑娘脸庞，
浮现在我心上。
…………

华果惊异于他有那么好听的嗓音，字正腔圆，准确地表达出歌曲柔美、明亮的风格。她也听明白了，这是一首六世达赖喇嘛仓央嘉措的诗歌，已有三百多年的历史。这首著名的歌谣从拉萨圣城传唱到西藏的每个角落，甚至翻译成好多种文字在世界各地流传。她也曾阅读过记录这首歌谣的文字，以及从电视和录音机里听到过这首歌谣，但如此真切地感受歌声的味道还是第一次。她听出了一些区别，不同于往常的任何一次，歌词含蓄，却传达着热情的情怀，某种奔放辽远的韵致简直夺人心魄。华果觉得自己的精气神儿一下子散了，又一下子聚集成千万支金箭，细密地射中她的心房！她听见自己的心怦怦地跳着，一次快于一次地把血泵击到脸上，泵击到大脑里。她惊异地望着远远站在舞台上的人，直到他在狂热的鼓掌声中走回她的身边，她才意识到自己竟然也和朵朵、卓玛一样站起来摇着双臂！

华果涨红着脸急忙坐进椅子里。

朵朵甜蜜的嘴唇一开一合着，在喧闹的声音中，华果隐约听到她说："好听呀……罗西哥再唱一支嘛……"

罗西看着华果，说："我觉得不是所有人都爱听呢。"

华果由衷道：“你唱得真好！”

罗西笑了，举起杯子说：“干了干了。”

本巴和朵朵的杯子碰出激越的声音，卓玛不和洛桑碰杯，要和罗西单独来一杯，华果匆匆地扫了一下罗西的杯边，喝了一半，罗西监督了大家的空杯说：“好好好。”

朵朵却说：“不好，华果姐没喝完呢。”

华果已是喝了平生最多的一口，她看到罗西为难的眼色，一下决心，一饮而尽。亮出空杯的华果突然暗自笑了，什么时候自己成了他的一伙了？是不是那支动人心魄的歌曲给闹的？

啤酒的泡沫扑满了桌子。啤酒的香气在空中飘荡。啤酒已还原成金色的麦芽儿，一粒粒、硬生生、香喷喷地在舌尖上舞蹈。喉咙不知何时已敞开了，那透明的金色液体畅通无阻。华果迎接了邻座的盛情，吞下一杯杯啤酒，仿佛吞下了一杯杯冰凉的火焰。火焰燃起来，燃烧着胃和四肢，燃烧得整个人都飘起来，火热、奔放，像装上了翅膀，飞过去，又飞回来……

罗西说着什么，一桌子人都在哈哈大笑，华果也在哈哈大笑。她不知道别人都在笑什么，她自己笑自己的，笑得直抹眼泪。她从没有这么开心过，端起杯，又喝干了。她看到罗西的脸变成了几十张脸，围着她形成了一座微笑的城堡。城堡里奏起笑的音乐，那是世上最美的音乐——在那东山顶上，升起皎洁的月亮……皎洁的月亮升起在微笑的城堡，光芒四射，又冰凉、又温暖，让人想哭……

仙乐飘飘，一位仙女穿着有很多口袋的裤子，在舞台上唱歌。华果决定上去为她献一条哈达，丝织的哈达太长，挂得华果脚底下跌跌绊绊的。华果最终还是顺利地把哈达献到仙女的脖子上，那位仙女是朵朵，朵朵正在唱歌。

走到桌边的华果被绊了一下，差点跌到罗西的怀里，罗西说："你喝醉了，别再喝了。"

华果眼睛一亮，说："我从没有喝醉过。"

她看到人们都在向朵朵敬酒，就去拿自己的酒杯。罗西夺了她的酒杯，把酒倒在自己的杯里，剩一点儿底，还给华果。华果也不知，仰头喝掉，笑眯眯地说："酒这个东西，是个好东西。"

罗西说："是好东西，能让人激情澎湃，只是没想到你这么快就会上瘾。"

华果奇怪了，说："是你叫我喝的呀。"

罗西忧心忡忡地望着她，突然说："你不想拿钥匙了吗？我看你激情是有了，可把这事给忘了。"

华果怔了半天，从云端慢慢回到椅子上。

是的，钥匙。她到这儿来是取钥匙的，还有被捆起来的扎宝在等着她。眼前的场景一下子退出很远，邻桌的声音已远，那些笑着的面容已远。她伸出手来，眼神涣散，可还是果断地说："罗西，钥匙。"

"这就对了嘛，走吧。"罗西架着她的胳膊，两人离开了女神朗玛厅。在出租车上，华果又一度飘忽起来，她对司机说："你转过脸来，我想看看你的脸。"

司机飞快地驾着车，从后视镜里看了她一眼，说："你看了我的脸，我的车的脸就没了。"

华果哈哈笑了，她说："你就是让我看了，我也看不明白。"

到了颜料店，华果飘忽着从车上下来，她看到罗西拿着钥匙开店门，说："你那钥匙怎么能开店门？"

罗西笑着，扶她进去。华果看到柜台旁边，那根锁链扔在地上，却空无一人。她弄不明白，在捆扎宝的地方转了几个圈，问："扎宝呢？我明明看到他被你锁在这里的。"

罗西说："你好好看看我，我就是扎宝呀。"

罗西在柜台上敲着手指，鼓点似的，一声声敲击着华果的大脑，噔噔噔噔嗒嗒噔噔噔嗒，越敲华果越糊涂，她眼神直瞪瞪地说："你不是罗西吗？"

他说："亏你还是画家呢，你从来没有认识我。也没什么，我只是想让你放松放松。"

他从柜下取出一瓶红酒，竟然还有两只高脚杯，他拿起酒杯斟满，递一杯给华果："庆祝一下，我们终于可以离开唐卡也能在一起说说话儿……"

火一样的东西又来了。华果看那玻璃里的红酒在灯光下变幻着神秘的光泽，它能让人面颊绯红、心跳加速，能让人忘记苦恼，能让人快乐……几杯酒下肚的华果突然听到自己在唱一支熟悉的歌。她从小只给自己唱过歌，而现在，她对着那杯变幻着神秘光泽的红酒，半眯着漂亮的眼睛，面颊绯红地唱出了声音："在那东山顶上，升起皎洁的月亮……"

第二天，华果醒来时，天已大亮，她是被一阵难耐的口渴唤醒的。她翻身下床，发现自己竟是和衣而眠，她俯在水管上喝足了水，又躺到床上。昨晚是怎么入睡的呢？连简陋的窗帘都没有拉上。

记忆中只剩下一些片段，关于昨晚，关于女神朗玛厅和酒。女神朗玛厅里喧哗的音乐和人声仿佛又在耳边响起，卓玛和朵朵的脸庞还隐约可见，洛桑扑上台去献哈达的样子仍然令人心惊，本巴说笑着什么，还有罗西……扎宝？华果头痛欲裂，她使劲压着太阳穴，疼痛却不能减缓。手指碰到耳环，她想起来了，昨晚罗西说她的耳环像两枚衣服纽扣，送了她一对松石耳环，那蓝绿的颜色让她满心欢喜，她是立刻就戴上了的。那会儿他还是罗西，还没有变回扎宝。她轻轻地笑起来，他的歌让她想起家乡，她是怀着美好的愿望离开家乡的……这座城市很小，也很大，让她百感交集。

华果抚摸着耳环，自惭地承认昨晚是醉酒了，否则怎么会轻易接受别人的礼物呢？原来醉酒是可以百感交集的。

百感交集的华果看到床边放着一只大盒子，打开一看，里面是印度的金粉、不丹的紫红、尼泊尔的黄丹、安多的朱砂、后藏的蓝靛，还有一大块画布卷起来立着。清晨的阳光透过玻璃窗，暖洋洋地照在华果的床上。她静静地躺了一会儿，然后翻身起来，从床底下摸出一筒画笔。

成群的鸟漫卷过来

原载《上海文学》2007 年第 8 期

原篇名为《护法之约》，本书收录时改名为《成群的鸟漫卷过来》

那天天气很好，我却遇到了一件奇怪的事。

我和阿吾说好，一起在一间茶馆里坐坐，我俩好久没见面了。我们相识已有多年，有一段时间见面频繁，那是因为他做生意赚了钱，就喜欢请我下馆子、进酒吧。如果他没有生意可做，我就会有很长时间见不到他的影子。追问他，他就会说，女人都喜欢有钱的日子，有钱多好啊，可以买最新款、最昂贵的手机，可以一个月有几千元的话费积分，你在那儿用手机闲聊，女人在旁边也荣耀。如果没钱，女人跟着受穷，多没面子啊。我显然不能苟同他的观点，但争执起来，就伤了感情，只好随他。就这样断断续续几年，心里牵挂着，可谁的嘴上都不说。

这天天气太好了，心情也好得不得了，转来转去，无事可做，就一心要约阿吾出来坐坐。他这段时间大约生意不顺利，一直回避和我见面，在我再三要求下，他才勉强答应，但勒令我不许带女伴。我有时喜欢带女伴，当然是在他有钱时，他知道的。

我们约定的茶馆依然是香格里拉。香格里拉曾经非常红火，这座小城的名流常常络绎不绝地进出，但随着别的更豪华的酒吧、茶馆的开业，香格里拉渐渐走下巅峰。我们几乎见证了它的繁华和衰败。阿吾看着它衰败下去，就会感慨地说："看看，看看，和我一模一样！"

但我们再也没有选择别的茶馆，尽管香格里拉已经失去了从前的光环，但我们似乎已与它产生感情，潜意识里认为去别的茶馆，就是对它的一种背叛。人就是这样，一旦有了感情成分，就等于签订了一份道义合同，任何形式的违约都是背叛，而背叛恰恰是感情交往中最可怕的毒汁，会伤人，会害人，令人寒心。

出门前，我还精心打扮了一番，想想阿吾看到我的样子，一定会皱起眉头，他向来不喜欢我打扮，想到这里，我不由得先自己偷乐。刚走到香格里拉茶馆的门口，奇怪的事情发生了，好好的天气突然就狂风大作起来，肮脏的街道上纸屑、塑料袋满天乱飞。我在紧着竖起衣领的同时，惊奇地看到空中一大片一大片的飞鸟黑压压地铺满了楼群之间的天空。许多行人都驻足观望，甚至忘了狂风中裹挟着的风沙已经扑满了衣裳和脸庞。十字路口的交警也抬着头望天，任由汽车或走或停，司机也伸着脖子疑惑地看着，刹那间路上完全乱了套。据我所知，这是这座小城从来没有过的景象。成群的黑鸟漫卷过来，又漫卷过去，天空一片阴沉，只听见耳畔狂风呼呼的声音，却听不见鸟儿们翅膀的拍击声。人们的眼神从一开始的惊奇、疑惑，渐渐变得恐怖起来。

我急忙跳上茶馆的台阶，看到香格里拉的匾额都挂斜了，可见老板也早已无心打理，任它飘摇着。进了门去，原来穿着漂亮藏装的门迎姑娘也不见芳踪，无人招呼，有一种破败的气息，让人好一阵伤感，好在熟门熟路，自己上了二楼，在一个小隔断间里找到了阿吾。

意外的是不止阿吾一人。

阿吾看到我，客气地站起来，他身边的那位男士也站了起来。他俩年龄相仿，衣着上却有很大差别。我尴尬地停下脚步，先点头招呼，不知阿吾葫芦里卖的什么药。

直到听见阿吾介绍身边的男子名叫道丹时，我才放松下来。早几年我就从阿吾嘴里听说过道丹，他俩曾是少年朋友，在一个小镇上一起长大，彼此间不分你我，后来阿吾做生意，道丹成为一名公务员，两人交往渐渐少了，直到有一次阿吾做生意亏了本，那些生意伙伴也不知去向，日子简直快过不下去了，道丹突然出现，给他带来烟酒和一点儿生活费用。阿吾知道道丹也没什么钱，能拿出这些已足见真诚。道丹在朋友困难时期的探望和帮助，让阿吾大为感动，后来还是道丹做担保，请银行工作的朋友为阿吾贷款，让阿吾翻了身。阿吾的生意做得顺利时，总会回到小镇上看望道丹，两人喝场酒，倾诉一番。道丹仍然贫穷，但他对赚钱似乎兴趣也不大，阿吾不时要接济他。阿吾认为像道丹这样的朋友是一辈子的财富，他真心地感激着道丹。

我曾听阿吾无数次地说起过道丹，但却一直无缘相识，今天却碰到一起。因为阿吾的介绍，我已有先入为主的概念，一开始便用欣赏的目光望着道丹。唯一一点与想象中不相符的是道丹一身名牌，腕上的手表也金光闪闪。

我们坐稳后，我说："早就听阿吾说起过你。"

道丹说："我也经常听他说起你。"

阿吾显得很开心，笑道："你俩是我最好的朋友嘛。"

他顺手从我头发上拈起一片枯叶，说："你的新式发型？"

我一下子脸红起来，刚才的狂风把我的头发吹得不成样子，进门后却忘了梳理一下。看到我脸红，道丹宽厚地说："姑娘们打扮打扮还是很好看的。"

我说："本来不是这样的，刚刚刮起了狂风，狂风太大了，突然又飞来很多鸟，我从来没有见过这么多的鸟……"

阿吾抬头看看窗外，惊叹道："啊啧！我俩只顾着说话，没想到好天气一会儿工夫就变了。"

道丹也看了窗外，他的脸色刹那间变得灰白。他突然站起来，结结巴巴地说："我忘了点事，得回去处理一下，一会儿就回来。"

他不由分说走了出去。留下我和阿吾半天没有反应过来。阿吾长叹一声："唉，人有了钱就不一样了。"

我抱怨道："还不让我带女伴，你自己不是也让别人来了吗？"

阿吾说："我是想和你单独聊聊的，早早就过来等你。

可是今天太巧了，竟然在大厅门口碰到道丹，我进门，他出门，我们都很高兴，我们也有两年没见面了，我就又把他拉回来，坐着聊了一阵。你说奇怪不奇怪，好好的公务员，他居然辞职不干了，我知道他是没有什么生意头脑的，但他说这两年做什么什么就成，非常顺利，哪像我，什么也做不成。”

我说：“别灰心啊，来日方长嘛，再说做生意也不光是为了赚钱，这种过程也是磨炼人的机会呀。”

阿吾说：“我都快磨成一张皮了，房子都抵押了，也没有什么用，看来我得回老家去了。”

我也不好再说什么，在阿吾的长吁短叹中沉默着。突然手机响了，陌生的铃声来自桌上，一看，是一部最新款式的手机，它正传出低沉有力的诵经声：唵则嘛！无缘慈悲大海观世音，无障智慧总主文殊师，破除一切邪魔密藏主，雪域圣者之首宗喀巴，洛桑扎华我向您祈祷，加持心事如愿得成就……

我和阿吾都被这新鲜的铃声吸引了，阿吾说：“啊呀，道丹把手机落在这儿了。”

我连忙抢过来仔细观赏：“这声音太好听了，我也要录一份。”

我一不小心按了接听键，随即传来道丹焦急的声音：“是阿吾吗？”

阿吾拿过去听：“是我……嗯……知道了。”

阿吾放下手机，说：“道丹让我俩到太阳部落大酒店去等他，他今天要请我们吃饭。”

我说：“他真发财啦。”

我知道那家酒店，坐落在市中心，拥有本市最豪华的大厅和包间，均为藏式装潢，远远就能望见它富丽堂皇的门面，看来道丹又准备拯救阿吾了。

我俩到酒店大厅后，门迎小姐告知我们已经预订了包间，道丹还是很仔细的一个人，我对他的印象又加深了。我俩到房间时，道丹还没有来，服务员穿梭在椅子后面，很快为我们送来湿巾和茶，碟机里有歌手阿勇才仁深情地唱着流行歌曲：曾经为你深深一眼，曾经为你许的诺言，曾经为你长长的发，也曾为了你的容颜……

道丹来时满面红光，神清气爽，他热情地招呼阿吾坐到上席，我与他分坐两侧，阿吾打趣道：“早知道来这么高级的酒店，我也应该穿得体面点啊。”

道丹说：“别这样，老朋友了，你我兄弟一场，衣裳算什么呀。”

阿吾说：“那你得老实告诉我，你是怎么发财的，我也得学学，长长见识。”

道丹说：“说来话长，我也正想跟你说说，不然憋在心里太难受了，不过我就是说出来，你也不一定学我呢。”

道丹说出一个名字，让我和阿吾大吃了一惊。

直蒙完德的大名如雷贯耳，虽是上个世纪初的英雄人物，可他的名字一直流传下来，可以说谁人不知，哪人不晓，他的故事更是越传越神。

事实上大家都不知道他的真实名字，只知道他来自直蒙地方一个贫寒的家庭，父亲早逝，剩下母亲与他相依为命。他直到青年时期仍然不能摆脱三餐之困，那时正是兵荒马乱之际，无以为生，只好出家做了完德，后来人们就叫他直蒙完德，他的辉煌人生也是从这个名字开始的。

直蒙完德有个邻居叫丹正加，从小死了爹娘，一贫如洗，直蒙完德经常照顾他，拿他当兄弟看待，有吃的有喝的从来少不了他的一口。丹正加从此跟定了直蒙完德，成了他忠实的朋友。直蒙完德出家做了沙弥，丹正加二话未说，跟着他也出了家。

直蒙完德入寺后，算是安定了下来，可是不久却听说某个部落要打过来，要杀寺院所有的僧侣，这些流言传播得很快，搞得人心惶惶。这座寺院本来不大，仅有几十名僧侣，可是流言传来，所有的僧侣都决定跟随喇嘛离寺出走。一夜之间，寺院空空，剩下直蒙完德和丹正加无处可去。他们两人暂且留下，各自在袈裟里面佩了防身的腰刀，打算看看情况再说。

一天，两人正在河边取水，突然就看到两个士兵从天而降般来到身边，模样也不和蔼，说的话他们也听不懂。丹正加一急，拔出腰刀，直蒙完德也在转瞬之间认定士兵是来取他们性命的，即刻与丹正加形成包抄阵营，将两个士兵围起，士兵端起来的枪已经没有用武之地，很快就被两人杀掉了。

这之前，直蒙完德和丹正加打过猎，杀过鹿和狐狸，可杀人还是头一次。两人在血淋淋的尸体面前面面相觑，怎么办？作为僧侣，犯下杀生的罪过，破了戒律，等于违背了佛家的根本，袈裟是无法再穿下去了，可两人又能到哪里去呢？

“祭祀依德吧？”丹正加轻声建议道。

直蒙完德面露难色。在藏人的观念中，依德，是地方护法神，诸如一些地方的山神、水神、土地神等，都是属于世间神一类，在护法神的级别上虽然低于出世间神一类，但在某个区域内却可以起到非同一般的作用。他们认为，依德是非常灵验的神，只要你诚心祭祀它，它就会有求必应，保佑你获得运气和财富。同时，一旦祭祀关系建立，就绝对不能懈怠，每天要按部就班地实施所有祭祀仪式，稍有怠慢，依德就会发怒。依德是脾气很大的神，它发怒就意味着要降罪于你，会使你倾家荡产，甚至会危及你的生命。

因此直蒙完德面露难色。祭祀吧，做起来简单，但是要持之以恒，却很难，尤其现在两人将要过上居无定所的日子，要在固定时间、固定地点进行祭祀，确实不容易实现，那么将来的日子，又有谁来保佑他们平安度过呢？

两人思前想后，最终下了决心。这之前直蒙完德是常常看到母亲祭祀依德的。母亲是位非常慈悲的女性，虽然她自己的食物都很有限，但只要她自己有一口吃的，总会分一部分奉献给依德。但她祭祀的并非固定的某位依德，而是以她慈悲的心怀，认为山谷之间，草原之上，多有未能脱离六道轮回之苦的精灵，四处游荡，无人供奉，无人超度，衣不蔽体，食不果腹，实在可怜。母亲虽然没有人为她可怜，但她可怜它们，那些肉眼看不见的精灵，闻到她供奉的混合着糌粑的桑烟，就能填饱肚子，满意而去。

直蒙完德和丹正加选择供奉当地的一位土地神，据说这位土地神非常厉害，最能保佑人的性命。他俩用士兵的鲜血供奉了神。从此，两人出生入死，多次遇到险情，都能化险为夷，平安无事。

直蒙完德和丹正加缴了士兵的两支枪，上山做了英雄。

直蒙完德身材瘦小，但脑子机灵，枪法过人。而丹正加则身材高大，为人忠厚，他时刻跟随着直蒙完德，两人配合得天衣无缝。丹正加不爱说话，没有人见过他说什么话，但他却告诉直蒙完德，两人虽不能同年同月同日生，但一定要同年同月同日死。

不久，通缉直蒙完德的布告贴遍了每个角落，同时他的名字也成为传奇，流传在草原上。有人甚至说他刀枪不入，有着神奇魔法，尽管有天罗地网，但也不能逼他就范。由于直蒙完德对当地地形非常熟悉，他在被围追时，总会事先在路口藏好枪支弹药，一旦子弹打完，就换个地方，取出埋好的弹药，再打，敌人完全被他牵着鼻子走，只要他一进山，就根本找不着他了。

他的名声越来越大，杀的敌人也越来越多，敌人开始到处悬赏。白银大洋的诱惑在任何时候都是能起到作用的，有知情的人开始出卖他。有一次，通过一位出卖者的告密，敌人在一个小商铺布下陷阱，等待直蒙完德的出现。直蒙完德是来补给食品的，他立刻感觉到气氛不对，但为时已晚。他看到出卖者，知道根本无法走脱，于是急中生智，主动上去和出卖者寒暄。出卖者吓得目瞪口呆，事先约好的眼风怎么也没有机会放出去。直蒙完德搂着出卖者的肩膀，亲密地抓着他离开了现场。后来出卖者被敌人臭骂了一顿，出卖者委屈地辩称：“你们怎么不抓住他呢？”敌人说：“看你们俩那亲密样儿，还以为是什么老朋友。”直蒙完德就这样走脱了。

还有一次与敌人狭路相逢，直蒙完德掉头就跑，敌人在追击过程中，还要不时防止他回头打枪，因为他的枪法实在是太好了，只要他回头开枪，就有一人一头栽倒，没有一次是不准的。这次眼见他跑到玛曲河岸，前有悬崖，后有追兵，无路可逃，实在机不可失，便纷纷喊着要抓活的，结果直蒙完德跑到高高的河岸上，纵身一跃，就扑进了浪涛滚滚、河床极宽的大河。敌人气急败坏地朝水中打枪，一阵乱枪后，方才发觉直蒙完德已经潜游到对岸，正站在那里拧干衣服呢。

关于直蒙完德的传说很多，还说有一次一位牧人半夜突然醒来，只见丹正加正端着两支驳壳枪，靠在帐篷的柱子上，平静地望着他。丹正加不说话，当然他会说话，只是不说而已。在牧人半梦半醒、懵懂抖瑟之时，直蒙完德出现了，他说：“我的粮食吃完了，我要拿一些你的粮食和酥油。”

说完，直蒙完德就自己开始往一只袋子里装粮食。装好后又说：“借你的牦牛一用，驮粮食，明天你到某某沟来取，我放在那里。等我们走后你就去报告吧，不然以后人家知道了对你不好。”

直蒙完德背起口袋出去后，丹正加才收起枪，跟了出去。

牧人吓得没敢出门，等天麻麻亮，才出门看，哪里还有他俩的踪影。想了半晌，只好硬着头皮去报告，然后到沟里去看，牦牛果然就在那里吃着草。

但直蒙完德最终还是没能摆脱命运的安排。他早早就对母亲说过：“如果你听说儿子被抓，千万不要相信，我不会被抓起来；如果你听说儿子被杀，那可能是真的，你要看到我的尸体，就煨桑念个经吧。”

直蒙完德和丹正加是在一个山洞里遭遇不测的。他俩遇到伏击，边打边往山洞躲。在洞口，丹正加负了伤，腿被打烂了，而身材瘦小的直蒙完德根本无法背动他，他知道自己避不过此劫，就劝直蒙完德自己逃生。直蒙完德说：“兄弟，我们死也是要死在一块的。”

他俩把所有的子弹打到剩下两颗时，兄弟俩相拥而别，说好来世再见，然后互相开了枪。藏人是不会自杀的，因为他们深信戕害自己生命的人永远难以挣脱六道轮回之苦，所以他俩以这种方式结束了这一世灵魂暂寄的肉体生命。

洞外也发生了一件事，士兵中有两人是从一个家乡出来的，却一直互相攀比、嫉妒，埋下了仇恨的种子，其中一人正好利用大家都开乱枪的机会，公报私仇，从后面把同乡打死。

后来直蒙完德和丹正加的遗体被暴尸三天，武器也在一边展览。人们说直蒙完德的身上到处都是血洞，那是他死后被补上去的，他活着的时候身上一根毫毛都没有伤着。再看他的手枪，那支枪的枪把弹痕累累，是依德保佑他，敌人的子弹就是打穿枪把，也打不到他的身上。

我们三人唏嘘一番，感叹着那个时代，那是个出英雄的时代，但我们各有各的想法，阿吾说："我们平凡人等，生不逢时，死不足惜，有谁会在乎呢？"

道丹说："只要有个朋友，就会有人在乎的。"

而我对依德深感兴趣："直蒙完德供奉的护法神是哪一位啊？我们能不能去看看？"

太阳部落大酒店的豪华包间里传出三人沉沉的叹息声，随后我们开始杯盏交错，激情满怀地喝掉了一瓶"仙醪玉液"。这种酒是当地产的青稞醇酿，酒精度在七十度左右，由于纯度高，产量非常少，而且价格昂贵，市场上也不容易买到，不知道丹是通过什么关系搞到的。

这瓶酒的确名副其实，不一会儿我们三人都快成神仙了，面庞绯红，眼神迷离，整个身体都陶醉在飘飘然的状态中，关于直蒙完德，关于依德，似乎一下子又远了。本来嘛，现实生活是多么清晰、多么理性、多么规则地呈现出冰冷无情的一面，而过去的、温馨的记忆又能救得了谁呢。

道丹为阿吾斟满一杯酒，说："来，这杯我敬你，你是我最好的朋友，这么长时间一直关心我，其实我挺孤独的，如果没有你，我还不知道是不是活着呢。"

阿吾被道丹的真诚打动了，男人就这样，喝点酒，才能放下臭架子，露出点温情。阿吾说："你可别说要死要活的话，是你帮了我，何况你现在不是越过越好了吗？你过得好了，我也真的高兴！"

道丹说："唉，这两年没见，我发生了很多事情，都不知道从何说起。"

阿吾也为他斟了一杯酒："我们哥俩今天说个畅快吧，我也好久没有跟人聊天了。"

道丹一饮而尽，胸中的话侃侃而出："妻子和我离婚后，我就不想活了，什么事情也不想干，班也不想去上，就根本不想见人。那段时间我把自己整天关在屋子里，只想着怎么个死法，早早买了毒药放在枕边，一心想喝场酒，再把药吞了，一了百了。你记得你送过我一瓶这种酒吗？"

阿吾看他指着眼前的"仙醪玉液"，点点头，说："记得，那时候我还买得起，是让一位熟人帮我带给你的。"

道丹说："那天晚上我翻出那瓶酒，一个人全喝掉了，喝得烂醉，就吞了药。睡下后，整个人都是乱的，一会儿在山上，一会儿在河里，一会儿叫人追得到处跑，一会儿又躺在一个大坑里。坑有三人那么深，坑里一会儿冰得瘆人，一会儿又像烤在火上，滋味不好受。实在忍不住了，又想爬上去，不知怎么的你就站在坑沿上，把手伸给我，要我使劲爬。我够不到你的手，又摔到坑里，你就骂我，说我没使劲。你着急得要命，我想着不能让你着急，就又去够你的手，可是怎么也够不着，我想着这下完了，算了吧，放弃算了，突然看到你身后出现了一个男人，面目看不清楚，但声音似乎很熟悉，一下子又想不起来到底是谁。他哈哈笑着，把你的胳膊往前一推，你的胳膊就变长了，终于够到我的手，一下子就把我拉了上去。我听见耳边呼呼的风声，醒来了。你想想看，那毒药的劲儿还没有这种酒的劲儿大呢。”

我和阿吾听得目瞪口呆，眼见被我们喝空的瓶子在桌上沉静地立着，简直不敢相信是真的。阿吾抱怨道：“这么大的事情，怎么不早告诉我？”

道丹指着他的心脏说：“你的这儿是知道的。第二天你的电话就打来了，嘻嘻哈哈的老样子，一下子就让我清醒起来，我想，不是还有你吗？”

阿吾说：“我打过电话？不记得了，好像那段时间你挺神秘的，不爱跟人说话。”

道丹突然转过脸对着我，他的脸上有一种肃穆的表情，他问：“你相信转世吗？”

我说：“相信啊，只是不知道我的前生是谁，也不知道以后会转到哪里去，所以我想供奉一位护法，好把这一切搞清楚。”

道丹沉吟道：“是啊，供奉一位护法，你就会搞明白的。”

阿吾惊道：“你不会是……”

道丹说：“你是我这一世最好的朋友，我当然应该把一切告诉你，只是一直没找到你，可能是机缘未到吧。你看，今天这么巧，居然能在上百万人口的城市里遇到你，应该是机缘到了。想想看，我们走在路上，遇见那么多人，都是陌生的面孔，看上去都跟你毫无瓜葛，或许我与某些人有过缘分，可是怎么就认不出来呢？所以我既然认定了你，就一定会爱惜这种缘分的。”

阿吾疑惑着，说：“难道我们在前世就认识？”

道丹说：“我俩的前世有什么缘分，我现在还说不清楚，但这一世你救了我，我的来世都不会忘记的。”

阿吾说：“我可能还没有修炼到有能力救你出坑呢，那个帮我们的男人是谁？”

道丹说：“先听我接着讲吧。那之后没几天，我的单位因为我不上班，让我下了岗，我正考虑怎么过下去的时候，前妻又来电话要我把照片送过去。照片就是我和她的结婚照，离婚后我藏起来了，不想给她，可她一直想要，我知道她要去后就会烧掉，所以我不愿意给，我想留着做个念想。可那天我想通了，人都分开了，还留着照片让她苦恼干吗呢？给她吧，就连夜送了过去，回来的路上才觉得我们是彻底结束了，心情却一下子轻松起来。”

道丹继续描述那个晚上的奇特经历：“那天晚上睡觉，我做了个梦，梦到自己走在回家的路上，走着走着，觉得不对劲，果然飞沙走石地刮起了狂风，就是我们今天看到的这种狂风，刮得人睁不开眼睛，忽然就听见空中一个飘飘忽忽的声音在喊：‘丹正加，丹正加，你不认识我了？’我回头看，什么也没有，吓得我赶紧往前奔。那个声音突然又在前面响起来，他说：‘兄弟，你上一世是丹正加，这一世名叫道丹，我们的缘分未尽，所以你死不成。’我一下子想起来了，这声音是那么熟悉，不就是梦里那个帮我们的男人吗？他说他是直蒙完德，由于杀人太多，罪孽深重，未能投胎做人，而做了依德，现在又冷又饿，可是没有人祭祀他，希望我看在曾经是朋友的分上，把他供奉为护法，为他诵经祈祷，供他糌粑桑烟，他将保我这一世丰衣足食。我从睡梦中醒来后，就把他供奉为护法。”

“天啊！”我使劲摇着头，认定自己是彻底喝醉了。我连声说：“天啊！”

阿吾也神情恍惚，说：“你胆子真大，你不知道依德喜欢报复啊？”

道丹说：“我怎么会不知道呢？可他是我的朋友，我不能拒绝他的请求。他的脾气是很大，下午我碰巧见了你，说话高兴，忘了祭祀时间，他不是就发脾气了？刮得漫天狂风，还不知从哪里带来那么多的鸟儿，唉，有时真让人受不了。”

阿吾感慨道：“我怎么遇不到一位依德呢？如果遇到，我一定要敬奉他。”

道丹笑道：“我看你就好好敬奉你女朋友吧，你看你们这么好，多让人羡慕啊。你曾跟我说起过香格里拉茶馆，说你们常在那儿约会，我今天就是到那儿，想找找你说的那种温馨的感觉的。”

阿吾说："原来是这样，那你说说，我的前世是谁啊？"

道丹说："前世来生都不重要，反正每个人都是那么来的，也要那么去，重要的是人都要有个朋友，不管这个朋友是男是女，是神是鬼，只要忠诚，你的心里就热了，心里热了，日子也就热了。"

我和阿吾相看一眼，认定道丹说的极是。

这时，高大的落地窗外华灯四起，宁静的夜空呈现黛蓝色的光芒，繁星闪烁，把宇宙点缀得更辽阔、更深邃。那神秘的世界，那奇异的高处，究竟是在心里，还是在远方？

我们离开太阳部落大酒店时，道丹已经充满了醉意，他的两只胳膊分别架在我和阿吾的肩上，但他执意要求我们学会一段经文，他说他每天早起晚睡时都要念诵。我和阿吾一边扶他走路，一边一字一句地跟他念着："今日我避免以身犯过，今日我避免以语犯过，今日我避免以意犯过，今日我努力于有益之行，今日我努力于正言与善语，今日我努力于为诸有情滋养善心……"

我这就来

原载《西藏文学》1995 年第 1 期

原篇名为《佳姆萨朵黛》，本书收录时改名为《我这就来》

·一·

每当我回首往事，那些风声鹤唳的梦境，就像时间长河中的旋涡，貌似平静地停留在时间的表面。黑白分明的地平线存在于记忆那边，好人的面孔脱颖而出。这些光点，这些闪烁于梦回时分的刹那，正在哀婉地随流水哗哗而去。

时间过得真快。

我掀起一张扑克牌。这是最好的。它不能代表你的命运，却恰似你的命运，你的命运会神秘地、惊人地等同于它的暗示。这是最好的。你虽然不信，但你又不能不信。

正在我信与不信间，一阵清风扑上我的面颊，原来是阿迦，他来看我了。我心里感动着，不明白他很久不来的原因，或许是我自己的忽略，或许是旁的我不知道的什么。不管怎样，我现在看见他来了，他卷着一卷纸出现在我面前，我的一切胡思乱想便随扑面的清风戛然而止。

他今天有些特别，穿着一身崭新的藏装，白色暗花的高领衬衫是拉让匠人的精心之作。暗红的氆氇服镶着毛边，用金银线间隔。绿色的腰带系在胯上，衣服从右肩上滑下来，一副满不在乎的潇洒模样。

我着迷极了，他的这副模样似乎就是为了让我着迷而来，这与从前的他大不相同。他以前的衣着是什么样的，我一时记不得了。我只记得他不吸烟，不饮酒，不歧视女性。他是自然而然生活着的楷模，他拥有一切健康习惯，爱好书法，这种爱好不含有嗜好的成分。嗜好是一种病态，所有病态的东西都是不适合阿迦的。

阿迦是第三次到我这里来，他每次来都要带一幅他自己的书法作品，他把这叫作写字，而不认为是艺术，但我知道他写字时的那种忘我精神是很让人感动的。我的感动不是出于激情，而是出于对那种神采飞扬的藏文的热爱。

我们一时无话可说。阿迦每次蓦然到来都是这样，我们相对无言。但这次稍稍有些不同，我不能一下子抓住他的眼神，往常我可以与他对视而不会产生不妙的想法，可今天我有些茫然失措，不知是因为他崭新的装束，还是因为别的什么。

我茫然失措的双眼既然不能与他对视，就只好去看他手中的那一卷纸。他立刻善解人意地把纸铺在我的大案子上，那上面本来放着七零八落的扑克牌，他来这里之前我正在用扑克卜算我的命运。

当时我似乎还接到一个电话，电话线那头的朋友让我记一个号码，我记在台历上，后来看到那页台历上印着一款菜点，名叫软炸鱼条，我真是开心极了。一想到“软”字，我就想笑，一想到“软炸鱼条”四个字，我便没法不哈哈大笑。

漂亮的阿迦把纸铺在案子上，正好铺在我刚刚卜算出晚年命运的扑克牌上，那神秘的王子头戴金冠，身穿胄衣，手里握着柔软的长戟，他说：佳姆萨朵黛，你晚年生活凄凉，你辛辛苦苦养大的三个儿子，都不肯为你养老送终……

“佳姆萨朵黛，快来看呀！”

阿迦唤着我的名字，脸上挂着谦虚又兴奋的笑容。他把纸卷展开，我看到一些美妙动人的藏文，横写着，被分成四行，句式整齐，诗一样美妙：

愿我获得能使虚空般
广阔佛土慈悲又清静
众生见熟解脱之神力
增上智悲二利到彼岸

我大声地赞叹起来。不知从何时起，我对阿迦俯首帖耳、言听计从、赞许有加。我相信神秘的力量，我想此时此刻正有一种神秘的力量促使我张开嘴巴，对阿迦的书法极尽赞誉恭维之能事。这不是很简单吗？只要是阿迦所作，我都会毫不犹豫地大声赞叹起来。

因为我的赞叹，阿迦拥抱了我。我顿时恍然大悟，这爱情终于缓慢地、艰难地来到我身边。我深感不易，我一定要努力珍惜，像所有藏人一样，善待我得到的一切。

就在此时，我听到窗外有人在叫我。

“佳姆萨朵黛，佳姆萨朵黛！”

我看一眼阿迦，他也正在看着我，我一时无法决定去留。阿迦大度地说：“去看看是谁。”我感激着他的宽容，又钦佩他对这来之不易的爱情的态度。

我说：“我去去就来，你等我。”

“我等你。”他热切的声音让我感动。

我们是相爱的，这点实在不容置疑。但同时我又疑虑重重，我不知道我在担心什么。我看着满屋堆起来的白纸对他说：“你可以写你喜欢写的字，我就来。”

阿迦从怀里掏出几根笔。其实那是几根竹棍，两头被削成扁扁的形状，有利于书写藏文时造成粗细相间、强弱有致的美妙效果。

他说：“你去吧。”

我心里在一百次地说，你等着我，你等着我，我这就来。

仿佛命定那两声呼唤必在此时响起，又仿佛命定我要出去，命定有着漂亮卷发的阿迦此时要伏在案上，写一些莫名其妙的字。我唉声叹气地离开他。

我唉声叹气地出门，心想这只是几分钟的时间，我会很快回到房内，从阿迦的肩后静静地欣赏他写字。

·二·

一出门，才蓦然发现灼灼的太阳当头而悬。我在黑屋子里待得太久了，一下子不能适应这么灼眼的阳光。晴空下，远方的山峦依然在雪衣中肃立，那座山名叫朵日，是座神山。每当我推开朝南的窗子，第一个映入眼帘的景物，就是朵日神山永远不化的雪峰。

唤我的是古古瓦，他站在一辆手扶拖拉机前，正在使劲地朝我招手。我懊丧地看到唤我的是古古瓦，顿时心烦意乱起来，但我已不能返身进屋了，我担心古古瓦会随我进去而破坏了我和阿迦刚刚建立起来的默契。

我走过去，心想，这是怎么了，阿迦来了，古古瓦也来了。这时，古古瓦兴奋地涨红了脸，他说："我就知道你在家，又躲在黑房子里干吗呢？我给你找点事，帮我写几个字。"

他指着车斗里装着的又大又白的大葱。

我说："我不会写字，别在这大大咧咧的，要惊死我啊？"

他笑了，他说："别骗我，我知道你写字还拿过全区一等奖呢！"

我眨巴着眼睛看他，他一脸诚实，我便疑惑起来，拿到全区一等奖的书法是阿迦的作品，我真的不会写那么漂亮的藏文字，但是到底是谁的记忆出错了呢？

我接过古古瓦递过来的笔，也是阿迦那种削得扁扁的竹棍，他要我在每根葱白上写上“大银元”三个字，我终于忍不住大笑起来。

古古瓦气急败坏道：“有什么好笑的？我正在学魔法，只要葱白上写上‘大银元’三个字，我的魔法就会成功！”

我大笑道：“这太荒唐啦！”

我俩正争执不下，息尔却从某个地方一下子出现在我们面前。她窈窕的身体上裹着一件时装化了的藏袍，颈项上闪动着五颜六色的金属和玻璃珠子。

息尔从前是我的闺蜜，现在成了古古瓦的女友，这是一目了然的。他俩的神态间有一种共同的东西，如果不是像我这么熟悉他俩的话，是很难看出这一点的。

“你们这是干吗？要结婚呀？”我说。

息尔毫不在意地说：“哪跟哪呀？我练的功法只有女子才可以练，他懂什么，非要凑热闹，哪成呢？”

我笑道：“你的魔法我可见识过，古古瓦快成第二个你了。”

“他要成了我，那我干吗去？说真的！你离开古古瓦，真是上天可怜了你，他这个人，胸无大志，浑身腐臭，也是该我帮助他。”

息尔居高临下地看一眼古古瓦，那双特殊的细长眼睛望着远方朵日神山的雪峰，大有一番摧枯拉朽的气势。

此时古古瓦正对着那一车大葱毫无办法，但是他看着息尔时，那眼神里的流光溢彩可非平时能比。他褐色瞳仁里的息尔神圣而伟大，他正企图与她保持步调一致。

息尔瘦削颀长，披头散发，貌不惊人，可是她居然迷倒了对一切最看重一个“美”字的画家古古瓦。顺便说一句，古古瓦在认识息尔之前喜欢古典风格，画美人与佳景，后来认识了息尔，认识了息尔也明白了美人不是美人、佳景不是佳景的深刻哲学意韵。这时起，他开始画变形物，画风一改往日的典雅与文气，变得粗放、霸气、狰狞，极富有现代气息，被画坛赞誉为“斜刺里杀出的一匹黑马”。

我不明白古古瓦放着美好前程不顾反而去练什么魔法，更不明白“大银元”三个字意味着什么。它代表大银元还是三个字本身，还是别的什么，为什么要写在葱白上，我不得而知，但我从古古瓦那切齿的样子看，它一定意味着什么。

古古瓦迷上息尔，实在说也不出我所料。我一眼看出古古瓦画风的点点滴滴的改变。那时，我迷着古古瓦的画，迷着创造这些画的那双手，直到我蓦然发现他那“不可说不可说一说就是错”的眼神后，便明白一切努力都徒劳无益，我身体中的某一部分已经一劳永逸地随流水哗哗而去了。

在古古瓦之前，我先迷上了息尔。她是那种在任何场合都能立刻引起众人注意的女性。她常常衣冠不整，膝盖上带着两团黯淡的油腻，说话时嘴巴里冒着热气，仿佛刚吃过什么大不了的东西。她的谈吐与她的外表如出一辙，那些奇谈怪论源源不断地从那张丢掉两颗大牙的嘴巴里滚滚而出，似乎永远也没有枯竭的时候。

古古瓦反对我与这种人交朋友，他把她斥为神经病，而我则暗地里认为他在妒忌她的才华。男子在妒忌女子的才华时，往往会把她说得体无完肤。

那时我哀婉地想，古古瓦如此不懂得怜惜女子，他绘画时的灵感从何而来呢？他会怎样虚假地粉饰爱与崇拜？他的激情源自何方？他的将来，会有哪双纤纤玉手的点缀？

当然，这些纯属我杞人忧天。古古瓦同我一样，无法拒绝息尔的魔力，可能每个人的内心里都有些魔障，不然我们怎么会和非正常的东西一拍即合呢？

对古古瓦来说，每一次微笑都是新感觉，但对我来说，每一次流泪都是头一遭。我相信魔障能够附身，比如古古瓦此时此刻的模样，恰如丢魂落魄的冤大头，不足道哉。

我和息尔问寒问暖，心里却焦急万分，阿迦已经等我好几个小时了。就在这几个小时前，我刚刚明白很多道理，那些流失的岁月早已哗哗而去，留在我心里的，已经变得那么重要、那么珍贵。

息尔说："你不请我俩进你的小屋吗？"

我说："改天改天，我一定请你俩吃一顿像样的饭！"

息尔说："你就会拌糌粑。算了，我看我们三人一起下馆子吧，好久不在一起了。"

我不肯，息尔就要进屋，我心里不安起来，只好随他们离开我的小院。我想我会很快回到阿迦身边的，这会儿他已经写了两幅字了吧？

·三·

阿迦已经等我很久了，我不能这样让他等下去。我匆匆往回赶，途经一所学校的居民楼，忽然想到桑波的父亲调到这所学校当教师后不久便病逝了，他们一家可能还在这里住吧？

我抬头仰望，四楼的阳台上，一位老人手提洒水壶正在朝花盆里的花朵浇水。我一眼看见那是桑波的父亲，我吓了一跳，定睛一看，原来是桑波。天啊，他怎么跟他父亲一模一样！戴着黑边眼镜，瘦弱不堪，穿着一件灰色坎肩，佝偻着背，仿佛一只喝醉酒的老鼠。他目不斜视地看着他培育的花朵，那样子大异于昔日的迷人风采。当时我正是被他那种特别的东西吸引的，我迷上了他。

当他拥有那迷人风采的时候，我进入了一个臆造的美丽梦境之中。醒来后，发现他的风采完全承袭于他的父亲。他父亲从前是位活佛，或者说我宁愿相信他曾经是位活佛。我知道的只是他的确在某个寺里待过一段时间，后来他还俗了，娶了一位比他年轻很多的女人，有了一个叫桑波的儿子。

当我发现桑波的风采实在是一种承袭，一种后天雕琢过的东西，而他父亲的风采却是与生俱来的时候，我对桑波大失所望，而对他父亲深感好奇。我很想知道他的青年时代是怎样度过的，在寺院时，他是否日日面壁，他的父母是怎样哺育了这样一位被时光埋没了的天才。

这样说来，还不得不提到桑波的母亲。她是一位较丈夫而言胖得出奇的女人，她对丈夫和儿子周围的人保持着高度警惕，生怕某天清晨醒来便发现失去了他们。

当我作为桑波的女友登堂入室之后，我一眼就看到了她内心深处深深的恐惧。在我看来，她不能以桑波的幸福为幸福，但却可以以桑波的痛苦为痛苦。她明白自己已经失去儿子了。

她是两个男子生命中唯一的女人，这种情况在貌似平静的漫长生活中持续了二十年，而今，却被一个名叫佳姆萨朵黛的女孩打破了沉寂。她的放大照片挂满了桑波的小屋，那些墙面曾在这家人眼中干净且空白地保持了二十年，现在，只要一转身，就能看见佳姆萨朵黛正在肆无忌惮地大笑着的红嘴巴。桑波母亲的心情也便可想而知，好在她还有一个男子，她这种年龄的人惯常把这称作命运。

这些被桑波崇尚为美的照片渐渐挂满了每个房间。当我找借口进入桑波父亲的书房时，惊愕地发现自己的脸被极为夸张地挂在墙上，那上面大红大紫的衣裳给这间书房的宁静平添了一种莫名其妙的躁动，那种气氛令我汗颜。

好在主人并不在乎。他瘦弱不堪，双眼深陷，穿着一件灰色的坎肩，正在肺炎的痛苦中煎熬。他的黑边眼镜大约是二十世纪七十年代的产品，又难看又笨拙，但是戴在佝偻着背的桑波父亲的脸上，那神情与风采绝不一般。

我看见他斜倚在沙发的卡垫上的那个样子，眼里就充满了泪水。我想我一定是爱上他了，或者说我崇拜他。不管怎样，崇拜就是爱，爱就是崇拜。这个世上，还是有那么一种人，他们的品德是值得崇拜和爱的，这并不是那种可以据为己有的东西。

我是无辜的!

对于桑波，对于他父亲和母亲，我都是无辜的。我可能永远只是他们家墙上的风景，但在我的人生经验里，我所崇拜并深深爱过的品德渐渐成为我自身的一部分，被我吸收、容纳，成为后天得来的、但仍然是自然而然的东西。

桑波的母亲是全家唯一一位敏感的女性，在这个家里，她代表着第六感官，代表着唯一的意志。丈夫的宽容与儿子的不在乎，使她一跃而为一家之主。她可以站在阳台上呼风唤雨，也可以站在厨房中手舞足蹈。她是家里的新闻发布人，也是使丈夫与儿子眼花缭乱的第二性世界。

可是，佳姆萨朵黛登场了。

从物理的角度来讲，三角是一种最稳固、最坚定、最持久的形式，它使每个部分都恰到好处，交叉相织，平分秋色，井然有序。这是一种极其不易改变的形式，它是二十年心血的结晶，这种苦心经营的形式却因为佳姆萨朵黛的登堂入室而简单直接地訇然而塌。

她不可遏制的愤怒与恐惧在儿子的欢声笑语中淡化为乌有，但是她却把这种要命的情感深深地埋进了心里。为了那昔日旧梦的重新开始，她在轻描淡写中忍受了屈辱。

我这样来了，我使桑波母亲的臆想灰飞烟灭，也使桑波父亲的书房尘埃落定。

佳姆萨朵黛这样来了，她让这个家庭接受了二十年来第一次地震般的考验。

但是我的青春笑靥终于抵不过桑波母亲的沧桑等待。当桑波的风采日益褪去，而我被另一种超于桑波的、桑波只承袭了一点儿皮毛的风采吸引时，桑波的母亲终于明智地趁隙而入，她为了重新顺利地构织旧梦，断然消灭了我的幻想。

这种幻想的到来对我来说是何其艰难。时至今日我都在想，如果那种神圣的精神引导能属于苍白的我的话，那么我对阿迦的需要便不会如此艰难。

这不过是走向成熟的过程而已，这不过是时间，不过是少年变成男子、女孩变成女子的转瞬即逝的时间。

佳姆萨朵黛这样追逐着时间的脚步，迟缓地得到而又转眼逝去。她咒骂时间而又无法停住轻烟似的脚步，这样，很多时间就过去了，很多天就过去了，很多年就过去了。

·四·

直到如今，我站在学校的这座居民楼下，抬头看着四楼阳台上那个佝偻着背浇花的男子。如果说时光能够倒流的话，我看到的男子应该是桑波的父亲，那位让我热爱的尊长，戴着黑边眼镜，穿着灰色坎肩，瘦弱不堪，被肺炎的痛苦所煎熬，却依然不改儒雅的风范，但是时光是不能够倒流的，因为我看到的是桑波。

我看到桑波，他戴一副黑边眼镜，瘦弱不堪，穿着一件灰色坎肩，佝偻着背，仿佛一只喝醉酒的老鼠。他目不斜视地注视着他培育的花朵，那样子大异于昔日的迷人风采。

我确信我看到的是桑波，当这种确信从眼睛的确认转变为心里的确认之后，我伤感起来。我不知道时间何以如此迅疾地掠过他青春的躯体。遗传的力量严格地筛选着必要与不必要的，并且把这些必要的从时间的长河中保留下来。这种一代一代绵延下来的、经过时间严格筛选过的神秘基因，使桑波承袭了他父亲的外壳，却没有承袭到他父亲的内核。

我不能再耽搁了，阿迦等着我，他已等了很久很久。时间清脆的声音在我耳畔作响，仿佛那遥远的风声鹤唳的梦境。我在这种梦境里耽搁得太久了。

我重新埋头疾行。这时，我想到时间绝不是那种嘀嗒就算一秒的东西，而是滚滚而去的长河。当你停下脚步，它也出现一种貌似停留的旋涡；当你伸出手，企图抓紧它时，它已经就地打个滚儿，从容地从你的手指缝里一滑而逝。你能触摸到的，仅仅是一种感觉。

我认识阿迦实在是一件平常的事。在万头攒动的人流中，我们被很多外在与内在的力量挤到了一起。我们肩并肩，垂下的手也时不时地碰触到一起，但我们心里绝没有触电的感觉，我们只是盲目地随人流而去。

“这是去哪儿呀？”

“我也不知道，就这样走吧！”

我们说着话，心情平静，没有任何目的，就好像我们老早就认识，不是兄妹，不是朋友，只是认识而已。

我们的生命线并没有就此而交叉到一起，我们仍然平静地各走各的。后来才明白，我们的相识似乎是与生俱有的，必在那一天，必在那一刻，那种静悄悄滋生的情感是晕染而来的，并非是生硬死板的两条线的交叉。

一见钟情会使一个女子美丽起来，而晕染的结果是使一个女子日益美好。那种心灵的变化是巨大强烈而又悄无声息的，它使我度过了一个温暖的冬天。

晕染的过程是漫长的，我未能一下子就确认这种情感的归属，朋友之谊，兄妹之情，还是男女之爱，这无须思考，也无须确认，它只是那么独立地貌似简单地存在着。

认识阿迦后，我仍然常常被一些花哨的东西所吸引，那些像塑料花一样美丽、妖娆、色彩缤纷的东西，一旦靠近，那种虚假的本质便原形毕露。它欠缺什么？我忽视了什么？流失的岁月使我对此很快厌倦了，回转肩头，发现阿迦早已等候良久。

他总是这样，当我被别的东西吸引，他总是识时务地隐去。或许应该说当时我头晕目眩，对他的存在习以为常，茫无所知。但当我安安静静地坐回自己的小角落，自怜地舔着受伤的伤口，决心痛改前非的时候，阿迦便会立即出现在眼前。他目不斜视，眼里充满悲天悯人的神情，活像我的救世主。

这时，我紫色的台灯亮了，房间里顿时弥漫出足以促膝谈心的气氛。窗外是冷冷的冬天，冷冷的面孔，冷冷的树。

窗外的树是最聪明的植物，气候宜人时，它浓妆淡抹，风姿绰约；一到秋冬，它便铅华尽逝，瘦骨嶙峋。它在保存什么？它在积蓄什么？它为了什么而抛弃华彩的姿颜？它何以如此坦然地接受了冬天？

我为什么不能抛弃那些不必要的没有意义的东西呢？在紫色台灯下，阿迦的面孔英俊善良，他浓黑的卷发上飘浮着淡淡的紫色光晕，仿佛有麝香的气息扑鼻而来。

“我的朋友办了一场书法展，我陪你去看看怎么样？”阿迦说。

他知道我喜欢常和他在一起切磋藏文书法的那些朋友，也知道我喜欢那种美妙绝伦的字。

可是我却答道：“我的头发乱蓬蓬的，我要擦印度香油！”

阿迦惊愕地看着我，而我则神态自若地开始寻找那瓶印度香油。瓶子是扁的，装了五十克擦头发的香油。那瓶子上面的广告画是一位印度少女，她额际有一颗迷人的红痣，姿态艳丽，秀发如云。

我似乎坚信擦了印度香油我的头发就会变成那种如云的模样，充满魅力，但镜中的我依然如故。

阿迦耐心地问了第二遍，我才说：“我对藏文书法没有兴趣！”

我不知道他是什么时候走的。夜深了，我看着墙上的一幅阿迦写的字，那上面的藏文元音和下缀的写法曾让我着迷得发狂，我虽不能写出那种飘逸的神采飞扬的文字，但这种文字是我心里最热爱的。

我把印度香油扔到了窗外，那里正像我的心绪一样，漆黑一片。

·五·

有一次古古瓦邀我去富豪大酒店跳舞。这座酒店临街而立，最初装修门面时，我和古古瓦正好路过那里，看到大门上方已竖着三个金黄大字，工人们正准备竖起第四个字，先是草体的三点水上去了，看上去像单立人，我和古古瓦猜那将要上去的字是个“便”字，和前面三个字连起来念就是“富豪大便”。

我们在一曲疯狂的迪斯科舞曲后歇在座位上，忽然邻座起了一阵躁动，扭头去看，只见一个瘦削颀长的女子在大声地呼叫：“我是巫婆！”

众人大哗。

在这种喧哗中，很多人相携拥了过去，我和古古瓦也是其中之一，我们最喜欢特别的奇遇，古古瓦看门道，我看热闹。

只见那女子装束奇特，披散长发，颇具巫婆风姿。她对围上来的人群毫不介意，她肆无忌惮地继续呼叫：“我是巫婆！”

大家早已笑得前仰后合。

她叫道：“我就是巫婆！你们不要笑，我有预知灾难的本领，我预知今天有地震！你们快跑啊！”

我萎靡的精神为之一振，在这花天酒地、腐朽堕落、污臭浑浊的环境中，我需要的正是这种肆无忌惮。“我是巫婆！”嘿，这句话多棒！这个世上还会有哪个女孩子会这样把自己的真实身份公之于众?

我冲进人群，把手伸给她，我做了自我介绍，我看见她笑了起来，口中少了两颗年轻的大牙。当我转身欲将古古瓦介绍给她时，才发现古古瓦紧捂着羞红的双颊，拂袖而去，他为他的女友在公众场合的行为感到羞愧。

但我的手在众人的讪笑声中终于和她握在一起。我欣赏她，毫无疑问，与此同时，古古瓦的逃跑使我百感交集。

众人看她是傻子，可我觉得她看众人才是真正的傻子。

她说她叫息尔。名叫息尔的女孩说：“只有你明白我的苦心，我给这些愚昧的人们指出通天大道，可他们却嘲笑我！”

我宽厚地说：“饶恕这些罪人吧！”

众人仿佛在看一场猴戏，那喜笑颜开的样子要比跳舞时故意绷着的脸可爱得多。

就在这时，舞厅顶篷上垂吊下来的塑料兰草轻轻晃动起来。某个人注意到这一点，他抬头看兰草，众人皆随之抬头看兰草，那些兰草在迷乱的舞曲中轻轻地晃动着。

忽然有人恍然大悟，他大喝一声：“地震！”

随即，舞厅里的两个出口挤满了逃命的俊男俏女，他们发出的奇异呼叫比刚才息尔呼叫“我是巫婆”的声音有过之而无不及。

我就这样认识了息尔。

古古瓦是正人君子，他把女子的第六感觉斥为神经病，息尔的装神弄鬼更是让他怒不可遏，他声调怪异地当着息尔的面对我说："藏人？你说她跟我们一样是藏人？这不可能！打死我也不信！"

而息尔最得意的便在于此。她笑起来，露出门牙两侧的黑洞，她同古古瓦一样不肯直接和对方讲话，因此他们俩不论谁说话，都要由我做一次折射，我是这种场合里不可缺少的。

息尔对古古瓦的冷言冷语毫不在乎，她朝向我，开始说实际上要古古瓦听的话："嘿，我就是藏人，没治！"

她看也不看古古瓦，仿佛他只是个吧台上的花瓶，跟我们丝毫无关。

息尔说着就打开了一盒硬装的薄荷味香烟，点上。我贪婪地呼吸着那特有的薄荷香味。古古瓦看出不妙，他立刻警告我："你可不能那样！"

可是我的手早已不听使唤，一下子便从那个盒子里抽出一支来点上，顿时云里雾里，陶陶然不知所以。

古古瓦对我大失所望，他眼睁睁看着一个淑女堕落。我和息尔则忘形地把烟雾喷在他的脸上。

那是一张痛心疾首的面孔。

古古瓦痛心疾首地说："我们藏人哪有这样的女孩？"

这无疑是对他的一次打击。是我帮助他树立了一种崭新的冷静地看待社会的世界观，把他从单纯热情、茫然无知的现状中解救出来。他从此默认了我对香烟的癖好，把对那种莫名其妙得来的所谓淑女的概念丢到九霄云外，但他对息尔的所作所为仍然是深恶痛绝。

息尔是挑战者一号，她明明知道古古瓦不喜欢疯言癫话，却故意在古古瓦面前说个不休。

“哎呀，昨晚我做了一个梦，梦见我和佳姆萨朵黛在一座铁栅栏里，另外还有很多女孩。每过几分钟就有一个女孩被带走，你知道那是咋？去处死！我和佳姆萨朵黛就发明了一种心脏起搏器，悄悄装在裤兜里。只要枪声一响，心脏起搏器就开始工作，我又活了！我是永远也打不死的，嘿，没治！”

古古瓦自言自语地说：“那是，巫婆嘛！”

息尔可不管他，她拿出一堆红红绿绿的毛线。我问：“这是啥？”

她说：“我想织个兜，心脏起搏器不用的时候就搁这里头。”

古古瓦早已在这种强大的攻势下失去了斗志，他有气无力地支棱着耳朵。通常听到息尔说话时的那种咬牙切齿的狠劲已消失殆尽，他只是有气无力地说：“好！好！”

息尔开心极了，她对我说：“要不是这几天忙着织这个兜，我的魔法早练成了！”

前面我说过，古古瓦是从不屑于和息尔正面交谈的，这时，他竟鬼使神差地直接问道：“什么魔法？”

息尔庄重肃穆，缓缓说道：“不可说！不可说！一说就是错！”

古古瓦翻着白眼，早已在不知不觉间失去了对天咆哮的力量。不过，他总算不需要我而可以和息尔直接说话了，但这也使我们三人之间的关系发生了决定性的转折，自此以后，古古瓦在我面前说到息尔时不再怒吼“她是个疯子”，而是若有所思地很折中地说：“我觉得息尔这个人有点怪！”

·六·

我埋头疾行，心里想着阿迦。我不知道他等了我多久，但我相信他在等。我耽搁得太久了，那些风声鹤唳的梦境正紧紧抓住我的思绪，我早已分不清梦境与现实哪个离我更远。

这生命的长河里，我溯流而上。流水拍打着我敏感脆弱的肌肤，那哗哗的声音仿佛在说“快到了，快到了”。

阿迦在那所房子里等我，他的周围是散乱的扑克牌和白纸，他的手里是削得扁扁的竹棍，他已经写了很多幅字了，那上面满是时间流淌而去的印痕。

我心里想着阿迦，想到那一天，我凝神对着扑克牌发呆时，他出现了。在紫色台灯下，阿迦的面孔英俊而善良，他的黑色卷发上飘浮着淡淡的紫色光晕，仿佛有麝香的气息扑鼻而来。

这时我已懂得矜持了，我矜持地说：“请你陪我去看书法展怎么样？”

他遗憾地看着我的眼睛，说：“嗨，真可惜，书法展刚刚结束，不过……”

“算了算了。”

我的矜持立刻烟消云散，我开始满地乱找打火机，气喘吁吁地把烟点上。

我说过阿迦是我的救世主，绝对没错，这时他说：“我知道你不愿意说话，不过，你可以写啊！”

我豁然开朗，即时起，我开始炮制一篇自以为能够惊天地泣鬼神的文章。三天后，我按阿迦的介绍去一家杂志社找编辑。

编辑是桑波。他当时正襟危坐于一摞稿件前，眉宇间流露出那种只有编辑才有的自信，他看着稿子上我的名字，说：“是藏人？”

我答“是”，非常恭敬地欠欠身。他示意我坐好，然后自言自语地说：“我也是藏人。怎么有这么多藏人写这些无聊的东西？”

他说着，戴上一副黑边眼镜，开始审读第一段。没过几秒钟，桑波编辑便蹦起来说：“这是什么意思？额头上掉下一个主意砸疼了脚背，这是什么意思？”

我顿时面如土色，这可是我最得意的一个句子呀！文章全篇再没有比这句话更精彩的句子了，如果这位编辑连这都不欣赏的话，那我便和他没有什么共同语言了。

我自认曲高和寡，对他的暴跳如雷也冷静地表示可以理解。正当我起身准备拿走那篇将在下个世纪流传的名篇时，桑波编辑摘下眼镜，一脸孺子不可教的神情：“啊？你好好一个女孩，干吗要写作？你穿得漂漂亮亮地去跳舞唱歌都可以，干啥不行，非要写作？你这主意是不是也是从额头上掉下来的？啊？”

我哑口无言，面对这样一位不惜打击别人高尚理想的人，我只有待之以寒冬般的冰冷。

但我和我的编辑却莫明其妙地坐在一起共进了一顿晚餐。这绝不是作者和编辑的晚餐，而是女子与男子的晚餐。

和古古瓦与阿迦一样，桑波也属于瘦削挺拔的人。我喜爱这样的身材，真是奇怪，我的双眼掠过茫茫人海，每次留在我瞳仁里的影子都瘦削而挺拔。

桑波在我眼里由凶恶变成温柔，唯一的原因是因为他瘦。

在我看来，瘦人有很多共同之处：神经质、忧郁孤傲、愤世嫉俗、喜新厌旧等。

从汉字的结构上看，“瘦”字从病旁，可见中国古人在造字之初，将瘦视为一种病态。

不知从何时起，我开始欣赏这些病态的东西，欣赏忧郁，欣赏一切与健康原则背道而驰的东西。

我竟认为病态是一种美，我被这种病态包围了。我们被这种病态包围了。我们竟天真地被这些病态包围了。我们已经病入膏肓了……

瘦人桑波说：“佳姆萨朵黛，这个名字有意思。”

我谦虚道：“没意思没意思！”

据说当初人类中的男子是披着羊皮的狼而现在的男子是披着狼皮的羊，我搞不清楚其中的道理。总之，餐桌对面的桑波有一点儿特殊的魅力，这种特殊让我这个文学爱好者感觉到“天凉好个秋”的意韵，不知愁滋味的女子早已食不下咽。

我想这一定是灯光的缘故，餐厅里的灯光朦胧迷人，光滑如缎。我对一些灯光过敏，如果是白炽灯，我便能对一切应付自如，但是要换上壁灯或台灯，我便如中了毒气般不能自持。

不能自持的绝不止我一人，对面的桑波竟喃喃说道：“你那篇东西感觉还是不错的……”

如果说这之前我还坚信那篇文章能够流芳百世的话，现在听到这句话后我却奇怪地冷静下来。我想，“额头上掉下一个主意砸疼了脚背”，这句话到底是什么意思？

是阿迦把桑波介绍给我，而我在那顿晚餐之后很快忘记了这一点。我常常奔赴桑波的晚餐邀请，乐此不疲而义无反顾。阿迦的书法作品挂在我的大书案之上，那飘逸的神采飞扬的元音和下缀上面落满了尘埃。

有一天，桑波兴奋地告诉我，他的长篇小说已经完稿，马上要交给出版社。我为他高兴，但我不知他的小说是在什么时候完成的，我几乎每天都和他在一起，并未见到他写一字半句。他神秘地说：“晚上啊，夜深人静，正是写作的大好时光，也是灵感乱冒的时候。”

我恍然大悟，怪不得我写不出满意的文章，原来是我只在白天写作的缘故。从今以后我一定要改在晚上灵感乱冒的时候写作。

我急问他的小说篇名是什么，他说这是一部爱情小说，篇名叫《佳姆萨朵黛》。我翻开第一页，只见题记上写着：“佳姆萨朵黛是个谜。佳姆萨朵黛和桑波又是一个谜。”

我崇拜得五体投地。他看到我如痴如醉的样子后高兴得不得了，当即决定带我去见他的父母。我们在一种戏剧性的高潮中奔向他家，浪漫的情感在胸中汹涌。不要问我太阳有多高，我会告诉你我有多真，不要问我星星有几颗，我会告诉你很多——很多——

当我被瘦人桑波介绍给他的胖妈妈和瘦爸爸时，我一眼看到桑波的风采承袭于他的父亲，但桑波只承袭了那种风采的皮毛而不是内核。

我也一眼看到了桑波母亲的眼睛，那双眼睛里藏着无名的忧虑和深深的恐惧。

得，这下又完了。

·七·

我认识古古瓦时他是个画家，他崇尚古典美，迷恋蓝天白云、雪山草地，喜欢藏人华丽富贵的衣饰。他总是把古铜色皮肤的草原女人画得皮肤白洁细腻、光可鉴人，手里没有家什，怀里没有婴儿，乌发垂肩，指甲纤长，双眼含情，风姿绰约，整个一位贵妇。

我欣赏得一塌糊涂，每次见古古瓦时，总是特别留意他的那双手。我一直觉得画家的手是最与众不同的产物。

说实在的，古古瓦的双手骨节粗大，皮肤粗糙，指甲破损，指甲的根部布满了倒刺，指纹横七竖八，很难看出是斗还是簸箕。这给我出了一道难题，我总是以手相的模样来猜测此人的命运的。古古瓦的手相实在令人难以置信是画家的手，但我因为先知道古古瓦是画家，所以也就确信了古古瓦的手是画家的手。

古古瓦的手相把我从某种偏见中解救出来后，我才恍然大悟，原来画家也是可以长一双匠人的手的。

但是这双手渐渐把草原女人画成了草原女人。我是说，不再是那位风姿绰约的贵妇了。背景开阔起来，黛色的山峦上是煨桑的人群，风马旗扶摇而来，雪片一样布满天空，那是一种誓言，神秘坚定如那妇人深色的双眸。

这是什么时候开始的?

古古瓦得意之色溢于言表："不可说，不可说，一说就是错！"

我惊讶极了。我被那画上的女人所感动，我知道她紧闭的双唇中含着什么样的语言，也知道她黛色的眼睛在为谁沉默。

可是我仍然惊讶极了，这不是古古瓦的那双手能够表达的。我把疑惑忧虑的目光一对准他，便立刻明白一切早已不言而喻。

一直到今天，我们三人重新来到富豪大酒店，心情没有什么不同，我们照样把富豪大酒店亲昵地称作“富豪大便”。稍稍有些不同的不过是上次古古瓦的座位离我近些，而这次离息尔近些，仅此而已。

谁能想那么多呢？我们照样很开心，酒店的双开门上大笔书着吃、吃、吃，喝、喝、喝，书写者那副狂草时如醉如痴的神情如在眼前，恰似眼前这些众多食客的心态，我们亦不例外，还有息尔的故事可以佐餐。

在一圈五光十色的玻璃金属项链的辉映下，息尔的脸庞渐渐丰润起来。她看上去感觉好极了，表情恬淡，不再有那种高呼“我是巫婆”时如临大敌的风采，但我相信她的神秘莫测仍然不减当年。

这时服务员小姐风摆杨柳而来，她告诉我们本店的拿手菜是红烧狗肉，她极力推荐这道佳肴。我们三人面面相觑，藏人是不吃狗肉的。最终，我们放弃了品尝这道佳肴。

好在小姐很理解我们，她又说：“那么点鱼虾吧，很新鲜的。”

我忙说：“好，就吃鱼虾。我知道古古瓦最爱吃的便是此物。”

我话音未落，蓦地见古古瓦摇头摇得飞快，他说：“我不吃鱼虾，我对着朵日神山起过誓，我今后不再吃鱼虾了。”

我大惑不解，什么什么？古古瓦能戒掉最喜欢吃的东西？鬼才相信。

息尔说："没事，点了我俩吃，他吃点别的。"

我说："他怎么了？出什么事了？"

古古瓦说："没怎么，我正练功哪，你可别毁了我。"

息尔不紧不慢地说："说到功法，佳姆萨朵黛，你不能不信，我们年轻一代的藏人正在努力恢复远古的记忆，这是个艰难的过程。我们现在身处的这个环境使我们的大脑和心灵日益退化萎缩，我们必须找回我们从前拥有的功力，并使这种功力达到眼睛，使眼睛能够明察一切。"

她说着话，那双眼睛深沉起来，足以令我这个凡人看到一个冰清玉洁的世界。

这时我却莫明其妙地咳嗽起来。古古瓦敌视地看着我，仿佛我是企图毁了他功法的大虾。

可是我咳得太厉害了，我说："可能是虾须进到我的气管里了，这份难受，嘿，看来我也得戒鱼虾啦。"

古古瓦大舒一口气，然后埋头吃他的羊肠面。

息尔忽然说："这就对了，看来你能感觉到一点儿特殊的东西了。我也有过这种感觉，当初我的师父给我讲到一个故事时，我就是你现在这个样子。"

我的咳嗽倏忽停止，我用餐巾纸抹着我用过唇膏的嘴巴，暗自奇怪着这种咳嗽的到来与离去。

息尔接着说："年钦老太太从印度探亲归来后，就突然得了一种奇怪的病，她的脖子上长了一个肿块，大到不能盈握。这个肿块使她气喘如牛，活动艰难，痛不欲生。她那些孝顺的孩子们多方求医都无济于事。她在几乎绝望的情况下，慕名找到了我的师父。

“我的师父没有别的本事，但是她会一种语言。这种语言是与动物和植物相通的，只要她开口说话，动物和植物都能听懂。她只有一个信念，认为自然界中的一切都是有生命的。

“年钦守在我师父经常走的一条小路边，小路的两侧是高高的白杨，那天阳光灿烂，年钦老太太觉得她的病有救了。

“我的师父终于走过来，她知道那里有人在等她，当她看见年钦老太太年迈的身影时，她说：‘您病得不轻啊。’

“师父说她努力学习功法就是为了把人们从苦难中解救出来。这时她不顾疲劳，便对着年钦老太太推拿起来。不久，就见一条青蛇‘嗖’一声从老太太的脖子里蹿出，一下子就蹿到附近的一棵杨树上。

“我的师父仰面向树，开始用她那种特殊的语言和青蛇对话。师父说：‘你怎么会钻到老太太的脖子里？’青蛇说：‘她路过一条小河时，踩了我的尾巴，可是她毫无悔意，我便想报复一下。’师父说：‘她肯定是无意的，放过她吧。’青蛇说：‘既然是你求情，我自然遵命。’

“青蛇言罢便转身离去，年钦老太太千恩万谢，脖子复原，也将永不再发，因为她知道为人一生要行善为本，自然界的一切都是息息相通的。”

息尔讲着故事，目光炯炯地看着我，酒店里的灯光暗下来。

我不知为何使劲点着头，咳嗽这东西又从某个神秘的地方蹿了出来，开始折磨我的喉咙和别人的耳膜，我面红耳赤，咳得不亦乐乎……

我想起那天看过古古瓦的画之后，我独自回到我的小屋，紫色台灯亮了，我翻着伴我度过寂寞时光的扑克牌，掀开一张，那神秘的王子头戴金冠，身穿胄衣，手里握着柔软的长戟，向上翘起的小胡子抖了几抖。他说：佳姆萨朵黛，你和你的朋友一样，将从歧途走向歧途……

·八·

我这样走着，心里在想，那些看似朴拙的语言，为什么理解起来却那么艰难。有时候或许语言本身是多余的，就像我和阿迦，我们坐在黑暗里，目不转睛地注视着对方，一直那么坐着，从不蓦然打断对方的臆想。很多时候，我们都陶醉于其中，有时微笑，有时泪湿。是的，我们都同属于一种人，腼腆，木讷，不善表白。

我继续埋头前行，时间过得真快呀，此时的阿迦在做什么？他可知道我这样奔向他，是因为我蓦然明白我们互相等待得已经太久，蓦然明白我们彼此所耗费的心血。如果不是这漫漫时光的淘洗，我们还要等候和耗费多久？

时间过得真快呀，当我远远地看到我的紫色窗帘时，紧张的心终于松弛下来，我马上就要见到阿迦了。

推开门，麝香的气息熟悉地扑鼻而来，我看见阿迦伏在大书案上，背影是那么疲惫。

他的藏装依然保持着一种尊严，暗红的氆氇服镶着毛边，用金银线隔开。绿色的绸带系在胯上，衣服已经从右肩滑下来了。那件拉让匠人精心制作的白色暗花的高领衬衫上，早已是汗渍斑斑……

满地的落纸上都是他的书法作品，那些矿石磨成的粉末，在阿迦的笔下似行云若流水，嶙峋寂寞，如泣如诉。那上面飘逸的、神采飞扬的藏文元音与下缀中满是时间流淌而去的印痕。

阿迦缓缓地转过身，眉宇间是深深的沧桑。

屋里一片狼藉，阿迦仿佛在这里待了一百年。我紧靠在窗帘边。这样紫色的、我曾经最喜欢的东西，如今在我掌中竟已成尘埃。我说不清为什么，一转身打开了朝南的窗户。

远方的朵日神山豁然映入我们的眼帘，那终年不化的雪峰送来凉爽的气息，我一下子就从浑浑噩噩中清醒过来。那沁人心脾的凉风，缓缓地、缓缓地进入我那仿佛沉睡百年的小屋。

在峭壁上

原载《人民文学》2000 年第 7 期
原篇名为《唐卡》，本书收录时改为《在峭壁上》

· 一 ·

桑杰才让是从何时起成为他们中的一分子，已经记不太清了，只是每次结伴走过那些有着泉眼的沼泽、荒原和冻得刺骨的草场时，心中自然而然地产生了一种疑惑，那就是这种事情是否真的值得。

峭壁是无法直接攀援的，只能从陡峭山路迂回前进，一直到峭壁顶上，再朝下垂吊绳子到达目的地。站在峭壁顶上朝下望去，深不可测，令人晕眩，那山洞就在距崖顶大约一百五十米处。同伴用一根早已预备好的绳子把桑杰才让放下去。桑杰才让穿着特制的防滑靴和多袋背心，背心口袋里装着远程报话机、袖珍摄像机、强力手电筒和一些备用工具。每次都是桑杰才让先下去，因为他最灵活，更重要的是，他们三人小组中，只有桑杰才让懂得那些东西的真正价值。

桑杰才让在绳子的帮助下悬在半空中，然后慢慢朝下滑去。飘浮的感觉从脚底下开始，一直到头顶的百汇大穴。掠过身体的，除了野生植物、微小的昆虫外，还有洁净的空气，那空气使桑杰才让在滑下悬崖的飘浮中略微感到快慰。

到了洞口，自以为对那一切早已了然于心的桑杰才让，还是大大地吃了一惊。他跌坐在洞口，许久之后，听到口袋里的报话机里传来同伴们焦躁的声音：“怎么回事？怎么回事？”

桑杰才让说：“有些累了，休息一会儿。”

他们再次放下来的绳子上拴着透明胶带、塑料泡沫板、三合板和小铁铲等。

这个洞的顶柱已毁，半边倾圮，塌下来的木质顶板厚约五厘米，略显粗糙，已躺在尘埃中度过多年。正对洞口的地方供着一尊佛像，有真人大小，像头已被人取下，只剩下像身呆然站立。洞中的四壁在电筒的光束下清晰地浮现出彩色的壁画。

桑杰才让看着取下佛像头后的身体，只想跪下来痛哭。

这一行三人是由张瀚中教授带领的省博物馆古唐卡发掘收集研究小组的成员。桑杰才让已跟随张教授多年，多杰本新近加入，他们在安多一带已进行了为期两年的考察发掘工作，收获的古唐卡艺术品已有十余幅之多。五年来，他们带着自费买来的装备，时常风餐露宿，租用当地乘马，到一些人迹罕至的悬崖峭壁之上寻找古唐卡的残破碎片。那些碎片大多都是一千多年前的古物，被当时的修行者携带到山高水远的修行地去供奉。千年之后，斗转星移，洪水、地震等自然灾害使得山势地形大为改变，对于修行地的寻访已是难上加难，更何况有时千辛万苦找到一处，结果洞中常常是空无一物，给考古工作带来很大的困难，他们付出的艰苦和耐心已到了极致。

桑杰才让的疑惑是从得到第一幅古唐卡时产生的。他记得那是春天，张教授找到他，想请他当助手。桑杰才让以为张教授选中他的原因一是因为他年轻，不怕长途跋涉和攀登悬崖峭壁，二是因为他懂藏语，在下乡寻访问路时能与当地群众沟通交流无障碍，从而在情感上更容易达成共识，不致被误为偷盗文物之徒。而桑杰才让之所以很快改换师门，是因为他对自从进了博物馆大门就开始研究且研究了三年的古藏币没了兴趣。他发现人们对古藏币的嗜爱是出于它的功利价值，而不是文物价值。他是个生活清贫却没有过多奢望的人，只希望研究工作的环境宽松、自由，利于自己的发展，因此他更愿意走出压抑的博物馆大门，回到从小就走惯了的田野大山里去。和张教授达成一致的桑杰才让很快就悟出古唐卡的历史时间、出处和大致方位，没有费六个月的工夫，他就帮助张教授寻找到第一幅绘于吐蕃后期的古唐卡。

当他把那幅精心包裹的唐卡交到张教授手里时，张教授竟老泪纵横，连连说："好极！好极！"桑杰才让的疑惑就是从那一刻开始的，这是为了什么？为了谁？唐卡的本源是什么？它最终会到哪里？与在洞中留存有何不同？……

胡思乱想的桑杰才让伸出手，抚去佛像肩头的尘土。佛像身上的袈裟流畅而垂下，沟回是那么明晰，仿佛能感觉到雕塑家创作时的体温和思想……桑杰才让蹲下去，继续抚去佛像赤脚上的尘土。就在这时，他忽然发现佛像的脚下有些异样。职业使得桑杰才让警觉起来，他立刻用双手扒开尘土，一幅唐卡豁然出现在桑杰才让眼前。

强力手电筒的光束在唐卡上上下闪了几个来回，桑杰才让已全然明白那用矿物质颜料及金银汁液精心绘制的弥勒未来佛像，源自公元七世纪的吐蕃松赞干布时期，画家熟练的技巧和功底使得这幅已残破不堪的唐卡别具一番艺术的光彩和魅力。

这是这个夏天唯一的收获，是近四个小时的长途跋涉和攀援峭壁的目的。

桑杰才让小心地将唐卡摊在塑料泡沫板上，用透明胶带略做固定，再覆上一层泡沫板，两块板子用胶带缠稳，另外包一层三合板，固定牢固之后，拴在绳子上，用报话机通知了站在山顶上等候的张教授和多杰本。

等桑杰才让回到山顶时，一眼看到了张教授和多杰本欣赏唐卡时那副欣喜若狂的脸庞。三个人沉默着，内心的波澜却荡漾着风一样的啸声，这幅古唐卡的收获是多么不易啊！

张教授花白的头发在风中颤抖，最终说道："好极！好极！"

多杰本忙着收拾装备，准备打道回府。

这时，桑杰才让说："这幅唐卡我先收着，我有兴趣想研究一下，等四个星期后再交给博物馆。”

桑杰才让注意到他俩互相深深地看了一眼。

·二·

回到城里，回到博物馆，时光又变得单调而漫长。桑杰才让有时整个白天都在昏睡，夜里起来，莫名其妙地在院中乱走一遭。多杰本的宿舍常常是桑杰才让寂寞时要光顾的，从前他和桑杰才让一样只抽两三元的普通香烟，喝五六元的白酒，可不知何时多杰本却鸟枪换炮，开始享用高档香烟和名贵的青稞酒了。

“这是研究唐卡的结果。”多杰本说。

“要说研究，我比你早几年入门，论文稿费也比你多些，你肯定有别的生财之道。”桑杰才让调侃道。

对此话题，多杰本一贯是推诿的，桑杰才让总是没好气。其实，桑杰才让早就感觉到他有些不对劲了，只不过未往深处想而已。

多杰本摆好酒具。是一套用料讲究、精工细作的镀金铜器。倒上酒，先弹指三次敬了神佛，再推过来。桑杰才让当然不客气，自己毕竟是他研究唐卡艺术的师兄嘛。桑杰才让连饮了三杯。

“都三四年了，这种工作有些腻味了。等有了钱，我就要享受真正的生活啦！”多杰本兴致勃勃地说。

“你这样不是很好吗？”桑杰才让说。

多杰本的宿舍被家庭影院、电脑等高档电器装得满满的，他还有一套自制的自动音乐系统，只要人一进门，电灯一亮，CD机就会自动播放音乐。如果是白天，自动音乐系统放的是萨克斯音乐；如果是夜晚，就会播放震荡魂魄的爵士乐。

桑杰才让也喜欢爵士乐，但没有他那么要命。所有时髦的事物都不能逃过多杰本的眼睛，名牌衣装、男士香水、西式快餐、双肩背袋、染发、手机和网络，还有越换越漂亮的女伴。多杰本是如此执着地追求着新鲜和刺激，简直和他的本行专业——古文物的发掘和研究——大相径庭。

多杰本自在地把两条胳膊伸开放在沙发后背上，顺手关掉震耳欲聋的音乐。他说：“说点真的吧，老兄，我上次拜托你找雕房的事，你到底看到什么没有？”

桑杰才让是看到了雕房。雕房在距地面三百多米的峭壁上，原是一处三间通的修行地，有一千多年的历史。房门开在正中，左手一间是小佛堂，右手一间是厨房。桑杰才让是根据墙壁上的痕迹推断出来的。如今三间房倾圮已久，被金边大雕据做了老巢。

那次桑杰才让费了很大劲才进了洞。以职业的目光巡视一番，看到墙壁上的壁画早已被时光之手拂去了光辉，除了斑驳的痕迹外没有剩下任何有价值的碎片。桑杰才让在叹息之余忽然发现脚下一片松软，低头一看，原来是雕粪，纯白色的，拳头大小，布满整个洞中。四下里还有羊皮、男人鞋、女人鞋和一些破布烂衫，是金边大雕叼来做巢的。桑杰才让的两只穿着四十一码靴子的脚已深深陷进白色雕粪中。

雕把家安在如此险要的地方，其离群索居的孤傲性格可见一斑……

“雕房和我们的唐卡事业有什么关系？”桑杰才让问。

多杰本又推过一杯酒来，说：“是和我们的幸福生活有关哪，有雕房，就有雕粪，有雕粪，就有了幸福生活。”

桑杰才让知道雕粪是藏医中治疗胃病的一种绝好又来源稀少的药物，非常贵重，便问道：“是你家中有谁得了胃病吗？”

“哪儿呀，我们成袋地拉来，能卖好价钱。”

多杰本见桑杰才让摇头，继续说：“别一提钱你就摇头，你不娶老婆吗？总不能把你那方寸之地当新房吧？买房就得有钱，没钱怎么做丈夫呢？”

桑杰才让哑然而笑：“这倒是件烦心事。”

“知你莫若我嘛，老哥。”多杰本劝酒总是很对桑杰才让的胃口。

“还有，”多杰本犹豫半晌道，“说到钱，有件事一直想跟你说，上次张老师和我们两个一起去的那个洞里发现的唐卡，据张老师说非常值钱，有一百来万呢。现在有个买主，想私人买了去，张老师让我跟你商量一下，我们私下里卖掉，反正单位也不知道……”

“那不是倒卖文物吗？这可是犯法的。”桑杰才让惊道，“我还想起一件事，那个洞里有尊佛像，佛像太大，不好搬动，像头就被人取下了，现在还不知道被卖到哪儿了。

幸亏唐卡掉到地上未被发现。”

“别说得那么吓人！”多杰本回避着桑杰才让的目光，说，“人家国外成立了专门的研究所和博物馆，并支持学者进行实地考察，认真研究。再看看我们……唉，就说洛丹老教授，苦心研究一辈子……唉，我们年轻人，说什么也不能像他那样过一辈子。”

“可是洛丹教授在研究唐卡艺术方面功不可没呀……”桑杰才让喃喃道。

多杰本说：“那是。但我们更应该有生活的权利！真正的生活，你懂不懂？那就是不要整天为衣食住行发愁，可以无忧无虑地做自己喜欢的工作，到那时，不为名利的研究才能研究出真正的艺术。”

“哼，原来你所谓真正的生活是和古代文明成反比的呀！你真正的生活内容越纯粹，古代的文化载体就会越减少，直到这种文明消亡，你的成果也就更彰显啦！”桑杰才让说。

爵士乐爱好者振振有词道：“你难道还不明白，我们就是唐卡艺术文物的保存和发展的有功之臣啊，总比让那些唐卡烂在洞里强吧。”

已经入口的半瓶酒在胃里剧烈地翻腾起来。桑杰才让是好酒的，但是今天的酒让桑杰才让感觉到难受。桑杰才让说：“你老实告诉我，你和张老师这样背着我到底已经卖掉了多少？”

“我们是兄弟嘛。”多杰本说，“张老师说了，不会亏待我们的……”

“张瀚中是魔鬼，你也中了魔了！”桑杰才让愤然离席。

·三·

桑杰才让认识德吉卓玛时，已对那幅洞中唐卡研究了三个多星期了。那天他路过博物馆的古藏币展览厅，正遇上新分配来的大学生德吉卓玛给一帮外国人讲解古藏币的来龙去脉。他听到她侃侃而谈的声音：“这枚藏币发行于吐蕃松赞干布时期，全金铸成，当时只铸了三百枚，流行于宫廷贵族之中，松赞干布王常常把这种金币当作赏赐，赐给对宫廷有功之臣。甚至有一个传说说谁拥有这种金币，谁就拥有了松赞干布王的信任。只可惜这种金币流传到今天已少而又少，它的文物价值已大大超过实用价值，所以非常珍贵。请大家看这枚金币的背面……”

他看着她僵直而自信的背影，不知道这个年轻的姑娘为什么会从事与文物打交道的工作。那声音是好听的，只是太古板啦。

桑杰才让约了德吉卓玛到一家中档餐馆吃饭。他约她吃饭并不是爱上了她，而是因为自从和多杰本闹僵后空余的时间无处打发。他看到她刻意打扮了一番，长长的睫毛卷起，并涂了睫毛膏，眼睛也描了眼线，涂了褐色的眼影，应该说她是美丽的，但他对她的美丽一点儿也未注意。他穿着笔挺的西装，点菜时的模样是那么老到，与那个在山间峭壁上艰难攀援的、肩上披满尘土的人简直就是两个极端。这顿饭充分显示了他温文尔雅的举止、海阔天空的谈话和对一切都满不在乎的态度，无疑，这正好引起了她的兴趣。他一下子就明白，她的生活除了那些关于文物的书本知识外，几乎都是空白。她是孤寂的。

后来她送给他一枚吐蕃时期铸的合金一元币。她送他时他是想谢绝的，他从前搞过研究，也收藏过古藏币，但他再三强调也没用。她固执地塞给他，说："我知道它不值什么钱，就留个纪念吧，以后会想起我们都曾经做过这份工作。"于是他收下了。慢慢地，他越来越珍视它了，天天放在右边口袋里，有事没事都要把手伸进袋中，那里有一枚温暖的硬币。

他俩开始在她的房中约会。她的小床在六架古老简易的隔板书架中间，铺着洁净的蓝格床单。书架上尽是些文物博览、文物画册等书，还有几件泥塑擦擦佛像、仿制的陶壶等。小床右边是一张书桌，桌上摆着电脑，桌上方的墙面上挂着一幅绿度母的丝绸唐卡。

他一进门就注意了那幅唐卡，唐卡下边卷进去的边上印着"九五年杭州丝绸厂制"，显然这幅唐卡是那种大批量的机械生产品。他嘟囔道："你搞这种工作，应该有好东西的嘛。"

她看他一眼，脸红红地说："这幅唐卡是一位德高望重的活佛开过光的，要知道它具有的精神价值非他物能比。"

桑杰才让觉得自己有些被她感动了，伸出双臂，把她紧紧地抱在怀里。这个夜晚是美丽的，夏天的风吹动着德吉卓玛精心挂起的窗纱，院中贪玩的孩子们的吵闹声也渐渐隐去了。

桑杰才让：“你在想什么？”

德吉卓玛：“我在想，我的前生会是什么呢？”

桑杰才让：“依你的性格，肯定是一只温顺的母羊。”

德吉卓玛：“那么你的前生是什么？”

桑杰才让：“你既然是羊，我最起码也得是个牧人。一到秋天，我把你的脖子这样一扭，捆好三条蹄子，放倒在草地上。我的腰刀快着呢，你不会有什么痛苦。”

德吉卓玛：“那么说这一生我就是找你报复来啦，我得想想，用什么好办法才能解我心头之恨。”

桑杰才让：“我知道你的办法。”

德吉卓玛：“什么？”

桑杰才让：“累死我呗！”

·四·

正午的阳光洒在桑杰才让的工作台上。桑杰才让喜欢在自然的光线中工作，尤其是在欣赏、研究古代唐卡的时候。

展开在他面前的，是一幅绝代佳作。

这是一幅立式唐卡，长约三尺，四周按藏式规格用红、绿、蓝三色锦缎装裱，以金银丝线分段，上下留有天地。敷面的黄色薄绸已损坏大半，未遮住唐卡的金玉质地。画轴也无存，从包轴部位的磨损程度上看，大约是贵重的象牙浮雕画轴，不知被谁先自夺去了，幸好留下了在桑杰才让看来更加贵重的唐卡本身。

唐卡上的金粉在历经千年沧桑之后，重新在阳光下熠熠生辉了。

桑杰才让端详着这幅构图对称、均衡，无论造型、设色，还是勾勒、用金都极为精微细致的唐卡，恍惚间，仿佛看到了那位遥远古代的画师，站在一个晴朗的夏日里，把藏装的双袖结在身后，净手焚香，朝上天叩拜之后，那双天才的手将白布绷在木框上，涂上一层胶制白灰，再用滑石磨平。这时，空中出现彩虹，吉祥的鸟儿歌唱着掠过树梢，白色云影带来微风，吹动着香气直达他的心房。画师是充满了自信的，那双天才的手已挥动起来，开始勾勒作画。工笔重彩之下，弥勒——未来世界的佛陀早已端立其上，他细眉善目，棱鼻抿唇，眉心的白毫散发着慈悲的光芒，头戴五宝花蔓，双耳垂肩，右手执永世转动之法轮，左手持生命不息之净瓶，金色袈裟飘逸垂向八瓣莲花蕊座，而身后的火焰光环，正喷吐着孔雀蓝和夕阳红的波纹……

光线暗下来，桑杰才让才发觉是德吉卓玛不知何时伏在了他的窗前。

“忙着呢？”德吉卓玛说。

沉湎于唐卡的桑杰才让连说“请进”。德吉卓玛矜持地坐在乱糟糟的木椅上。她是第一次到桑杰才让的宿舍，因为桑杰才让已有一周未同她见面了。

“你的研究有进展了？”德吉卓玛漂亮的眼睛已看到桌

上的唐卡。

“是啊。”桑杰才让兴致勃勃道，“你瞧，这是一幅内容极丰富的作品，在取景布局上，视野广阔，用鸟瞰全局的透视手法，把远近景物组织在一个画面内，而各景物间又有它自身的透视关系。整幅唐卡构图饱满，画幅上图形密布，每个图形又画满了细密繁缛的图案，每一个细节中都有极其精彩的描绘。”

德吉卓玛仔细瞧着唐卡，心神所迷：“颜色真好……”

桑杰才让立刻说：“画师运用的色彩风格非常热烈奔放，他使用了大量的对比色，而在局部又使用相近的调和色。在大量的对比色块中，金起到了谐调统一的作用。你看，就是遮起光线，金子勾勒的线条依然光彩夺目，这是时光也拿不走的宝物啊！”

德吉卓玛回头看了一眼桑杰才让，说：“唐卡在你眼里到底是艺术品，还是宗教？”

“你是什么意思？”桑杰才让问。

“没什么意思。”德吉卓玛背过身子，说，“我是来告诉你，我的录取通知书到了，美国加州克氏学院东方研究所的研究生院今年要招两名藏学研究生，我觉得机会很难得，就考了。”

桑杰才让怔了一下：“你从没说过。”

“我以为考不取的。”德吉卓玛的香木耳环轻轻晃动了一下。

桑杰才让点起烟卷，半晌才问：“什么时候走？”

“大概两周后。”

两人沉默着。桑杰才让把烟掐了，走到桌前，用一块新的橘红色敷面薄绸将唐卡慢慢盖起来。

正在这时，敲门进来的多杰本改变了这种尴尬的局面，但尴尬的情绪更彻底，三个人的表情都有些夸张。

“正好，德吉卓玛也在，张老师有请，我们一起去吃顿饭。”多杰本的两只眼睛亮晶晶的，他看到德吉卓玛，犹如看到了希望，他知道如果没有她的存在，桑杰才让的拒绝是显而易见的。

桑杰才让早已心知这是一场鸿门宴，正要拒绝，不料德吉卓玛却爽快地答应了。她扯一下桑杰才让的袖子，说：“走呀！我正想认识你那位伟大的导师呢。”

“那可真是好机会。”桑杰才让咕哝着，只好跟在他俩的身后，走出宿舍。

饭局设在一处名曰“大豪门海鲜城”的别墅式仿古建筑群中，院内亭台楼阁，小桥流水，红花绿树，奇石异草，一派虚假风光。

张老师笑嘻嘻地从一张玉雕贝嵌的大圆桌后站起身，未老先衰的白发在紫檀木屏风前尤其醒目。他首先将右手伸给德吉卓玛：“早就听说博物馆分来一位漂亮的女大学生，果然名不虚传啊，欢迎欢迎！”

德吉卓玛红了脸，握了握张老师的手。

桑杰才让和德吉卓玛分别坐在东道主的左右，多杰本坐在对面。张老师说：“你们都能来我真高兴。菜已经点了，这里的海鲜最是地道，不知你们是不是喜欢。要什么酒呢？白酒还是红酒？我看桑杰才让喜欢白的，就来一瓶白酒吧。”

桌上的菜是丰盛的，有清蒸龙虾、黑鱼三吃、蒸蟹、白灼基围虾、烧刀鲜、鲜姜鲑鱼、蛤蜊汤等等，都是高原上不生长的生物。桑杰才让喜欢的却是一口平底锅里的内容，叫作羊肉盖被，是大块羊排和大块土豆混烧而成的美味。

出乎桑杰才让意料，德吉卓玛和多杰本有相同之处，两人都喜欢张老师的口味。多杰本见桑杰才让有些呆板，就说：“我讲个笑话给你们听。”随即，他绘声绘色地讲起了笑话。

最后，多杰本自己已笑得喘不上气。他倒是让饭桌的氛围轻松了起来。大家因为喝了酒，个个脸色绯红，饭桌上猜拳闲聊，气氛融融。张老师要的就是这种气氛。他以教授的身份，抚着德吉卓玛的手背：“看看，多好的姑娘，就像我见到过的最美的唐卡上的度母一样。要是你在我的小组，不出三年，保管你在文物研究领域有突飞猛进的成果，就像桑杰才让一样。他现在已在唐卡事业上渐入佳境，同行中数他心灵眼慧，名声大振啦！”

张老师见桑杰才让埋头吃肉，又说：“桑杰才让，你那幅绝世唐卡是不是已经让德吉卓玛欣赏过了？”

醉醺醺的多杰本快嘴道：“那还用说？我去的时候，他俩正瞧着呢，那可真是件不可多得的宝物啊……”

“唉！”张老师抚着德吉卓玛的手背，说，“古往今来，多少人熙熙攘攘，皆为名利二字。我有一位桑杰才让这样不追名逐利的学生，真是难得！桑杰才让，我有个朋友在美国的一个州立博物馆工作，他刚刚传来信息，说他们那儿需要一位懂得唐卡知识的藏族访问学者，你年轻、敬业，在唐卡研究方面有经验，我看你是最合适的人选。”

从开席就一直沉默着的德吉卓玛突兀地问道：“呀！在哪个州？”

这个消息同样令桑杰才让震动，但他心里明白问题还不只这些。他的目光轻轻掠过德吉卓玛的脸庞，她的不安和希望都已尽收眼底。让他奇怪的是，多杰本却对此没有什么反应，这位一向出国情绪高涨的同事，竟然能暂时将这份热情按下不表。

“但是……”张老师沉吟道，“单位的情况你也是知道的，我虽然能全力支持你，可单位没有经费呀！如果你真想抓住这次出国访问的机会，恐怕要自费啦……我听说个人出国的经济担保金需要近十万元。”

“能不能再想想办法呢？”德吉卓玛问。

桑杰才让这时已将羊肉盖被消灭干净，他放下筷子，突然粗鲁地打断德吉卓玛的问话：“并不是每个人都想到美国去，就是去也要去得光明磊落，像你那么干净的美国梦我可实在不敢奢望！”

德吉卓玛站起来，说：“我还有点事，先走一步，你们多玩会儿吧！”

她没有看他。那个出语伤人的人已经懊悔不已。她走过他身旁时脚步是轻盈的，就像从前的每个时刻一样。

多杰本送德吉卓玛回来，使劲剜了桑杰才让一眼：“你整天守着她，还不知道她的脾气？得，又得费劲从头发展点新故事啦！”

幸亏张老师人老手不老，他老人家眼明手快，抓住了桑杰才让的胳膊，不然桑杰才让手中紧握的酒瓶已经飞到多杰本那张英俊年轻的脸上了。张老师连推带搡地把怒气冲天的桑杰才让带出了大豪门的宫墙，说：“都醉了，都醉了，别动气，早点回去休息吧。只是再考虑一下我的建议，只要卖掉那幅唐卡，你就是在美国专心研究十年，生活也是没问题的……”

夏日的夜在高原上也是微醺的。桑杰才让走在回博物馆的路上，发涨的脑子渐渐清醒。他不知道前面的路还有多长，也不知道德吉卓玛的窗口是否依然亮着灯光。关于唐卡，关于钱，关于美国，关于前途，关于爱，此时此刻，都在心头乱糟糟地晃动着，跳跃着，像路边的五色霓虹灯，毫无章法和规则，却不失亮堂地拥挤到了他的眼前……

女画家

原载《广州文艺》2006 年第 4 期
原篇名为《秘密花蔓》，本书收录时改名为《女画家》

这是一个明媚的夏日。太阳暖洋洋地照在卓玛的脸上。她刚从市里申请吉尼斯世界纪录的办公室出来，手里拿着一摞表格，表格太大，那只背在右肩的略微磨损的黑色布包放不下。暗暗高兴的卓玛想尽快回到家里，给丈夫一个惊喜。她来到马路边，刚要伸手打一辆出租车，又忍下来，还是省省吧。

换了两趟公共汽车，步行三百多米，卓玛回到自己的屋里。这是她和丈夫来到这座城市后第三次换租来的房屋。当然，屋子越换越大，但还不到能买下来的地步。两居室里没什么摆设，夫妻俩的卧室里挂着一幅丈夫给卓玛画的线描画像，那是七年前画的，那时卓玛二十三岁，他俩刚刚结婚，那以后丈夫再也没有画过她。这间屋子除了作为卧室还兼作卓玛的画室，卧榻边挤挤簇簇摆着她的画具，墙上挂着几幅画好的唐卡。另一间屋子是丈夫的专用画室。

卓玛在卧室里看到卧具仍然像早晨她离开时那样叠得整整齐齐的，又折到丈夫的画室，较宽敞的房间里光线充足，昨天陈旧的空气尚在静静地流淌。卓玛打开窗户，早晨的喧嚷一下子涌进来，她不知所措地来回走了几步，墙上几幅几年来都未完成的唐卡被丝绸蒙着，画具散乱地放着，坛坛罐罐里的颜料早已干裂，大大小小的画笔粗暴地拧着毛糙的笔头。

种种迹象表明，丈夫昨天离开后还没有回来。

卓玛焦躁起来。往常他也经常夜不归宿，但早上总会带着疲倦的神情回来，和她说说要么打牌、要么喝酒的事。往常这个时候，他是蒙着头睡着觉的。往常这个时候，她会看一眼倦睡着的他，备感安全，自己吃过简单的早餐后，就开始蹑手蹑脚地画画了。

今天却有不同。今天的天气虽然不错，一早去申吉办公室也顺利，拿到表格时那年轻人还对她笑眯眯的，可就是有那么点别扭，心里慌慌张张的，好像总有一件事情没有办妥。卓玛看着空荡荡的床，明白丈夫不在那上面睡着，她的心里就不踏实。

这已是很多年保持着的习惯。她已不记得丈夫是从什么时候开始晚出早归。五年前还住在小镇时，她知道他是出去喝酒的，因为早上回来时身上还有浓浓的酒气，有时甚至还醉着。父亲去世时，把她慎重地交给他。父亲看好他的画艺，认为她跟了他生活会有保障。那几年是好的，丈夫勤奋画画，也只是偶尔出门，有时还会带上她。他的朋友圈里她也熟识几位，他们毫不掩饰地羡慕他娶了比他小十二岁的女人，这个女人还算漂亮，也温柔，而且还会画画呢。他也曾得意着。夫妻俩画的唐卡卖得不错，附近几个寺院已认得他俩，开始订购，小日子渐渐丰满起来。他俩的唐卡越画越多，技艺日臻完美。完美的日子仅过了几年，丈夫一次次听到朋友们建议，说他的画艺应该到更大的地方，应该有更大的舞台，会得到更大的发展，终于有一天，丈夫决定卖掉所有的唐卡，搬到省城。那时她害怕陌生的地方，舍不得离开家乡，哭哭啼啼不愿意，可是他相信自己的能力，不由分说地怀抱理想而来。那时他多自信啊……

如果父亲还在的话，他肯定会反对吧？初次进城的困难可想而知，钱、房子、没有朋友的寂寞、城乡生活反差的巨大压力，都成了问题，好在他俩年轻，能渐渐适应，最初想回去的念头也慢慢淡了。丈夫有了新的朋友，夜晚出去的次数越来越多，这是她习惯的，但不习惯的是有时他早晨回来时身上竟没有酒气，神情却一样疲惫。她疑惑着，他解释说一夜都在玩牌，那种纸牌能让人欲罢不能，身上的钱有时会突然多出来，更多的时候会一下子身无分文。她疑惑地望着他一次次精神饱满地出门。

那些入不敷出的日子……

那些寂寞的长夜……

卓玛叹息着，拨了丈夫的手机。手机是两个月前买的。

她卖掉一幅比较得意的唐卡，想筹措资金为已画了大半的巨幅唐卡买些画具，可是丈夫说他在外应酬，应该拥有一部手机，他说城市的男人没有一部像样的手机，等于没有身份，而他作为略有名气的艺术家，没有身份哪有立锥之地？她认为他说的有理，暗地里也希望他有了手机后会精神振作，会重拾画笔，从前美好的理想重现眼前，他们夫妻同心同德，既为家庭建设做着贡献，日臻完美的画艺也将名垂历史……她精心挑选了一部机型大方、色彩朴素、价格合适的手机送给他。他抱怨没有摄像功能是这部手机的美中不足之处，然后把自己的小灵通换给她，并告诫她在他出门后没有重要的事情不能随便给他打电话。

她手抚着小灵通，这部银色的电话虽然到她手里时已磨损不堪，但她仍然小心翼翼地套上织花手机套，准备用一辈子。打给她的电话这个月里多了起来，因为巨幅唐卡被新闻媒体发现，立刻宣传成一片，报纸上把她称作“浮出海面的女艺人”，电视屏幕上出现了几次她惶惑不安的面孔，人们说这位三十岁的女艺人画的巨幅唐卡举世无双，吉尼斯世界纪录上将有她辉煌的一笔。媒体记者、朋友、关心她的人、帮助她的人，纷至沓来，她的小灵通那简单的电子音乐声从此此起彼伏。

直到这时，他才发现她在画巨幅唐卡。

他是吃惊的。他手执报纸冲进家门质问她，她不好意思地从床底下呼哧呼哧地拖出那幅唐卡。她看到他惊慌的样子，心里充满了歉意，本想解释说这完全是在他夜不归宿的时候为了打发漫长黑夜而完成的，可又怕他自尊心受不了，只好沉默着。他把她的沉默当作了傲慢，他挂在脸上的惊慌表情也立刻换成了傲慢，他揶揄了几句，就拂袖而去。

她知道这幅画大是大了点，可不明白何以就带给他如此巨大的压力。

但她无可否认，他越不画，她画得就越好，她画得越好，他就越不画。他早已自卑，早已在自卑的心态下对她敬而远之。

她伤感了。她满怀歉意地一次次妥协着，一次次试图用真情打动他。她交房租和电话费，承担了所有生活用品的费用，给他买时髦的服装，她成了这个家庭的男人，但他把这一切都看作她的施舍，指责她太小看了自己的男人，她委屈地自认并没有小看他呀。他已越走越远。

他的手机关机。不祥的感觉立刻笼罩了她。

她绞着双手在屋内乱走。屋子不大，墙上挂满了唐卡，更显得屋顶低矮，使人透不过气来。她绞着双手时发现，自己的手多么粗糙啊，画笔握了二十年了，这是双画画的手吗?

她从小失去了母亲。父亲是一位当地非常有名的画师，他年纪大了，只有她这么一个女儿，但不愿意把画艺传授给她。历史上哪有女孩画唐卡的呢？唐卡可是一门神圣的艺术，是专和佛像、天界、英雄人物打交道的，女孩怎么能胜任呢？女孩将来找个好丈夫，安心持家就行了。有着这种传统观念的父亲收了一个聪慧的学生，把自己完美的画艺传授给他。十岁的女儿一直在旁观，父亲从未想到世上有一种叫作天赋的才能竟然就暗藏在女儿的体内。她不敢在父亲面前学画，但那位学生却对她放任自流。他悄悄保留了一套画具送给她，任她在画布上涂鸦。当然他只是想讨她欢喜，从未想过有一天她会比他画得好。几年后，有一次父亲竟然把她画的一幅唐卡看成是他得意门生的作品，对着那幅作品赞不绝口，并对学生能在如此短的时间内就画出两幅风格完全不同的唐卡而惊叹不已。学生不好意思居功，上报了真相。做父亲的在最初的惊慌失措后，经历了足足九天的思想斗争，终于接受了事实，叹道："也罢，女孩儿家，想学就学吧，谁让我没有儿子呢？"

女儿正式为徒，但父亲仍然是有偏心的，所有画画过程中的粗活都由女儿来做，那位学生享受着优厚的待遇。在父亲的区别对待下，学生日益志得意满，而女儿在渐渐长大的过程中，自始至终认为自己是不如那位后来成为丈夫的学兄的。

她画唐卡时总是全身心地投入。佛像那么精美，用料那么考究，线描那么一笔到位，用色那么细腻斑斓，可是严格的父亲还是挑剔说："你画的佛像不错，只是佛像背后的花蔓画得生硬，不是长出来的，是画出来的。还有些花蔓藏在佛像的背后，你不必画出它，但它是存在的，如果你藏得好，看佛像的人便能看到，你藏不好，他们是看不到的。"

她为此花了二十年的工夫，至今仍然不能确定，看她画的人是否真的看见了她藏在佛像背后的花蔓。

她在自己画的唐卡背面打上小小的记号。

父亲说："把记号抹掉！自古以来唐卡艺人从不留名，唐卡是献给神圣的寺院的，任何暗怀私心的艺人都不能画出它真正的美丽。记住，你画画的时候，就把自己忘掉吧。"

女儿轻声反驳道："可是别人都知道您是好艺人，都来求您画唐卡啊。"

父亲说："好艺人的名声是别人给你的，不是你自己写上名字，就有了好名声。你只有用一颗谦卑的心，才能感受并描绘出唐卡世界里的深厚和博大。"

女儿问："这是我们俗人奉献的谦卑的礼物吗？"

父亲说："这是我们俗人奉献的谦卑的礼物，这是我们唯一能够做的。"

女儿把佛像的眼睛描得细腻传神。女儿画着花蔓。女儿怀着谦卑的心把记号抹掉。女儿在父亲狭小的画室里消磨着少女时光。外面的世界是通过那位学生而略知一二的，据他说外面的世界胜过唐卡中的三千世界，外面世界的声光色甚至比唐卡中的佛教故事更能打动心弦。

父亲是沉浸在唐卡中的，他只看重学生画画的才能，并没有意识到他待如儿子般的学生的心早已飞出画室，飞向了外面广阔的天空。学生的心被物质的世界吸引着，师父的精神他只传承了衣钵。

不管怎样，学生还是留下来了，留下他的原因除了师父全力培植的信念外，更多的是为了已亭亭玉立的姑娘吧？她已亭亭玉立，但对外面的世界一无所知。

父亲的学生越来越多，以至于小院中常常人满为患。人人拿着画笔，抬着自信的脸庞，慕名而来，并准备满载而去。父亲授课时，学生们都簇簇拥拥地想挤到前面去，只有女儿守在冷清的角落，远远地听着，随后还得为大家做饭。在男孩们的眼里，她只是一位正值豆蔻年华的少女，有几个学生时不时地献献殷勤，但他们从未想过她是位出色的唐卡艺人，是他们中平等的一员。他们倾倒于师父如日中天的名声，骄傲地以他的学生自居，盼望着出师后能够实现自己远大的理想。

但师父似乎只对他选择的学生情有独钟。正如那位学生期待的那样，师父临终时把女儿许配给他。女儿是默许的，她对命运的突然改变没有任何异议，她认为这正是自己早已注定的命运。

手执画笔的卓玛站在唐卡前。已到正午。她发现自己站了近三个小时却未着一笔。小灵通孤零零地躺在一边，整个早上竟然没有发出一声熟悉的电子音乐声。

卓玛放弃了再打一次电话的想法。她是相信丈夫的，丈夫肯定是被某件重要的事情耽搁了，只是，那是一件什么重要的事情呢?

那幅唐卡的局部挂在墙上，这仅仅是想象中巨幅唐卡的小小一部分，她已经完成得差不多了。不知从何时起，她有了这个念头，要画一幅最大的唐卡，尽自己所能，把想象中的世界全部完整地、清晰地描绘出来。这是考验自己的过程。曾经有些模糊的、一晃而过的经验需要改变，更重要的是，她想找出那些秘密生长的花蔓，并把它们藏好。

床底下卷着更多的局部，等到全部润色一遍，接起来，就是幻想了很久的巨幅唐卡了。这是她这几年孤独生活的全部。有谁能了解她创作过程中的辛苦、她几次想放弃的苦衷？唐卡中那绚丽的色彩正是由她的单调生活调配出来的呀……如果父亲还在，他会怎么样看待这一切呢？他会不会固执地认为是女婿画的，而女儿只是助手而已？父亲或许也会挂起满意的笑容，承认女孩子的耐力和画艺，并因此改写自己已经老套的经验吧？

她开始画巨幅唐卡时并没有想到会去申请什么吉尼斯世界纪录。这之前她甚至不知道除了体育项目外还有别的纪录，当她在脑子里构建着想法时，也把自己吓了一跳。这是一件需要付出勇气的事情，但她尚未在现有的生活过程中证明自己具有这样的品质。父亲在时，她不需要证明，她只安静地在他的身影后面画画。父亲纯洁的名誉和盛大的光芒遮蔽了她的存在，甚至学生们都忽略了她无声但却美好的画面。直到现在她无休止地购买金粉、颜料，父亲的一位已成画商的学生才发现她的秘密。她的巨幅唐卡脱颖而出，原来只有她才继承了师父那份令人肃然起敬的才能。大家这才慨然肯定了她的确付出了勇气。

付出勇气对她来说是不容易的。她从未想过生活会变得面目全非，自己从一个默默无闻的境地旋转到一个旋涡的中心。女性、年轻、唐卡、吉尼斯世界纪录，这些概念使她成了旋涡的中心。她一心一意想绘出来的唐卡，突然之间变成了财富、地位、名誉的象征。人们开始议论她的相貌、经历和衣着品位，有人来推销高档化妆品，有人来推销保险，也有人来推销房产。她在不知所措中自然而然地想到丈夫，他是男人，她需要他的保护，需要他那副宽厚的肩膀紧紧护住她。可是她遍寻不见，她那位丈夫常常在她需要的时候不知身在何处。

电话突然响起来，声音很大，吓了她一跳，来电显示的号码是陌生的，她的心怦怦跳着，急忙接听。

电话那头一个粗暴的男声喊着："喂喂，是洛桑的老婆吗？"

她疑惑地答："是啊，你是？"

那个男的粗声大气地说："我是车站派出所的，你丈夫昨晚参与聚众赌博，违反了城市管理条例，我们没收了赌资，还要处以罚金五千元，你赶快来交钱吧。"

她愣怔了半晌，说："我能和洛桑说话吗？"

她听到他催促着，电话传到另一人手里。

"喂，"是洛桑的声音，"你拿钱来吧。"

她说："你知道没钱的，画好的唐卡早就卖了，没有现金……"

洛桑有气无力的声音传来："我都一天没吃饭了，你能不能快点想想办法？"

她抱着电话，不知说什么。那边有一个女的夸张地抽泣着。洛桑已挂了线。

直到电话里传来嘟嘟嘟的挂线声，卓玛才回过神来。出事了，怎么办怎么办？这在她的成长经历中是从未出现过的事，她缺乏独自应付的经验，但她必须行动起来。家中已没有现金，画好的唐卡早已卖空，只剩下那幅尚剩几笔的巨幅唐卡。当然，这是不能卖的，这是她的命根子，在她的心里她还不能把它和金钱等同起来。那么还有什么能卖呢？只有先借钱了，可是向谁借啊？

她的脑海里飞速地出现了几位能帮上忙的人，丈夫的朋友们，但她马上否定了这个想法，她不能去找他的朋友，他是个要面子的人，如果知道她向他的朋友借钱，那比要了他的命还会让他愤怒，她不能再给他添麻烦，算了。那找谁？那个画商？不，他的笑容使她受不了，尽管他很有钱，可是还能找谁呢？或许那个画商还会看在父亲的面上，能通融通融……

她不敢想丈夫是怎么进去的，更不敢想那个神秘的哭泣的女人的声音，她只知道得帮他，这是她想都不用想的事实。

顺利找到画商，他正在自己的商店里悠闲地抽着香烟。对她的突然造访他有些吃惊，他明白她总躲着他，从不给他半点机会。

他热情地站起身，把她让进店门，说：“卓玛，好久不见啊。”

卓玛说：“好久不见，扎宝，我有事情找你。”

他看着她憔悴的面容，说：“我知道，你是无事不登三宝殿的嘛。”

卓玛躲着他的眼神，急匆匆就说：“我需要借钱，你知道我只能到你这儿来借，我还得起，三个月后我会给你两幅唐卡，当然金粉和颜料你还得赊账给我，要不然我就给你三幅唐卡吧。”

名叫扎宝的画商定定地望着她，望得她无处躲藏，他说：“别急，慢慢说。”

卓玛的声音颤抖了，她突然有些感激他的镇定，他的镇定让她深深喘了口气，她说：“是这样，我得向你借五千元钱，马上就要。”

扎宝看着她：“你的巨幅唐卡不是快画完了吗？要这么大一笔钱，出什么事了？”

卓玛不情愿地说：“洛桑出了点事，也不要紧，你能借给我吗？”

扎宝沉默了半晌，说：“钱不成问题，我也放心你，只是想问问，你和洛桑没事吧？”

卓玛使劲摇摇头。

扎宝说：“不是我说你，你为洛桑付出太多，大家心里都明白，他是个机灵鬼儿，把你卖了你还不知道呢，你怎么能需要这种人呢？他不值得你这么做，他都三四年没有画出一幅完整的唐卡了，话说回来，他就是画出来也没有你画的好卖。他既画不出好画，也不肯照顾家、照顾你，他放在那儿，不就是个摆设吗？哼，他在外面干的那些破事儿我可是非常清楚，全世界就你蒙在鼓里，我不明白你为什么就放不下这么个摆设。”

卓玛说：“我还没给他生个孩子呢，要是有孩子就好了，一切都好了。”

扎宝说：“不是孩子的问题，卓玛，你到这个世上来不是生孩子的，是来画画的。你需要一个支持你的事业的人，让你专心致志地画画，帮你安排杂七杂八的事。你前面的路还长着呢，你的脑子里的画还没画完呢。”

卓玛怔怔地看着他，不相信似的摇着头。

扎宝笑道：“比如我啊，我就可以帮你完成你的心愿，给你提供最好的金粉和颜料，让你有更大的名声。你画的唐卡会更值钱，你会富有，用不着再为钱发愁。钱是什么东西呀？钱是让你享受生活的，不是让你长皱纹的，你有这个能力。”

卓玛说：“你还没答应到底借不借……”

扎宝笑出声来：“看看你。从前我喜欢你的模样，但我现在更喜欢你的脑子，你的脑子很厉害，能想到别人想不到的画面，当然我还爱你的手，你的手能画出那么好的唐卡，唉，这是我学一辈子也学不来的。”

卓玛不知所措地扭着双手，那上面沾染了许多没来得及洗掉的颜料。

扎宝说：“好吧，以后可别说我没有提醒过你，我是关心你的，但我不需要别的唐卡，我只想要你那幅最大的。你看着办，如果你觉得值得。”

卓玛瞪着眼睛看他：“你知道的，我只剩下那一幅了……”

扎宝说：“正因为我知道。”

她看出扎宝坚决的神色，那幅唐卡……真要命啊！全部……全部……拿去吧！只要洛桑好好地回来，以后再也不画什么唐卡了，让唐卡见鬼去吧……

扎宝颇为无奈地摊开大手，说：“成交了？”

卓玛下意识地摇着头，随后又点点头。她无助的眼睛里世界已旋转起来，她把几年来心爱的东西在几分钟内就出卖了。扎宝知道她已无路可退，他返身回店后数出钱，交给卓玛：“当然，这只是定金，明天的这个时候，我希望见到那幅唐卡，我们一手交钱，一手交货。”

卓玛捏着钱，转身离开。她听见扎宝在后面说：“你会明白我是为你好……”

她不明白，她一辈子也不会明白的，但这已无关紧要。卓玛倔强地咬着嘴唇，风吹着她的头发，她吞了一口空气，剧烈地咳嗽起来。

回到屋里，一眼就看见挂在墙上的唐卡。再过一天，它就会永远从这儿消失，可那佛像背后的花蔓仍然在秘密地生长，四处环绕，脉络清晰，结出无数神秘的花骨朵，绽放出芬芳的香气。它就像有着生命，顽强地伸展出来。这秘密花蔓，终于被卓玛看到了。

卓玛突然看到了秘密生长着的花蔓，顿时百感交集：二十年的辛苦啊……

她的思绪被电话铃声打断了，她一看是早上那个陌生号码，急忙接听，果然是丈夫，他问："你在哪儿？"

"我刚回家。"她答。

丈夫气急败坏的声音："你还傻呆呆地在家干什么？"

她赶紧说："我刚借到钱，正准备给你打电话，怎么送去啊？"

她听到丈夫顿了顿，问："借谁的？"

她说："是扎宝的定金，他要买那幅大唐卡，我答应了，明天就给他。"

丈夫好半天没声响，然后传来他嘶哑的但显然平静得多的声音："是啊，大唐卡也可以卖的，我怎么没想到，太便宜扎宝那小子了，我原来以为你舍不得。"

她黯然道："也没什么舍不得的，只要你好好回来……"

他匆匆打断她："那就好，其实也没什么舍不得的。你说得对，你还可以画，我回来取钱……不，不……让我想想，我再想想……这样吧，你到城西盐湖路十字路口等着，一个叫才让的朋友来取钱，你见过他，小个子，卷头发，你把钱交给他就行了。"

她问："盐湖路不是离车站更远了吗？不如我直接到车站……"

他说："你没听见我说吗？照我说的做，记着别认错人了。”

她问：“你什么时候能回家呢？”

电话已挂断了。唉声叹气的卓玛找来一块废画布包好钱，紧紧抱了一会儿，再看一眼唐卡，就出了门。

打出租车来到盐湖路十字路口，已是二十分钟后。午后的阳光晒得人神情恍惚，马路白亮亮的，车来车往，呛人的尾气四处蔓延，路边的杨树叶上覆盖着一层尘土，交警在蓝白两色阳伞下坚守着自己的岗位。干热的空气使卓玛使劲地喘着气，她早已大汗淋漓，焦躁地左右望望，想早些看到要等的那人。

她等了一会儿，心急得不能再等下去，生怕又有什么变故，拿出电话，又拨了那个陌生的号码。

不想，铃声却在身后响起来。

同时，背后一个声音传入她的耳朵：“卓玛姐姐吗？”

她回转身，看到才让，那个小个子、卷头发的青年，在她淡淡的印象中曾见过。他比她小十几岁，丈夫曾满不在乎地介绍给她。她合上电话，听见才让口袋里的电话铃声也戛然而止。

她把包着的钱一股脑儿塞进他怀里：“洛桑他什么时候能回家呢？”

“我不知道。”他忧虑地望着她，眼睛里藏着歉意，“我真的不知道。”

两个人面对面呆站了一会儿。

卓玛不停地用纸巾擦着脸上的汗珠，才让呆呆地望着她。

卓玛说："天太热了。"

才让说："你有一张令人尊敬的脸。"

他不再看她，伸手打了出租车，钻进去。卓玛跟了两步，说："要我陪你去吗？"

车开动了，才让摇下窗户，说："洛桑不让你去，赶快回家吧，越快越好。"

车已开出好远，又见他伸出头朝她喊道："不管发生什么事，你千万要……"

他后面的话她没有听清楚，街上太吵了，她不知道还会有什么比这更糟的事。这就是最糟的事，已经发生了，她已经承受了。她看着才让乘坐的那辆出租车驶过白亮亮的马路，卷起淡淡的尘土。

那尘土令人头昏脑涨。她交了钱，好像把一切都交出去了，身体空空的，头却越来越重，赶快回家吧，才让说得对，赶快回家，她需要休息。

街头出租车飞驶如织，可没有一辆是她舍得伸手拦住的。她上了公共汽车，三刻钟后，她拖着疲惫的脚步上了楼。

开防盗门的时候，她的心里突然一松，是洛桑回来了吗？她锁门时习惯转三圈，把防盗锁转到最后才放心，可他却不在乎，每次只转一圈。他说贼要惦记上了，转十圈也没用，再说屋里也没什么值钱的东西，贼还会嫌麻烦呢。

现在锁是只转了一圈的，只有洛桑会这样，车站比盐湖路离家近，他比她还归家心切呢。卓玛身心一轻，高高兴兴开门进屋："洛桑，洛桑！"

没有回声，卓玛去两间屋子看了看，并没有见到洛桑的影子，正疑惑着，突然发现墙上的唐卡不见了！她马上爬到地上在床底下乱摸一气，也没有！

这不可能，绝对不可能……卓玛伤心欲绝，想着洛桑的话，他说你还可以画……

已是傍晚，太阳的余晖尚在天边暖和着，可卓玛却冷得要命，她的牙齿打着战，下巴抖动得厉害……啊！那些秘密花蔓现在何处生长？又在何处投下了致命的阴影？

过去的还在

原载《红豆》2009年第9期

原篇名为《出家人》，本书收录时改名为《过去的还在》

· 一A ·

曲桑已记不清搬到夏窝子有多长时间了，他眯着那双细长的眼睛，瞅着自家的黑牦牛毛帐篷。帐篷的门帘紧闭着。就在刚才，父母亲让他到帐篷外面等着，他们满脸肃穆，似乎要谈什么重要的事情。

这是个漫长的夏天，草原上到处飘浮着格桑梅朵的馨香。曲桑自以为是个已经成年的男子，他不明白父母亲还有什么事需要瞒着自己，他不是已经在打算独自赶着牦牛搬回冬窝子里去了吗？

就在他胡思乱想的时候，忽然听到有什么声音，抬头一看，是洛洛。洛洛的双臂支在曲桑家羊圈的木栅栏上，她头顶佩戴的珊瑚在太阳底下闪耀着光芒。她正在向曲桑招手。

洛洛是邻居家的三女儿。邻居的女儿都如花似玉，但曲桑只喜欢洛洛。他们是在向夏窝子挪动时相识的。洛洛家有一匹人人称赞的好马，骑在这匹马上的洛洛被风吹落了帽子，是曲桑帮她捡起来的。

·一B·

斯朗镇是西藏靠近内陆的一座小城市，高楼林立，街面宽敞，到处是卡拉OK厅、咖啡屋、高级商场。这里虽是民族地区，但除了节假日外，几乎看不到身穿藏服的人。

曲桑顶着烈日，穿过街巷，路过的洒水车溅湿了她的裙子，这可不是常有的事，不过她是不介意的。她不经常出门，今天只是去看一位老朋友，他刚从拉萨来，路过斯朗镇，然后就要回到他的老家去。

这之前他是打过电话的，他在电话里说他有要紧事想见她，让她到他住的旅馆里来。他们约好时间，他说他等她，她便从办公室里出来，到了他说的那家旅馆里。

当她看清房间号码推开房门时，出现在她面前的是两个年轻的男子，其中一人是她熟识的，那是她的朋友才布。

才布见到曲桑，立刻从沙发上弹起来，他握住曲桑的手，摇了又摇，说一些你一点儿也没变之类的话，然后把她拉到他身后的那位陌生的高个儿年轻人面前，介绍说："这位是洛洛，我的旅伴。"

曲桑把手伸出去，已经听到才布说到了自己的名字：

"她叫曲桑，我跟你说过的。"

曲桑的手伸进了洛洛的手心里，互相握紧。他的手非常温暖，手指纤细，像女孩的手。曲桑直视着站在面前的年轻人的眼睛，说："我们是不是见过面？你好像很面熟。"她不等到他答话，又说："你的手像女孩的手哩！"

洛洛大约有些难为情，他放下了他伸给曲桑的手，那只手在左边垂着，然后又夹起右手指上的香烟。

才布一向欣赏曲桑的随心所欲，这时他笑道："你没听说，男人难得女人的手，女人难得男人的步态吗。"

曲桑心里立刻想，那么自己走路时是不是有男人的步态呢。

才布热情地看着曲桑，他让曲桑坐在房间里唯一的沙发上，然后就对洛洛支吾几句。洛洛一直站着，他个子很高，当曲桑坐下后，觉得他更高了。站着的洛洛听过才布的话，抓起外衣就离开了房间。

曲桑说："怎么，什么要紧事，这么神秘？"

才布说："我还有什么要紧事，不就是邀你出来喝酒吗！"

曲桑无奈地笑了，她正要说什么，才布立刻说："你别！我知道你有一大堆事儿，可我大老远跑来一趟，咱们哥俩，总得喝一场啊！"

洛洛很快转回来，他的手里多了两瓶青稞酒，斤装的，商标上有金色的花纹。曲桑动手收拾了一只杯子，又说盛酒嫌太大，权且用杯盖当酒具。

三人先轮番喝一盅，再开始行酒令。曲桑说：“你们男人喝酒不能和我一样，我一次半盅，你们得一满盅。”

两个男子表示同意。第一轮，曲桑就输得惨，她已经双颊绯红了。她的手指没有自己想象的那么流利，更没有瞬息万变、得心应口的酒令，今天这是怎么啦？她忽然看一眼洛洛，发现坐在对面的洛洛也正在目不转睛地看着自己。

有时候，猜拳饮酒的时刻是极美妙的。这间坐落在斯朗镇热闹地带的小房间已弥漫起醺醺然的气息。曲桑说：“一醉方休啊！”这种液体，它的力度和强度到了此时已是无法遏止的。曲桑和才布喝得多，洛洛喝得少。很快，一瓶酒已经底朝天，另一瓶也差不多了。

当曲桑摇摇摆摆地站起身时，已是深夜了。清醒程度相仿的才布问道：“怎么？”

曲桑说：“出去一下，马上回来。”

才布又说：“快去快回，要不就罚酒三杯。”

曲桑站在楼道里，头晕得厉害，正当她两指压着太阳穴时，看见过道那头的才布的房门缓缓打开，一片光芒照亮了暗淡的楼道，曲桑的心狂跳起来，她知道就要有什么事发生了。

打开的门里，出来的是洛洛。洛洛一转身，就看见痴望着自己的曲桑。洛洛朝她笑着，向她伸出两只手。

曲桑迎过去，她迎着那张笑脸，迎着如清风般明朗的笑脸，走过去，把自己的两只手放在他摊开的手心里，他握紧了她。

洛洛的手里握着曲桑的手。男子的手里握着女子的手。两个不相干的世界在这个温暖的夜幕下，渐渐合为一个完美的整体。

洛洛低下头，吻了女子的嘴唇。他们对彼此充满了渴望，当她的耳畔传来他低声的请求时，她闭上甜蜜的眼睛，默许了他。

清风扑满他们的面颊。在他们相视微笑的时候，夏天就那么灿烂、那么热烈地走近了。

· 二A ·

曲桑朝洛洛跑去，洛洛那张女孩的美丽笑脸迎着他。在远离黑色帐篷的草地上，曲桑和洛洛并肩坐下来。

“今天没去放羊吗？”

“没去。我阿爸阿妈好像有什么事儿哩！”曲桑说，“怎么你也没去？”

洛洛看着身边的男孩，说：“我家也有事。是大事。有人来给姐姐提亲，拿着酒、茶，捧着最好的白绸哈达。再过两个月，姐姐就要嫁给那个懒汉啦！”

曲桑说：“到明年夏天，我攒够钱，织一顶牦牛毛帐篷，也要到你家提亲的。对了，还要带一匹缎子，那时候可不准你叫我懒汉。”

他坦然地望着洛洛。这是个美丽的夏天，温暖的阳光晕染了少男少女粉色的面庞。

· 二B ·

曲桑抬头看天空时，天上布满了明亮的星辰，仿佛上天也在为他们举灯相贺。黑暗的屋子里，曲桑和洛洛相拥而坐，他们一同看着窗外亮如白昼的夜空。

窗外是一条喧哗的马路，路边排满了各种小吃，最好吃的是烤羊肉串和麦仁粥，曲桑是爱吃的，但她不知洛洛是否也同样爱吃。

洛洛点上烟，他喜欢云南烟，曲桑则喜欢美国烟，她知道吸烟的害处，但她依然吸个不停。

洛洛看着曲桑吸烟的样子，说："你吸烟很凶吗？"

"有几年了。"她扔掉烟头，说，"我们是不是很有缘分？"

洛洛看着她，没说什么。

她笑道："我只是随便说说，我喜欢乱说，你不要介意啊！"

洛洛摇摇头，握紧了她的手。

曲桑又说："其实是无所谓的，我说的是我，很抱歉。你的头发真好，这么黑，你烫过吗？"

洛洛说："没有，以前是不卷的，现在头发往上梳，怎么就卷起来了。"

曲桑的左臂拥抱着他，右手抚摸他的头发、他的脸。洛洛的侧影在黑暗中轮廓分明，他的眉骨、鼻梁、下巴，都恰到好处，是那种俊美的藏族男子的面庞。

曲桑又点了一根自己带的烟。她听到洛洛说："爱情就是一见钟情吧！"

曲桑说："应该是的。我想是的。"

他们沉默着，各自吸着烟。窗外的喧哗渐渐淡去。曲桑突然说："我醒了。"

"什么？"

"我说我酒醒了。"

洛洛抬起头，看着曲桑的脸。他说："你经常醉吗？"

"不经常。"曲桑说，"我只是心情不好时才会喝醉。不过今天是高兴才醉的。好久没有醉过了。真怪，我老有一点儿小想法，觉得我们曾经认识似的。"

洛洛说："是吗？"

"真的！"曲桑俯下头，轻轻地吻了洛洛。她不知道洛洛是怎样想的。在这之前，他们是两个世界的人，对彼此一无所知，曲桑的城市，洛洛的草原，他们毫不相干，一直到这个夜晚，一直到这个夜晚留下温馨的记忆。所有的阴霾，所有的关于途中的苦涩——她承认自己曾是流浪儿，在精神的荒原上徒步独行。她曾遇到过许多百感交集的事情，但却一直未能找到属于自己的家园。她曾哀怜过自己，曾在万般无奈中，放弃过自己。

"真抱歉……"曲桑说。洛洛并不明白她有什么可抱歉的，但他是个聪明的男子，他知道自己已经在她的意念之中游走着，她是昨夜那股划过他的天空而悠悠远去的长风。

洛洛说："再过一会儿天就亮了。"

“你什么时候走呢？”

“天亮就得动身，想搭早班车。”

“哦，是吗？”曲桑沉默后又说，“什么时候还会再来呢？”

“不知道，我还想去拉萨。”

曲桑看着他，说：“拉萨是个好地方。我最喜欢坐在八廓街前那座茶馆的二楼平台上时的那种感觉。还有咖喱米饭。”

“你说的是夏周吗？我也爱吃的。”

曲桑笑道：“我不知道拉萨话是怎样称呼这种饭的，安多话是这样叫的吗？我第一次听到，你再说一遍。”

洛洛说：“夏周。”曲桑轻声地重复一遍。她知道自己内心里是想让他留下来的，可是她无法确定这种想法，更无法开启嘴唇对他说：“你留下吧。”这听上去有些荒唐，对相识仅有一天的人来说，这甚至有些可笑。她怎能知道他的打算呢？

别忘了我。无论怎样，别忘了我……

“我们就这样告别吧。”洛洛说。

“好的，你多珍重！”曲桑笑着，扭转肩头，走出了洛洛的视线。

· 三A ·

草地上，洛洛已经哭成个泪人儿，她不相信曲桑一夜之间就改变了命运，改变他命运的，正是生养哺育了他的父母双亲。

但她仍不甘心，坚持问道："是真的吗？你一定得出家吗？"

曲桑低着头，他不能面对他心爱的姑娘，他说："是真的，阿爸阿妈已经跟寺里讲好，明天我就得出家，师父是一位很有德行的经师，阿爸好容易才让他答应收我当徒弟。"

"那我怎么办？"洛洛好看的面庞上满是泪水。

曲桑沉沉地说："你会有个好人家的，生儿育女，过好日子。"

洛洛说："我能到寺里去看你吗？"

"那不行的，寺里不允许。"曲桑说着，伸手拭去洛洛脸上的泪珠。洛洛捋下左手腕上的一串木质念珠，把它塞到曲桑的手里，说："给你，拿去吧！"

曲桑知道这串念珠是洛洛家祖传下来的，他握着念珠，那上面尚有洛洛的体温。曲桑说："你已成我的施主啦……"

女孩紧紧拉住他的手，哭着说："别忘了我，你别忘了我……"

曲桑说："再见，洛洛，我们来世再相见吧！"

· 三B ·

几个月后，曲桑终于坐下来，她要给洛洛写一封信，她发现自己不能再这样无视这次感情了，她要告诉他，自己收拾好一切后，将去找他。曲桑的水笔在白纸上画了几下，她写着他的名字，觉得不如意，撕掉，再重新开始落笔。

洛洛：

不知你是否留在那个你待了多年的地方，更不知你收到这封信时是否会感到意外。你还好吗？一个人时，还喝酒吗？我已经不再喝酒了，烟也吸得很少。

我们已分别很长时间了，我得以静下来，仔细回想有关你的一切。

那天是怎么了？我们怎么了？难道这只是一种游戏规则吗？我甚至在想我是不是不懂得珍惜光阴，以致轻易错过了最好的时光。

对我来说，那是一段最好的时光。我们曾互相意会，我们互相说，该怎么办。我们在提出问题的同时，又一起摇着头，我们毫无办法了，我们只好道别。

我们已道别得太久！当我经过那间我们拥有过的房间时，你就会突然从某个地方出现在我面前，你使我感到疼痛。我感到疼痛了，那疼痛烧灼着我的灵魂深处，就在那儿，留下了永不磨灭的痕迹！

我是那么想你。这样对你说出我的思念，心里就好过起来。我终于能这样说出来了，虽然在我们之外，世界依旧。

每到傍晚，每到空虚的黑夜来临，我的心里就要疯狂了，我们将会怎样？我们是不是会垂下双手，放弃所得？日复一日，我就这样坐着，坐在古旧的木椅上。身穿落伍的衣裳。黯淡的头发不再播放青春的香味。耳朵上的木环，颈项上的坠子，也早已没有昔日的流光溢彩。我的布鞋上满是尘埃——我是那么疲惫。我不堪一切声音和思虑。当那段美好的时光即将成为过去，我是那么的不甘！我心有不甘，因为你离我远而又远。

我们是否已经完结？

我一直无法忘却那天我去送你，当我说过珍重后，扭转肩头，离开了你。我不知你以怎样的目光来告别，但我记住了那个时刻。真奇怪，那天正好是我敬重的一位喇嘛的甲子生辰，他的德行和精神曾使我反省过自己空虚的生活，当我对着他的方向磕头祝寿后，突然觉得，我的生活将会因为你的到来而改变。

我们不需要承诺。但这么多天过去，我才明白，感情是应该表白的，不管怎样，在每个日子到来的时候，我唯一的感觉，就是永不懊悔！

送上一串念珠。这是我在衮本贤巴林请得的。晒佛节的人潮中，我举着这串念珠，紧挨着那张铺满整座山岗的宏幅巨制的佛陀唐卡，我的心里充满感激，感激命运对我的安排。朝阳下，我请喇嘛为手上的念珠洒上净水，那净水掠过我的头发、我的脸庞和我早已模糊的双眼……是的，我是那样地长跪过，在未来佛强巴的莲花座前，我曾长跪，并暗暗地祈求过我们的来世。那神秘、变幻莫测的意象正在来临，那就是来世，我们必须要去的地方。

或许我们还有机会，或许这一切真的将付诸东流。给我写封回信好吗？如果你愿意，我将在收到回信的时候到你那里去见你。

曲桑写上自己的名字，写上日期，便放下那支她握了许多年的已很熟悉的水笔。看一遍信笺，然后整整齐齐叠好，用一个白色的信封装起来。这才捋下左手腕上的那串木质念珠，这串念珠在她的腕子上绕着三圈，她一圈一圈地捋下，还照三圈的样子放进信封里。封好。

在信封上填上地址，还有那位她朝思暮想的人的名字，最后再正规地写上自己的地址。好了。她的双手放在信封上，那上面仍然留着念珠保持的温暖的感觉。

曲桑握着这个信封，下了楼，对单位的通信员再三叮咛道："这是一封重要的信，麻烦你一定要注个意。"

"挂个号不就得了！"通信员说。

曲桑对通信员的善解人意颇为满意，她点点头，就这样她把一生中做出的最重要的决定托付给了收发室。

曲桑所在单位的通信员是个男孩。这天他正好和女朋友有约会，他为了节省时间，就让女朋友坐在他的自行车后座上，女朋友则抱着单位上的信件袋子。袋子分两层，一层是挂号的重要信件，另一层是一般信件。

后座上的女孩只用一只手抱着袋子，另一只手绕在男孩的腰上。男孩在女友的面前保持着潇洒的风度，他飞快地蹬着自行车。路过一片水塘时，他立刻不失时机地来了个高难度动作——只见他斜贴着地面，拐九十度大弯，迅速而准确地飞掠过水塘边。在女友的尖声惊叫中，男孩志得意满，他愉悦地笑起来。

他的女友在惊吓过后也笑起来。对男孩的这手绝活，她的确佩服得一塌糊涂，以致根本没有注意到她手中的信件袋子中掉出来的那封沉甸甸的挂号信。他们只管自个儿欢乐地飞车而去。

那封装着木质念珠的白色信件在水面上浮了一会儿，然后便缓缓地沉入了水中。

在阿庆与多拉雪山之间

原载《西藏文学》1992 年第 4 期
原篇名为《佛子》，本书收录时改名为《在阿庆与多拉雪山之间》

· 一 ·

美丽的雅朗山谷坐落在阿庆冈嘉雪山与多拉仁摩雪山之间，在平坦低凹的谷地，色尔曲环绕着雅朗村庄缓缓向东流去。

雅朗村是一个有不足百户藏族人的村子，东面山坡是草场，西面山坡是田野，而村落和河流既是农牧业自然的分界岭，又是自然的组合线。

原来这座山谷是附近最好的牧场之一，开始时只是几顶帐篷散落在碧草绿地中，遥遥相望不过是几片白云而已，后来却从四面八方迁来越来越多的帐篷扎在谷地。由于草场不远，人们渐渐固定下来，牦牛毛帐篷难抵高原冬日的风寒雪冷，渐渐地，人们开始营造温暖的土屋与木屋。

这样，雅朗牧人的后代过上了一种半农半牧的生活。

雅朗村越来越兴旺，当人们快乐地看到成熟的麦浪一浪接过一浪时，宽慰地笑了。这一切全靠佛祖的慈悲。为了赎清永远也赎不清的轮世罪孽，人们虔诚地在东面选择了一块宝地，经过三天三夜不歇的祷告，便开始缔造一座金碧辉煌的庙宇，恭恭敬敬供奉上佛祖释迦牟尼至高无上的像位，这就是般若寺。

寺主是一位游方僧，他讲经授法，威德无比，深得村里人的爱戴。可是没过几年，在一个深秋的清晨，他跏趺打坐，口诵文殊五字真言“阿惹巴杂那”，涅槃而去。

般若寺渐渐冷清起来。十几年过去了，如今寺里的大喇嘛每天早起后办理的第一件事，就是吩咐小完德去村里化布施。

有一次外村有人来请大喇嘛去诵经超度，他回来后就高兴地连连说：“佛祖啊，我们有救了。”

他走进有七根布幡包裹的大立柱的经堂里，把放在不起眼地方的原寺主画像摆到一个明显的位置上，对跟进来的仁青和多杰说：“去叫村长来。”

村长是个四十多岁的结实汉子，他在村里拥有最好的十亩青稞地和一百多只羊，有一个贤惠的妻子，有两个令人骄傲的儿子，一个在县上当干部，一个就是在般若寺的多杰。

这个敬畏佛又令众人敬畏的村长听到大喇嘛的召唤，便急忙骑上马一路快跑而来。在色尔曲河畔，那匹轻捷的牡马跑出了一条最优美的弧线。

他摘下被汗水打湿的羊皮帽，向大喇嘛道了一声吉祥，被让坐在卡垫上。

大喇嘛唱经般缓缓说道：“想当年寺主在世时，铜钹鼓号，香烟弥漫，民生繁荣，安居乐业，我佛慈悲，赐给我们蒙昧百姓的这位寺主曾经引导我们脱离芸芸苦海，般若寺有今天这番香火经幡，雅朗村有今天这番人丁兴旺，全部是因为我们有这样一位劳苦功高的寺主。”

村长双手合十：“佛祖啊！”

大喇嘛继续说：“寺里刚刚做出一项决定，为了寺主的功德圆满，为了表达我们对他普度众生的敬意，我们决定修建一座供养他的灵塔。”

村长早已激动不已，他甚至为自己的疏忽大意而感到惭愧，如果这个主意是自己想出来的那该多好啊，他可以把这当作一项重大的工作去完成，说不定还会因此而赎回前世的罪孽呢。

这时村长忍不住打断大喇嘛的话：“这个决定太及时了，我们……”

“等我说完。”大喇嘛说，“我们寺规一向严格，喇嘛们生活清苦，这你是知道的。可灵塔不是空口就能修起来的。百姓们现在有田地有牛羊，如果大家愿意的话，是不是能布施一些给寺院，为修建灵塔贡献一份力量？再说，这不仅是对寺院的支持，还是给他们自身积福啊。”

大喇嘛腿成莲花坐，双手叠在胸前，超尘脱凡，一派素雅。他停顿了半晌后说：“今天请你来就是商量这事，你看怎么样？”

村长这会儿说不出话来，他使劲抓捏着帽子，低着眼睛看大喇嘛的僧靴。那双僧靴白底黑腰，上面缀着暗红的条纹。他看完僧靴再看那件布质袈裟，已被太阳晒得红不红白不白了，黄色的内衣从领口露出，很清洁的样子。他再看一眼大喇嘛灰白的头发茬和灰白的胡子茬，便费劲地点了一下头。

村长费劲地点点头，大喇嘛紧绷绷的眼神顿时松弛下来，他依然温和地说：“这是我们藏人共同的利益，早一天办成早一天消除罪孽，你抓紧办吧，佛祖会保佑你，会加倍降福于你的。”

村长听完最后一句话就跪到大经堂正中的释迦像前磕了三个头，等大喇嘛走过来为他抚顶后，他款款地退出经堂。

多杰为他牵来马，他上马后对这个自小就送到寺院的小儿子说：“好儿子，要用功念经，将来也做个大喇嘛。”

多杰笑着道了平安。他心目中的父亲永远都是骑在骏马上的英姿勃勃的好汉形象，他并不在意父亲说过的话，因为自己已整个地献给佛祖了，尽管有时候他更羡慕自由自在的哥哥，哥哥总是豪爽豁朗，从不掩饰自己的悲喜愁乐，多杰默默地想到，可是自己，却需要忍耐，需要苦修静习，需要不贪、不嗔、不恚、不欲，需要做哥哥不做的一切。一母同胞，却有如此之大的区别。

多杰把袈裟下摆披上左肩，他浓黑而忧郁的眼睛看着远去的父亲，那匹牡马依然在轻捷地快跑，而父亲却显得有些心事重重。多杰开始盘算下次母亲来送饭的日子。

·二·

心事重重的村长回到村里后立即吆喝村委会的几个核心人物进了自家的大院。

妻子忙不迭地倒茶送饼，村长说："嗨，谁喝这茶来？"

他的妻子便转进隔间，一会儿就笑着提出一只二十斤装的塑料桶，那是她自己酿的上好的青稞酒。

"来来来。"村长说。

等到塑料桶里的酒所剩无几时，一项村委会的决议就产生了：不管男女老少，不管干部百姓，每人一律给寺院布施五十元人民币。

几天时间内，整个村子笼罩在一种庄严、神圣的气氛里。一阵阵躁动像风一样扫过来又荡过去，无声无息却又历历可闻。

属于雅朗村但不在村里居住的只有两人，一个是村长的大儿子里嘉，一个是仁青的哥哥——在县上民族中学读书的才让，据说这两人听到这个消息后都面无表情。

很快地，人们悄无只言地凑足了这笔款子。

一共是三万人民币，村长和他的老搭档们感激涕零地把这些油乎乎的纸币送到寺院，交给了同样激动的大喇嘛，只听大喇嘛连声叹道："真灵啊！"

很久以来都没有大兴土木的般若寺热闹起来，不到两个月，这座掩隐在苍松翠柏之间的寺院就多出一座溢芳流彩、高洁生辉的灵塔，原寺主的小像端端正正供在凹进的佛龛里，而四周的砖壁上刻满了彩绘的文殊五字真言：阿惹巴杂那。

从此般若寺和雅朗村相安无事。百姓们照例每天去寺院叩头烧香，然后把一个星期的食物——糌粑和茶叶送给自己那做完德的儿子，叮咛一番，勉励一番，再回到村子里为自己今世的生活而奔波、辛劳。

然而，这拥有五十多名僧侣的寺院，食物总是很缺乏，尽管大喇嘛不辞辛苦常常率众去为人家念消灾经、平安经、升天经，但得到的布施仍然远远不够。人们把最好吃的、最好用的都奉献给了寺院，可这还是难以抵消寺院的花费，因此大喇嘛每天早起后的第一件事，仍然是吩咐手下去村里化缘。

一个黄昏后，大喇嘛走向寺后的山坡，夕阳的余晖雾一般笼罩在他突出的双颊上，他灰白的眼神也染上了两抹橘红色的光芒，他立在那里，目光幽幽。

遥远处的牧场已有些泛黄了，秋天的土地将在奉献出最后一份养料后安然入眠。牧童们甩着石索儿，羊群浪头般一卷一卷地流向自家的木栅栏，而村里正是家家升起炊烟的时候。

那条色尔曲，那条黄金河，也在翻着金色的低语而日渐消瘦，只有在春天，在冷雪消融的时候，它才是最欢乐、最丰盈、最善解人意的。雅朗村的人们早出晚归，每天两次渡河时都把最善良的祝福献给了它。

大喇嘛企图在炊烟袅袅中辨认出多杰的家和仁青的家，这两个孩子，总是有那么点让人不放心的地方，可是他因为看得太仔细，眼睛很快疲劳得不能远瞩了，他眯起的目光蹚过色尔曲，再湿润地蹚到准备收割的田野。

一种欣兴的感觉自肺腑升到嘴里，他咀嚼着。几声鸟叫牵引着他的视线飞到脚下的丛林里。世上不管任何角落，只要有一棵树，这些小飞禽总会不远千里而来，并且似乎同树结下一种生命连环，树不死，它是不走的。

夕照把灵塔的塔顶装饰出十分的辉煌来，它壮丽地升出丛林，使所有的山峦、河流、树林都染上绚烂的金色，大喇嘛发现甚至连大经堂和正殿都在这一抹辉煌的夕照中，变得苍白。

黯然失色的大喇嘛又紧绷绷瞪起了眼睛，他紧张地发现正殿顶上那曾引以为自豪和骄傲的色尔朵已完全被风霜雪雨剥蚀掉了！没有了！不存在了！

佛法三宝啊！

他泪眼蒙眬地蹒跚下山，经过大经堂，垂头丧气地瞥一眼堂内，竟径直走到自己的厢房里去了。正在经堂里举行晚祷仪式的学生们惊愕地看着他关上的房门，纷纷猜测发生了什么让大喇嘛连晚祷也不参加的事。

清脆的铜钹声和唱歌般的祈祷声阵阵传来，这种音乐远比祷文本身更加动人肺腑，使人向善，使人本真。

大喇嘛跏趺而坐，供桌上的小佛龛在酥油灯的光芒中神秘而崇高。他紧闭双眼，灰白的长眉却在不断地抖动。他抚摸着抚摸了一生的檀木念珠，这一百零八颗珠子，他又捻动了整整一夜。

这一夜，他打坐到天明。

依然是一个凉风习习、万籁俱寂的清晨，大喇嘛起身后走出寺院，因为清冷，他把袈裟披到头上，一路步行到了村子里。

早起的妇女们已准备好喷香的酥油茶，许多孩子被唤起，装好干粮，走向畜栏准备去放牧了。

又是一个好天气。

大喇嘛边想边进了村长的院子，看门狗狂叫起来，他低声喝道："闭嘴！"

"哎呀呀！"村长的妻子迎出门看到是大喇嘛，吃惊地鞠了一躬。她一时想不透今天会有什么好运气，只是紧张地侧立一旁请他进屋。

他走进这个放满柴火和其他杂乱家什的房子，穿过隔间，便是两个并排的大锅灶，柴火和牛粪饼旺旺地燃着，锅盖下飘出浓浓的奶香，锅灶对面是一个碗柜，碗柜虽剥了漆但还整洁，再走过一个隔间，便是主人的正室了，靠着木格窗的是一张特大热炕，足可以容下六七条汉子，对面是一排柜子，上面摆着一台煤砖录音机，两个花瓶里插满塑料花并罩着红纱巾，正中的墙上悬着一只小佛龛，上面搭着一条丝质的哈达。

村长正拥了一圈被子靠着墙吸烟，他看见大喇嘛就踢开炕边的枕头连连让座，妻子踏着碎步进来呈上奶茶和油炸果子，看门狗则在她的袍边蹭着，神情复杂地时不时侧脸看一眼正襟危坐的稀客。

·三·

雅朗村再一次躁动起来，因为村长正在挨家挨户地宣布：为了众生的利益，为了救苦救难的佛法的弘扬和光大，我们必须抛弃尘世庸俗的享乐和对金钱的执着，唯一有价值的就是免遭轮回之苦，让我们用有限的财富换回无限的精神欢悦吧。

宣布的结果是：每人必须给寺院布施一百元人民币，让那昔日曾照耀千家万户、曾福佑万物生灵的寺顶的色尔朵重新放射出无穷的黄金光芒。

为了表示公平，村长自告奋勇地说他那将要回家帮助秋收的大儿子要交二百元人民币。

秋收开始了，人们几乎整天都在田野里忙碌，高原的骄阳使每个藏人袭上一层紫铜的皮肤，男人便自豪地露出整个膀子，而女人则羞涩地掩住碎玉般的笑齿。

村长早早就叫醒里嘉到田里去，这个高大英俊的青年是村里最出类拔萃的一个，想当年他是全县高考录取的五名学生之一，他不负父望，毕业后回到县上，至今已奋斗到了一个不大不小的副局长的职位，但他仍不改贫民形象，每到秋收繁忙季节，总要回家帮一把。

里嘉心灵手巧，是地里的一把好手。父亲从后面看着他飞快地收割青稞、打捆、排列，心中充满了说不出的安慰感。他走过去拽拽儿子后背上的衣服，因为那汉装已快滑到肩上，而太阳正火辣辣地烧灼后腰那块露出的皮肤。

“歇会儿吧。”父亲说。

里嘉扔掉镰刀，一下子坐在地上。

“孩子。”父亲温和地接过儿子递来的烟。

父亲说：“孩子，有件事跟你商量一下，般若寺要重修一个寺顶上装着的色尔朵，大家都布施了许多，你也该表示一下带个好头的。”

“嗨，这事我已经听阿妈说过了。”儿子说。

“说过？我怎么不知道？”

“我给阿妈说了，我不交这个钱。”

“怪不得。”父亲咕哝道。

“孩子，”父亲抽完一支烟后继续温和地说，“上次你就说你不交，我怕你舍不得那几个钱让别人戳脊梁，就以你的名义替你交了，这次数目太大，我没有那么多钱……”

“不是钱不钱的问题。”里嘉终于愤声打断父亲的话。

他站起来走了几步，又蹲到父亲面前：“古话不是说‘金佛不度炉，木佛不度火，泥佛不度水，真佛内里坐’吗？你们那么讲究表面现象，是不是违背了佛意？现在这些人都不懂教义，实际就是如此，因为一切法都不必拘泥，这才叫解脱无碍。”

父亲紧张地看着儿子的嘴却无法反驳。里嘉不顾父亲的眼神，继续说："再说，如果交钱越多就能上天堂的话，那么富人可以进天堂，穷人只好下阴间了，佛法的本来意义大概不是这样的吧？难道人家外国人都下地狱了？不是这样的嘛！"

父亲张口结舌了一会儿，急忙朝一边呸呸呸地吐了三口唾沫，他说："罪过罪过，不许你再说给别人听，真是的，我造了什么孽啊？"

正在这时里嘉看到母亲和邻家仁青的奶奶阿依琼琼来送午饭了，便迎了上去。

阿依琼琼一看见里嘉便一喜一悲："看这孩子长得多好啊！如果我那儿子还活着一定比你更有力气呢！"

她哀叹着走到旁边的地里，那边薄地的塄坎上正歇着放暑假回家的才让。

她的儿媳在生仁青时难产而死，不久累垮的儿子也相继而去，留下那个不足月的小婴儿在阿依琼琼的泪水里渐渐长大。仁青七岁时，她觉得该把他送进寺院，因为他使他的父母失去生命，这沉重的罪孽是应该献出毕生才能赎回的，这样家里只剩下她和年少的才让，实际上她是唯一的劳动力，生活虽然清苦已极，但她仍然坚持把瘦弱的才让供到县里的中学读书，她舍不得他去干重活，却暗暗怀抱着一种希望，那就是希望才让有朝一日能像里嘉一样在县里穿着制服上班。

才让看见奶奶就站起来，他苍白的脸上布满汗雾，而本来无比清洁的学生装现已布满了斑斑尘埃。

“阿依。”他有气无力地说。

“唉！”阿依琼琼甜甜地应了一声。她急忙拉他坐下，打开饭盒子，里面装着一碗喷香的糌粑团，一壶浓浓的茯茶，还有一只洗干净的青头萝卜。

才让并不急着吃糌粑，他先倒一碗红得发黑的茯茶水，慢慢喝完，才抓起那团糌粑，轻轻地咬了一口。他发现那一口里竟有多年没吃到的酥油味和奶渣味，就又惊奇又感激地看了阿依琼琼一眼。

“阿依，你也吃一口。”

“我在家吃过了，你快吃吧，好吃吗？我想一定是不错的，当年你爷爷就看中了我的一手好茶饭嘛！”

阿依琼琼看到才让笑了后才跟着笑起来，她的声音依然很清亮，很年轻。才让暗想，爷爷说不定看中的是她无与伦比的歌喉呢。他费力地咽了一口。

阿依琼琼的目光爱怜地抚过他的宽额、高鼻、低着的微微颤动的浓睫、嚼东西不发出响声的薄唇和有些细的脖子，停留在那双已打满水泡的手上，本来这手是应该去握笔、去捧书的，这苦命的孩子。

阿依琼琼发现才让看了她一眼，便急急地说道：“快吃吧，还要干活呢。”

这时村长陪着大喇嘛走了过来，阿依琼琼忙不迭躬下身去，然后使劲地用眼角瞪着才让。

才让既不鞠躬也不道吉祥，而是直直地问了一句：“什么事？”

村长唔了两声说：“大喇嘛找你有点事。”他说完就走开了。

“是这样。”大喇嘛说，“外村有一家人布施给寺院点钱财，要我带领徒弟去他家念念平安经，可是徒弟们都还年小，六根未净，带出去难免要学坏了，所以……”

“所以你就想到我了？”

“是啊，你上过学，能识字，念念经不成问题，你阿依又佛心精诚，这对于你们家是个消灾保佑平安的好机会啊。”

“不，我不去。”

“你听我说完嘛，只要你帮寺院这个忙，其他问题都好办，比如布施给寺院的你的那一百元就不收了，因为你做了比布施钱财更重要的事，同样能够得到波罗蜜多——顺利到达彼岸，我这就去给村长说说……”

“不用说了，经我不可能去念，钱我也不可能交的，我们自己都没有饭吃，哪来那么多钱交给你？”

“三宝啊！”大喇嘛吃惊地看着他，“你这娃娃这几年怎么学得这么不讲道理？我就知道去上什么学没什么好处……”

在一边一直插不上话的阿依琼琼顿时跪倒下去，她一面拽着才让的裤腿，一面悲号起来：“罪过呀，罪过呀，要是你阿爸还在他会打烂你的嘴呀。”

大喇嘛满脸乌黑地走了。

里嘉跑过来说：“阿依啊，别哭了，钱不给他就是了。”

阿依琼琼立即站起来把才让拉远一点儿："你这没好心的。"

里嘉莫名其妙地看看阿依琼琼，又看看才让。才让忍不住说了大喇嘛要他去念经的事。里嘉这才笑了："原来是这样，我以为是钱的事。"

"钱我也不交。"才让恨声道。

"没有就别交呗，这事很简单，我也不交。"里嘉说。

"胡说！"阿依琼琼理直气壮地挺立在两个小伙子面前，颇为自豪地说，"我家还有二十只羊呢，等收割完，才让会帮我剪羊毛，然后卖了，再把几只羊交到收购站，钱不就出来了。"

"阿依啊，您把羊卖了，那冬天吃啥？再说还有您不知道的事哩。"

里嘉故意卖个关子，阿依琼琼果然紧张起来："啥事？"

"政府最近有文件，为了防止草山纠纷，缓和草山紧张的情况，规定半农半牧区每户人家的羊畜量不得超过十只，超过此量的多余羊只必须低价卖给收购站，以解决城镇居民食肉困难的问题和平衡供不应求的矛盾状况。所以，今年的羊是卖不了几个钱的。"

里嘉一字一板地说完，等着阿依琼琼的反应，可是她却一直垂头默不作声。

才让却说："佛祖啊！"

·四·

收割终于结束了。

秋阳艳艳，清风爽朗，草原高擎着一面晴空，蓝出一种饱满。庄稼汉们顾不上休息，渡过色尔曲，剪羊毛的时候又来临了。

手脚麻利的小伙子们组成一个剪羊毛的小组，把羊群分批赶到一面有点像簸箕形状的山坡上，再把住出口。

臃肿不堪的羊们睁着受惊的眸子不停地原地打转，它们似乎没见识过这阵势，只是觉得情况有点不妙。它们急躁地挤在一起，把弧形的羊角撞出各种各样惊天动地的声音。

才让也是组员之一，他对这一手不是很熟，他看着周围环绕了一圈的妇女和小孩们兴高采烈的样子，就有点紧张，就在这时他听到旁边一声口哨的爆响，竞赛开始了。

才让顾不上许多，奋力扑向一只离他最近的羊，抓住了它的后腿，抽出绳索就扣了一个活套。那羊挣扎着，抬着一张黑脸乱叫，而羊角则甩出许多圆圈来。才让眼冒金星，抽出剪刀开始抖抖瑟瑟地剪，那只黑脸羊越来越怪的叫声吸引了围观者的注意，等才让剪完放脱，一只瘦弱的、一边毛茸茸一边光溜溜的、脱胎换骨的小羊，行动颇为不便地大叫而去，妇女们顿时笑岔了气。

才让怔在那里，脚下的一堆白羊毛铺成一张羊皮的形状，就在他发怔的那会儿工夫，别的小伙子已开始发起第三次进攻了。

尽管才让有些心灰意懒，但在欢笑声直飞云霄的气氛里，他不得不硬着头皮再去抢第二只、第三只……

夕阳西下，热火朝天的一天劳动就要结束了，家家户户把属于自己的羊毛卷起，捆成大大小小的捆，准备运回自己的小院，等着哪天送往县上的收购站。

这时出现了两个头戴白帽、身着汉装的一老一少的男人，他们出现得很突然，好像从地底里冒出来似的，大伙又吃惊、又警惕地停止了谈笑。

老一点儿的那位一脸络腮胡，黑亮黑亮的，还有点卷曲，他那同样发亮的灰眼珠灵活地扫了一周，停在村长的脸上。

“这位，是村里的领导吧？”

“我是领导，你们是什么人？”村长把领导二字说得极重，威风凛凛地看着这两个陌生人。

“我们是从西宁城来的，听说你们这里羊毛质量好，我们是来专程收购的。”

络腮胡说完就伸手到年轻一点的那人背着的黑皮包里，抽出一叠人民币，玩扑克似的翻了一遍。

村民们又大吃一惊。

村长看看那叠钱，仍然一脸不解：“你们到底是不是公家的人？公家的人是不会拿这么多钱来这儿的。”

“那当然。”络腮胡咯咯笑道，“我们是私人来收购的，你们一来可以不用跑路，二来可以得到比公家给你们的多一倍的钱。”人群中又泛起一阵惊哗。

在那络腮胡大笑的时候，那年轻人却不动声色，他的目光像钩针一样挨个把大伙勾了一遍，最后把才让勾得向前挪了一步，一副失魂落魄的样子。

才让失魂落魄地看了一眼阿依琼琼，阿依琼琼则目不转睛地仰视着村长。

村长紧锁眉头，还是不解："你们既然不是公家的人，那么收购羊毛干什么？还要花比公家多一倍的钱？"

他还未等络腮胡答话就忽然眼睛一亮："啊啧！你们是不是骗子？"

他疑心地再看一眼那人手里的钱："一定是的，不然世上哪有这等好事！"

说到这，村长振臂一声高呼："群众要心明眼亮，不能上当受骗，还是交给公家放心些。好了好了，大伙都回家吧。"

大伙闻声散去，络腮胡一脸晦气，低声咒着什么，那年轻人却不放过，奔过去一把拉住游移不定的才让。

"怎么样？"他仿佛解气般地恨声道。

才让小心翼翼地看着他的淡黄眼珠，想了一会儿就说："过两天再来行吗？"

"行行行，咱俩可是一言为定了。"那年轻人释然而笑，露出两颗光芒四射的金牙。络腮胡也咔咔地笑起来。

第三天一大早，才让就跑到寺院叫回了仁青，兄弟俩结结实实地捆好羊毛，背起就走出家门。

他们来到色尔曲，沿着河畔往下游走。朝曦微露，黄金河闪着神秘的光波，他们走一段路就回头看看村庄，直走到村庄依稀，再也听不见狗吠为止。

他们放下羊毛卷，又回家背了一趟。

太阳整个地升出山顶，清晨的雾霭已退尽了，兄弟俩眉毛上挂着露珠，一言不发地干起活来。

他们把羊毛薄薄地铺了一层在河边的沙地上，然后抓起细沙，均匀地撒在羊毛上，然后舀起河水，把羊毛连同细沙浇湿，这项工作他们重复了两遍。

这天依旧有个火辣辣的中午，两个人躺在草地里休息，太阳正耐心地翻来覆去晒那湿羊毛。

快到下午的时候，羊毛已完全干了，拽起羊毛甩一甩，那层细沙已揉进羊毛，与羊毛成为一体了，他们很快又卷起来，打成捆。

才让看看仁青，仁青便说他还有晚祷的功课要做，才让就打发他先回了。

他从背后注视着远去的弟弟，那个和年龄不相称的、单薄的躯体正随着微风摇摆，他想着他和弟弟的隔阂是怎么产生的，难道弟弟真是使父母丧命的孽种吗？他顿时感到饥肠辘辘。

他重新躺进草里，闭起眼睛，直到听见远处草丛飒飒作响才起身，他知道有人来了。

只见络腮胡二人牵着两匹马涉水而来。络腮胡笑呵呵地叫道：“我远远就看见这几捆羊毛了，我甚至可以从山那边就闻见它们的气味呢！”

才让说：“快称称吧。”

他觉得自己已经饿得直不起腰来，只有弓着才稍稍舒服一点儿。

络腮胡边称边说：“那些人咋想不通嘛，公家一斤羊毛才给三毛五分钱，而我会给你七毛钱，七毛钱啊，可不少哩，我都快亏了……”

年轻人不耐烦地打断他：“多少斤？”

“唔——哎呀，整整一百斤啊，看不出来……”

“好了好了，”年轻人伸手捏捏羊毛，便打开黑皮包说，“一百斤，七毛钱一斤，一共是七十块，给你，拿好，你自己再点一遍。”

年轻人唰唰唰地点了十四张五元钱的票子递给才让。

才让眼不花、手不抖地在那人点过的一面慢慢地又点了一遍，十四张，不多不少。

他把钱揣进怀里，看着那两人把羊毛驮到马背上，一步一晃地走了，他这才露出快活的样子，朝村里欣喜若狂地奔去。

他想那些羊毛最多不过八十斤，明年能不能多养一些羊呢？

他闯开院门时已是黄昏了。

“阿依啊，阿依啊，我替你赚了钱了。”

他拉起阿依琼琼进了屋，阿依琼琼从没见他如此开心过，也就高兴地等他把话说完。

才让盘腿坐到炕上，摸出钱来，当着阿依琼琼的面数了一遍，他发现其中有六张票子是对折的，数来数去只数到四十元钱，他的双颊开始发起烧来。

阿依琼琼莫名其妙地看看他又看看钱。

·五·

从此色尔曲河畔上上下下游荡着一个孤独的影子，这就是才让。

阿依琼琼知道事情真相后，惊呼着奔走相告，但没过多长时间，她却发现大家都是一脸哑巴吃黄连的样子，她这才明白那两个陌生人的确是来专程收购大伙的羊毛的。

她便沉默下来。

沉默了两天的结果是她瞒着才让赶了四只羊悄悄卖给了收购站，得来的二百五十元钱她硬是坚持着交给了村长，村长十分感动地点着里嘉的鼻子说："你看看你！你再看看人家！"

阿依琼琼满意了，挺直腰板走回家。回到家她惊奇地发现才让正在炕上打坐，这祖孙俩各自孤独了这么久，终于重新相依为命起来。

一场秋忙，才让变得又黑又瘦，本来遥遥相望的一双浓眉，此时快要黑成一线了。他就那么愁眉苦脸地坐在那里，盯着炕桌若有所思。

阿依琼琼倒了一碗热茶轻轻放到桌上："才让啊，别想了，喝点热茶精神精神。"

“怎么不想？你不是还骂我黑心肝，来世没好报吗？”

“快别说了，那些话我已经收回了。”

“说出去的话泼出去的水，怎么能随便就收回？”

“傻孩子，寺院收到布施，会帮我们超度解脱的。”

才让一下子明白过来，他不犟了，他放松盘久了的双腿，低头去喝茶。

阿依琼琼捶着膝盖，自顾自地说：“我们也不知造了什么孽，让孩子这么受罪。你爸妈在的时候，我还去转过一次海，那是个马年，有多久了？对，今年也是马年，整整二十四年了。人家说选在马年去转海是最吉利的，说不定会看到圣迹，如果看到圣迹，就会幸福平安，永消灾难。”

阿依琼琼看见才让正眼波粼粼地盯着自己的嘴，便继续大声一点儿说：“可惜那次我没有福气。”

她摇摇头从袍袖内拽出玛尼念珠，接着说：“我没有看到圣迹，可你爷爷看到了，他说他看见海心山上缓缓升起一座莲花台，那是高出于无常的世界，就像莲出淤泥而不染。莲花之上升起一轮太阳，那是空，是心的光明世界。你爷爷说他正佛心清净、无欲无憎的时候，一尊佛，一尊胜乐金刚佛升起来了！他越来越清晰地升到莲花座上，背后一团团、一团团的火焰开始燃烧。那佛有四张脸，每一张脸都有三只眼——佛法三宝啊——那三只眼照顾人间每一块对佛有情的地方。在佛的头顶左上方，有半月白色。他身穿最勇武的虎皮，头顶上有双金刚，他的身体发射出蓝色的金属光芒，他把他的念珠佩在胸前……”

才让惊奇地听着阿依琼琼滔滔不绝的词汇整齐地、有文有法地排列出来，他觉得那是粗通文墨的爷爷的灵魂附身的结果。

阿依琼琼眼观前方，目不转睛地说下去：“佛啊！他有着十二条手臂……佛的第一双手臂拥抱着他的明妃，右手拿金刚，左手拿铃。其余的手分别拿着象皮、斧头、月形刀、三叉戟等物。”

“佛有两条腿。”阿依琼琼说，“右腿伸着，左腿弯着。”

这时才让好像听到窗外有响动，他并不放在心上，只管有滋有味地继续听那出神入化的描摹：“你爷爷还说，佛的明妃是金刚亥母，她有一张红脸庞，有三只眼……你知道获得解脱的六种方法吗，孩子？不知道？这就是布施、持戒、忍辱、精进、禅定、智慧，你看，这布施是第一条。”

阿依琼琼熟练地捻着玛尼念珠，神情恍惚地停了口。

才让追问道：“你是和爷爷一起去的，怎么单单他看到而你没看到？”

“唉，我这苦命的老婆子，偏偏在那时累得睡着了，等你爷爷叫醒我，我看见的只是波高浪大的海子，那尊贵的佛已经升到天上去了。你爷爷真有福气，他看见了。”

“爷爷他真的有福气吗？”才让道。爷爷的情况，他是知道一星半点的。

“啊啧，你个娃娃家还敢胡想？”

阿依琼琼不再多说，她闭起干涩的眼睛，没有睫毛的眼睑渐渐浮上一层酸酸的红晕，她开始翕动鼻子，玛尼念珠愈来愈快地转动在她皴裂的手指间。

“阿依！”才让沉默了半天后轻轻地叫了一声。

“别说，你的话我不想听。”

“你又不知道我要说什么。”

“我知道，你没有一句好话。”

“这次是好话。”

才让很严肃，阿依琼琼半信半疑地看看他，然后重新闭上眼睛：“我才不信你会有什么好话。”

“阿依！”才让明白阿依琼琼已准备听他说话，他忽地红了脸，半晌才说出话来，“我打算去转海。”

“什么？”

阿依琼琼看着孙子的红脸，看着他蓬乱卷曲的黑发，看着他捏到一处的双手，看着他纤弱不堪的体质，再看看他那对闪着翠绿光芒的眼睛，在孙子身上，只有这一点像他那好胜的父亲。

“什么？”阿依琼琼又重复了一遍，极不信任地提高了声音。

“没什么，我只是想去转海。”

才让已静下来，这下他听清了院子里轻微的响动是某个人发出的，而不是猫或别的什么动物，他急忙推开木格窗。

院子里傻站着大喇嘛。

“是我。”他说。

“又有什么事？”才让不耐烦了。

阿依琼琼探头一看，急急地拍一下才让的胳臂便快步迎出去："大喇嘛吉祥。"

"唔。"

"快请屋里坐吧。"大喇嘛犹犹豫豫迈开步子。阿依琼琼弓着腰接着说："这孩子不懂事，您可千万别怪罪啊，您大人大量，别计较……"

"不会计较的。"大喇嘛上炕后说。

阿依琼琼忙手忙脚地倒茶。才让隔着炕桌盯着大喇嘛，盯了一会儿竟盯出一些悲哀来。

"什么事？"他悲声悲气地问。

大喇嘛缓缓道："是仁青的事。"

阿依琼琼捧上茶后问："仁青？他又给您添麻烦了吗？"

"不是给我，是给他自己添麻烦了，你们别急，听我慢慢说。"

大喇嘛翕动着鼻子，一脸无从说起的样子。

"佛祖慈悲。"他终于开口说道，"佛祖慈悲，饶恕这罪过吧。这是前天晚上的事，那晚的祈祷功课做完后，我就回屋休息，睡了一会儿就忽然醒过来，翻来覆去也睡不着，就干脆起身到房外转转，等我走到大经堂门口时，听见里面有很低的说话声，我吃了一惊，因为大经堂晚上是不留人的，我就悄悄走进去想看个究竟，结果我发现仁青和多杰两人正在偷吃供桌上铜灯里的酥油。"

听到这里，阿依琼琼惊呼了一声罪过，才让则一脸苍白。

“这不可能。”他说。

大喇嘛说：“这有什么不可能？佛祖指明我，让我及时制止了这种渎神行为。”

“这不可能吧？”才让又说。

“罪孽啊！他们应该受到惩罚。”阿依琼琼泪水涟涟。她想到自己前些天刚刚去送了一袋糌粑，尽管没有酥油，可一样是上天的恩赐啊。

“是的，是该惩罚他们。”大喇嘛也说。

“我罚多杰打扫一个月的寺院，罚仁青挑一个月的水，可是，仁青这个不懂事的，不知是故意还是无意，他昨天挑水时喝了很多生水，那水质太硬了，他昨晚肚子疼到今早，今早就……”

阿依琼琼颤抖起来：“什么？”

“这是上天不饶他啊！”大喇嘛说，“他怎么能偷吃点长明灯的酥油呢？那是点给佛祖的呀！”

阿依琼琼已失声痛哭。

才让扶着她的肩膀，泪声问道：“那多杰呢？佛祖为什么不惩罚多杰？”

“会的，佛祖善识一切。”大喇嘛说完起身欲走。他想了想，又说：“才让你要照顾好阿依，不要太过悲伤了。唉，这都是上天的安排。”

才让糊里糊涂地送他出门，大喇嘛走到院门又转回头喃喃道：“对了，我刚才听到你们在谈论胜乐金刚佛，他佩带的念珠代表的是变数，说明人生无常，唉！”

·六·

秋天的风给草原带来无尽的寒意，而天依然是蓝蓝的天，像一块幕布，掩映着神秘和空旷，垂挂在阿庆冈嘉雪山和多拉仁摩雪山之上。

草原上实际只有春季和冬季。夏天和秋天总是在人们还没有注意到的时候便一闪而过，接着就是冬天，寒冷而漫长，漫长得占尽一年中多半的时光。大雪纷飞的冬天，又快要到了。

许久以来，阿依琼琼的小院内阒无人声，那道牛粪饼垒起的隔院墙也丝毫未见减少，似乎他们很久都没有生火做饭了。

阿依琼琼天一亮便去寺院里叩头，黄昏后才精疲力竭地回家。一到家，又总是皮袄一裹，盯着炕桌或随便哪个角落发起呆来，不一会儿便会泪眼蒙眬地捻动念珠，而另一只手则开始无休止地转动玛尼经筒。念珠和玛尼经筒这两样东西是村里每个老人都拥有的，老人们相信，它们能帮助自己解脱灾难和苦闷，只要虔诚，是会出现奇迹的。据说一位大僧拨动玛尼念珠，口诵六字真经，直到整整一千万遍时，他那年老的父亲因为神助，竟重新生出一列雪白整齐的牙齿。也许这父子二人因此而被传诵着。

而才让则在阿依琼琼叩头的时间里去河畔游荡，他常常满脸青色，一语不发，他觉得自己对仁青的负罪感比阿依琼琼还严重。在每个清晨他睁眼的时候，都能感觉到仁青正在离去，那颗袈裟包裹着的心就在不远处飘动，他怔怔地，一阵阵的恐怖在这种时候总是空前高涨地奇袭他，使他无法也没有勇气再向阿依琼琼提起转海的事。

他们俩似乎互不相干，却在自己的范围内以自己的方式忏悔着，向同一个人忏悔。那个人在短短的一生中，因为没有提出过任何要求而日益显得陌生起来。

终于在一个风雨飘摇的黄昏，阿依琼琼拉住又要外出的才让："才让，别出去了。"

"我随便转转。"

"别转了，你这个样子我心里慌得很。"

"我也慌得很。"

"好了，我也不转了，从明天开始我们俩都要好好的。"

"阿依，我还有一件事，不过……"

"不过什么，我知道是转海的事。"

"阿依，你说的是，不过这段时间不去了，明年再说吧。"

"傻孩子，今年是马年，是转海的最好日子，明年去恐怕就看不到什么吉兆了。"

"那下一个马年去吧。"

"阿依老了，怕是等不到下一个马年了。"

"阿依说这话干啥？"

"我是说我在二十四年前陪着你爷爷去转过一次海，可惜那次，我没有福气啊，我想这次再陪你去转一次……"

"这怎么行？你都这把年纪……"

"想想仁青吧，这都是我的罪孽啊。他是个早产儿，身体本来就差，可我对他太狠心了，我要赎罪，我要替他解脱，我要叩好每一个头，念好每一句经，我要让他早升天堂，免受轮回之苦……”

“好阿依，别哭了，我也这么想，还有我那些羞人的事，还卖羊毛呢。”

“才让啊，不是我说你，那次大喇嘛要你去念经，你实在不该顶回去的，还有钱，你该自己表表心意，佛祖是能了解一切的……”

“阿依，你是说你一定要去转海吗？”

“是啊，我们罪恶深重。”

“那好吧，既然你一定要去，明天去跟村长说一声，后天我们就动身。”

“好好好，真是好孩子，能懂老人的心，要是仁青活着……不说了不说了，你到院里拿点牛粪好吗？我们来烧点茶，吃顿热饭。”

才让“嗯”一声，到院里去了。阿依琼琼捋捋花白的鬓角，眼神里有了一丝生气。她起身掸掉袍子上的灰尘，那套黑条纹袍子已洗得发灰了。她走到靠门的隔间里拿一些柴火，在灶膛里点着，一阵浓烟后，一堆暖烘烘的火焰燃烧起来，火光映红了阿依琼琼曾经丰美过的面颊。

才让挑了几块晒干的牛粪饼，摞在手心上拿进屋，换了阿依琼琼或别人，都会一律兜在裙袍里的，才让改变了很多习惯，在阿依琼琼看到后，总会暗自念一遍六字经的。

在才让喝过一道茶后，阿依琼琼已端进来一碗热腾腾的青稞面面条，才让用筷子翻一翻，那厚薄均匀、长短一致的面条里，泛起一层菜籽油炝葱花的香味，一块块青头萝卜丁脆脆的，才让搅了半天，终于动口吃起来。

阿依琼琼一转身，一碟油炒洋芋丝又摆在炕桌上，她朝才让笑一笑，她说明天在家多烙几个大饼，再炸些油果子也行，带在路上好吃。

这家院子沉默了这么久，今天总算冒出一些炊烟来。

第二天，才让醒来发现阿依琼琼正笑眯眯地注视着他，他急忙起床，喝过两碗茶后就陪着阿依琼琼走进村长的院子。

那只看门狗摆着尾巴直叫，祖孙俩发现女主人正在喜滋滋地一边喂鸡一边喂麻雀。鸡和麻雀争食夺水，惹得女主人一脸慈爱，她不停地撒着拌过水的麸子，麻雀愈发吃得不可收拾。这时狗却不叫了，它侧脸看准麻雀云集的地方，闷声扑过去，一堆黑黑的麻雀只听嗖的一声就全都不见了，狗又侧脸看着天，喉咙里咕哝着。

女主人刚要责备狗，却发现阿依琼琼和才让祖孙俩已站到院中了。

“哎呀，是阿依琼琼呀，快进屋，进屋。”

“卓玛，你的鸡养得好大啊，村长在不？”

“怎么不在？一大早的。快进屋呀才让，院子里脏呢，我今天还没来得及收拾呢。”

才让正在看一只大花猫跳下窗台就钻进了右边的屋子，而狗又去追逐它，飞上天去的麻雀于是又黑压压地落下来，重新一声不吭地扑向院中的食糟。它们滴溜溜转的褐色眼珠一只紧盯着食物，而另一只则警惕地关注着右屋的动静。

村长照例半倚半靠在炕上吸烟，当他得知来客的意图后，豁然开朗道："好事好事。"

递上奶茶的卓玛轻轻地说："我的好阿依啊，在转海的路上替我们的多杰念几句经吧，这作孽的……"

阿依琼琼正色道："这还用说？我要替我们全村人祈求哩，托佛祖的福。"

卓玛又轻轻地说："多谢您啦，里嘉和多杰会报答您的。"

村长兴奋地打断妻子："快别老是插嘴，你们说说，哪天上路？"

阿依琼琼说："我算了算，明天是个吉利日子，我们明天一早就要上路了。"

"好！好！"村长说，"卓玛，你准备一点儿酥油和奶渣让他们带上，不要因为转海把身体亏了，酥油可是好东西哩。"

"佛祖保佑你们一路平安吉祥。"卓玛说。

·七·

仁青出事后，阿依琼琼把剩余的十六只羊全部卖掉了，那里面有最好的羯羊和母羊。她用其中的五百元供了一只大转经筒，悬在般若寺的大门廊中，出出进进的人都可以用右手去转动它。当那涂遍红漆并刻有六字真言的转经筒咿呀咿呀地响起来后，便是仍在尘世受苦的人在为自己解脱，也是在为仁青超度了。

还有三百元，她献给了寺院，请求大喇嘛率众为仁青的灵魂诵三天平安升天经。大喇嘛接受了，他说只要心诚，仁青会升天的。

剩下四百元，她放进包裹里，准备布施给转海途中的寺院。一起放进包裹里的还有一件暗红的粗呢藏袍，这是当年她做新嫁娘时母亲为她缝制的，做了十五天新娘后她便把它收藏起来，直到二十四年前同丈夫去转海时她才带上它，在一些落脚的城镇中她穿起来，那时候，她多么年轻、健康而又妩媚啊！但这次带上它，心情却迥然不同，尽管她仍然慈祥、平静，可是眉宇间却染上一层无法褪去的悲凉。

才让在收拾一条牛毛织成的褡裢，一边口袋里装着新磨的炒面和村长家送来的一块酥油及奶渣，另一边口袋里装着阿依琼琼烙的大饼、炸的油果子和两只木碗。他又在锅台上找到剩了半块的茯茶砖，用纸包了包就装进放饼的口袋里了。

阿依琼琼在才让的身后拉上了房门。雅朗村有着从游牧时代流传下来的夜不闭户的习惯，因而偷盗、窃取之类的事从没有发生过。阿依琼琼就这样漫不经心地拉上房门，又漫不经心地拉上院门。

院门一侧立着一根高大的木柱，上面挂着正在飘扬的经幡，各种颜色的丝绸或粗织布上印满了六字真经，包裹在柱子上。这经柱是才让的爷爷在结婚盖这房子时立在那里的，它经过许多年的风风雨雨，冰寒雪冻，现在看来，它便愈发显得古老、悲壮，有着不可言传的沧桑。

阿依琼琼和才让并排站在经柱前。村里的男女老少已远远地聚集过来了。孩子们扒在墙头上，妇女们怀抱着婴儿，男人们有的抄着手，有的吸着鼻烟。大家默无一语，静静地看着阿依琼琼跪下去，双手合十，举过头顶后扑向前方，她端端正正、平平展展地伏在那里，额头触触地，在双手够得着的地方画一道线，再把右手上的玛尼念珠拨过来一颗，然后站起来，走到画好的线内，跪下去……

才让发现大家的目光一下子集中在自己身上，他开始紧张了，他看见阿依琼琼已完成了第一个丈量的动作，可是他觉得自己的膝头很硬很硬，简直无法打弯，他试着弯了一下，没有成功，他的脚后跟刚好碰在经柱上，阿依琼琼说只有这样才能给家里带来好运气。

才让心慌意乱地再看一眼阿依琼琼，阿依琼琼已专注又虔诚地完成了第二次丈量。他低下头看看自己的膝盖，那上面是阿依琼琼精心缝上的牛皮垫，双手上则套着铁皮套，阿依琼琼说这么长的路要磨坏膝盖和手心的。

“那你呢？”才让在天没亮时这样问。

“我老婆子家磨不破的，你肉嫩。”阿依琼琼说。

现在天已经大亮了，各家却没有往常的炊烟……才让这样胡思乱想时，阿依琼琼已端庄而持重地开始做第四次丈量了。才让在全村人的注视中双膝一软，情急地跪了下去。他极别扭地伸展身体，只听铁皮发出一声尖厉的叫声，他那多愁善感的额头便撞击在坚硬的已入秋的土地上了。

为什么为什么？他忽然泪眼蒙眬地想。

全村人在极度紧张的气氛中目睹了才让有生以来的第一次跪拜，便都宽慰地大舒一口气。妇女们顿时交头接耳起来。

“这孩子命苦。”

“他会有好报应的。”

“托佛祖的福。”

“三宝啊，他终于跪下来了啊！”

“唉唉！”

她们说着，继续关心着才让，而阿依琼琼的跪拜和虔诚早已出了名，因此看上去习以为常，并且是天经地义的。这时，大家纷纷跑到阿依琼琼身边，有给她送面饼的，有给她送茶叶的，还有的把一角两角、一元两元，甚至十元的票子塞到她手里，叮嘱她一路多多保重。

寺院的晨钟传来，在宁静的清晨显得分外响亮而又凝重，那种有节奏的敲击敲散了浓浓的晨雾，蓝蓝的天空一点点、一片片地露出来，那弯薄而透明的轻纱般的月亮仍将去未去，它被轻轻地挑在一朵云角上。

才让站起来，可还没站稳，复又跌跪在地上，他便机械地开始做第二次、第三次……

就这样，当整个雅朗山谷仍在睡眼惺忪时，这苦难重重的祖孙俩开始了长途跋涉。

当拜出村子后，才让发现自己的动作不再像刚开始那么艰难，而是有些连贯和轻松了，他甚至觉得有趣，便加快速度追上了阿依琼琼。

他们伏向草坡。

露水太重了，很快打湿了阿依琼琼的袍子，也打湿了才让膝上厚厚的牛皮垫。阿依琼琼仍然不吭一声，一叩一拜地爬上草坡。她花白的头发已被汗水濡湿，鼻梁和额头沾满了泥水，薄而干瘪的唇紧紧地抿着一两根散发，只有那双松弛的眼睛，充满了不屈不挠的神情。

才让轻巧地伏下去，使劲嗅嗅草，嗅嗅泥土。露水呛进了鼻子，他咳了两声后，心里竟渐渐快乐起来。那个村庄远了，那些人远了，所有人造的东西，都远了。他将这样快乐地伴着阿依琼琼走下去，这三个月的路程，但愿再长些吧！

那铁皮不再发出响声，而是亲昵柔和地接近再滑过草地，膝和额更是和谐地触动草地。听到一声轻微而结实的“咚”时，才让单薄的身体里便洋溢着一种从未有过的冲动和激情。

他发觉阿依琼琼早已喘开粗气了，他说：“阿依啊，歇一会儿吧。”

阿依琼琼说：“好孩子，你累了吧？快歇歇吧。”

才让拉着阿依琼琼坐下，草坡湿湿的，才让笑了起来，阿依琼琼惊奇地看着他。

才让也觉出自己唐突，刚要解释，却听见背后轻轻的咳嗽声。才让立刻转头看去，只见穿着袈裟的多杰窘立在那里。

“阿依琼琼，才让哥哥。”多杰结结巴巴地说。

才让站起来：“是多杰，你怎么在这？”

多杰歪着头不敢正视阿依琼琼，他揉搓着手中一个包裹低声说：“我听说你们要去转海……实际上这都是我不好，不怪仁青的……这是一点儿酥油和奶渣，你们带在路上吃吧……”

“又是供桌上的吧？”一直不肯理多杰的阿依琼琼抢白道。

“阿依！”才让制止说，“我们带了酥油，还是你阿爸给的，别说那些事了，怪不得你。”

“不怪他怪谁？我们仁青胆子小……”阿依琼琼又抢了一句。一提仁青的名字，阿依琼琼便哽咽起来，这个名字是她和才让都不敢再提的。

“阿依！”才让又说，“多杰，酥油带回去自己吃吧，看你这段时间瘦成这样，以后别想那些事，多看重自己，你再长大一些就明白了。”

多杰大哭道：“阿依，我对不起你们，才让哥哥，这是我的一点儿心意，你不收下我是不会回去的。”

才让也酸酸的，他劝道：“好了好了，我收下了，你一定是晨课没参加就跑出来了吧？快回去吧，不然你又会受罚的。”

多杰把包塞给才让，鞠了一躬哭着说：“好哥哥，一路平安吧！”

他说罢掉头飞跑下坡，才让看见他的僧靴湿湿的，那瘦了一圈的身影越来越小了，到最后就像一只翩然跳跃在草尖上的红蝶，飘飘着去了。

才让把包裹塞进褡裢放酥油的一侧口袋里，他心想，看多杰那青绿的脸色，他一定等了很久了。

“休息好了吗？”才让问。

阿依琼琼说：“好了，赶路吧。”

他们站起来，又跪下去。坡下有一道清浅的小溪，这祖孙俩拜到那里时，已是中午了。深秋的阳光虽然很温暖，但高原的风随着日出便开始到处走动了，凉凉的，使他们头上冒出的热汗化作了雾气。

才让抬起碰了碰地面的额头，便即刻看到那道溪水了，他呼叫了一声，就奔了过去。阿依琼琼被甩开几步，她干脆就地坐下，揉着酸胀的腿，慈爱地看着才让铺开褡裢，取碗，盛水，加上酥油、奶渣和炒面，飞快地拌起糌粑来。这工作本来是由她来做的，可是转海的第一天，才让就全部代劳了。

阿依琼琼咬了一口刚拌好的糌粑，新打的酥油，新磨的炒面，味道的确不一样，喷香可口，肚子都高兴地叫起来啦，这都是上天对善良人的恩赐，感谢佛祖！阿依琼琼陶醉过后轻轻地呼了一声：“啊啧！”

才让急忙问：“怎么？我拌的不香吗？”

“没啥没啥。”阿依琼琼说，“我是说香得很呢。”

实际上阿依琼琼想说酥油放得太多了，可惜，路还长嘛，要节省一点儿才对，不然前面吃得油乎乎的，后面吃得干渣渣的，就不好嘛。唉，下次还是我给他拌。她喝了一口清水，把这些话都咽了回去。

才让得意扬扬地吃完，拿着木碗走到溪边舀出一碗水来洗手。这是草原上一条不成文的规矩，任何人洗东西都得舀出水来洗，不能弄污了水，因为这些浅溪清流都是用来食用的。自古以来，人们都严格地遵守着这个规矩，已经成为一种习惯，而习惯是很难改变的。

再走几步，便是杂秀尔森林区了。祖孙俩收拾好行李，拜进了这片葱郁茂盛的林子。

阿依琼琼是随着才让的意思行路的，他们基本上走在森林的边缘地带。才让在县里上高中时曾来过这里，这是全县唯一的一块森林区。当时他是来春游的，记得那位年轻端庄得让所有男生崇拜的女教师带领全班学生穿过每棵树、每一片灌木林时，都不止一次地把它们介绍给大家。

“这是青海云杉。这是紫果云杉。这是川杉。”

“那是大果圆柏和祁连山圆柏。”

“这种树你们一定认识了，对，是杨树，有青杨、胡杨、山杨、小叶杨、箭杆杨。”

“对啦，还有白桦。”

女教师很漂亮地笑了。才让得意非凡，因为是他第一个喊出白桦的名字。

“这片是忍冬。”

“那片是高山绣线菊。还有沙棘林。”

才让嘴里顿时酸酸的，仿佛嚼碎了一颗未熟的沙棘果，舌苔沁黄沁黄的，那果汁已刺激到咽喉了。

他们斜插进杂秀尔森林的边缘，这样就可以赶在天黑前走出林子。这深秋的树布满了苍色，有些浓重，不像春天那么新鲜和翠绿，松树上的松针在劲风中纷纷落地。在前方，在他们膝和额碰触的地方，铺展着一层薄薄的白杨树叶。

在林中，风的低语变得肆虐起来。才让尽管已大汗淋漓，但听到头顶穿天的呼啸，也禁不住抖瑟起来。他深深地埋下头，倒伏在枯草丛中，耳畔却响起那令人尊敬的清脆的女声：

“这叫粗喙苔草。这叫鹅观草。”

“那叫紫羊茅。”

“珠芽蓼。扁穗冰草。”

才让明白这些树名、灌林名和草名都是书中的名称，家乡人从不这样称呼的，尽管这些名字这么美丽，这么动人，但真正了解它们的价值并竭力维护它们的，仍是家乡人。

他忽然想问问阿依琼琼是怎么称呼它们的，抬起头来，却发现阿依琼琼昂着头怔在那里。

“阿依。”他叫了一声。

“才让啊，我没见过那些树的，应该叫什么名？”

才让不知道应该翻译成什么藏语名，想了半天，仍旧用汉语说：“这是红杉嘛。这是辽东栎嘛。”

“什么呀。”阿依琼琼白他一眼道，“快一点儿，你个小伙子怎么跟不上老太婆！”

“天要黑了。”才让笑说。

“你还知道天黑。”阿依琼琼抖抖袍子，把刚才忘记了的一颗念珠拨过去。

“别生气啦阿依，咱们比赛吧。”

才让轻捷地伏下去，却装成很努力的样子，逗得阿依琼琼开怀笑道：“这孩子咋会这么让人疼？”

林中光线很快暗下来，身后已是一片黑墟，两人不敢倦怠，以最快的速度拜出了林子。才让几次想偷懒，但看到阿依琼琼虔敬的样子，便不忍心前功尽弃了。

走出杂秀尔森林，便是一片在黄昏中无边无际的草原。

远远的一点灰色，就知道那一定是一顶牧人的帐篷了。

走过去，却听不见狗叫，也听不见羊咩和马咴，阿依琼琼吃劲地说：“这是夏窝子啦，主人肯定已搬到冬窝子过冬去了。瞧，羊都赶走了。”

果然是一顶没有炊烟的空帐，但阿依琼琼和才让却放心地走进去，准备在这里过夜，因为他们明白草原的习惯，每顶帐篷的主人在搬走之前总会留给过路人一些必需的东西，如糌粑、干牛粪饼、炊具等等。

阿依琼琼擦擦锅台，找到盛水的缸，把水舀到锅里。灶膛里已塞了许多牛粪，徐徐地燃起来。阿依琼琼半跌半坐在灶前，像在自己家里一样，用一根拨火棍拨出燃尽的灰烬。

水开了，阿依琼琼照例先给才让一碗。才让第一次感到这么干渴，接过碗就烫烫乎乎地喝完了。他洗洗手，准备再拌一次漂亮的酥油糌粑。

“不不不，”阿依琼琼立刻说，“这次我拌。”

灶火的胭红映着两张疲倦但却满足的脸，随着夜，渐渐地深下去。

高原的星空低而妩媚，那些最亮的星座，仿佛跳跃在帐篷顶上，晶莹、高洁、与世无争。它们播下的清辉变成一颗颗明朗的夜露，早早地湿润了草原上的一切。

·八·

翻过夏德扎麻山，再走半个时辰，就到了玛科县城。

阿依琼琼突然提示才让要他把多杰送来的酥油扔掉，她说这儿够远了，为什么还要背那累赘呢?

才让恍然大悟道：“啊喷！您怎么不早说？我们昨天就吃完了嘛。”阿依琼琼拍着肚子大惊小怪了一会儿。

“要遭报应的。”末了她只好这样说。然后，她决定以不进县城来惩罚才让。她知道他在走了这许多日后早就想着玛科县城的美景了。

才让做出委屈得令人怜爱的样子，可是阿依琼琼左顾右盼就是不正眼看他，他只好作罢。于是他便垂头丧气地跟着阿依琼琼沿城而拜，那座看起来蛮有些生机的挺不错的县城就这样绕到身后去了。

才让敷衍潦草地跟着阿依琼琼拜了又拜，终于恼怒地嘀咕道：“到了斯朗，我是一定要进城的。”

他的声音充满了警告也充满了自慰，阿依琼琼心底一空，一颗心又痛又软地悬起来。

“苦人儿。”她用几乎听不清的声音回答了脚后的才让。

才让有劲了，因为他即刻就了解了那句话中的肯定语气，尽管那内容有些令人伤感，但他却重新快乐并且饱含着期待了。

斯朗是个大城市，是去转海的必经之处，是这祖孙俩谁也没去过的地方。阿依琼琼想到二十四年前自己同丈夫为了节省时间也未进城，这次情况却不同了，自己已经一大把年纪，除了趁这次机会进城看看外，恐怕再没有时间了。

他们披星戴月，一路风尘而来。

他们最先看见的是未褪去绿色的柳树，它们蓬蓬松松地站在杨树中间，垂须抚慰着飘落的枯叶，呈现出一种随意的，甚至是懒散的生命力。

柳树后面是秋收过的肥沃的土地，麦茬仍留在地面上，间或能看到拾穗的穿红袄或绿袄的小女孩，她们在看见这祖孙俩后老远就叽叽喳喳起来，像秋后的麻雀一样。

房屋渐渐多起来。

还有汽车。

更多的是人。

才让的头皮越来越麻，他仍低着头，可是他却能感觉到每个行人投来的刺一样的目光，甚至汽车都要急刹一下看看究竟。

终于在一座高楼前才让停了下来并且拉住阿依琼琼：

"好了今天不走了——你没见有这么多人看热闹？"

才让未等阿依琼琼答话就自先发火了。阿依琼琼看一眼孙子的脸色便知道非听他的不可，可她仍旧小声补了一句："那路中间断了就不能连起来，不能连起来怎么能带回好福气呢？"

才让粗暴地打断阿依琼琼的话："记住这地方不就对了？天黑了再走！"

他们与城里人不同的装束、行为和语言立刻吸引了众多的路人，他俩傻站在那里，被那些有教养的目光精确周密地注视着、议论着。

阿依琼琼紧紧地拽住才让的袖口，她警惕地看一眼那些人，再求助似的看一眼才让，才让则涨红了眼睛看着天空。

天空中有一些怪模怪样的云朵，这和草原上的云是不一样的。

两人正在手足无措间，突然一阵更大的骚动把他俩席卷到旁边的一座商店门前。

人越挤越多，才让和拽着他的阿依琼琼在一股后浪的冲击下被莫名其妙地挤到了前面。

才让看见脚下是一块一米多长的白布，白布上摆着枸杞、羌活、冬虫夏草、鹿茸、麝香等药材。

白布后面坐着一位藏装老汉，他正张着没牙的嘴舒展了满脸的皱纹看着面前那位跳来跳去的男人。

那男人三十开外，脸色白净，衣着文雅，他操着南方口音的普通话尖声尖气地喊叫："大家来评评理啦！"

他说着就举起一支鹿茸，另一只手点点老汉又拍拍自己的心窝："大家凭良心为我说句话啦！这鹿茸我是在广州花了一千元买的，可是请人看了后才知道上当受骗啦，这鹿茸皮里面不是鹿茸啦，而是灌的沥青，我再去找那人，那人早不见啦，但是我知道这东西是你们这出产的啦！跑得了和尚跑不了庙嘛，我就直接上了火车，果然不出我所料，一下车我就碰到啦！"

他看到人越来越多，就提高了嗓门，几乎是快乐地叫道："还有这些东西啦！"

他说着就踢踢脚下的黑皮包。

他接着说："这里是我花了一千元买的冬虫夏草啦！结果是一样的啦！有人用面捏成虫的样子，再插一棵草就算是冬虫夏草啦！这些人欺负我不认识嘛，我是赔了本啦——当然啦，我知道这东西也是你们这儿出产的啦！"

他得意扬扬地把假鹿茸呈给每个人看，然后对那坐着的老汉愤声道："这些人就会骗人骗钱的啦！"

那老汉端端正正地坐在那里傻眼看着他，一脸不知就里的样子。

那男人愈发得意，仿佛已抓住了他的把柄似的，轻捷地跳着脚喊："两千元哪！两千元啦！"

才让好不容易才听明白，有些气不过，就走上前用藏语说给那老汉听。老汉笑着打量一下他，但并不搭理他的话。

才让突然被一声像汽车刹车似的喊叫惊了一下。

"哗！"

那男人尖声重复道：“哗！”

“先生！”他又冲着才让叫了一声。

才让顿时满脸灰绿，他第一次听到这样的称呼，不相信耳朵似的看了一眼那人的黑牙茬子。

黑牙茬子正在飞快地一开一合：“先生啊！我看你慈眉善目，请你帮我个忙啦，告诉他让他赔偿一点儿嘛，那人就是在这些人手里买的嘛，我那么大老远来……”

突然的一声断喝把才让吓了一跳，一看，不知何时他的面前站着一位气宇轩昂的警察，那男人蓦地便瘪了下去，尖嘴猴腮，委顿不堪。

“好了好了。”那警察驱开人群。才让忙帮助老汉收拾起白布上的东西，逃难般地离开了刚刚热闹非凡的地方。

阿依琼琼从头到尾都紧张得难以自持，等三人无心观赏街景地穿过几条街后，老汉才告诉他们他叫喜绕森格，路过斯朗想卖掉这些东西，好带点钱去看望在寺院做喇嘛的儿子。

喜绕森格说：“这是城市哩！可以花几角钱坐公共汽车嘛。”

才让也说“是”。

阿依琼琼犹豫道：“我这衣服怕是太脏了，蹭了别人叫人笑话，才让，把那套新衣服拿出来我换上吧？”

才让高兴起来，他想总是要精神一点儿穿过城市才好，他立刻怂恿阿依琼琼换上。阿依琼琼的脸色这才恢复过来，甚至有一丝羞涩挂在颊上，十分动人。

他们上了公共汽车。

汽车里非常拥挤，可三人上去后人们马上让出一块空地，售票员立刻指点着喜绕森格和才让背上的包裹，厉声说道：“这要买两张票。”

才让感觉到前面的一位老太太正在努力屏住呼吸，而一位高挑的漂亮姑娘干脆用戴金戒指的手捂住了鼻子。喜绕森格笑道：“我们买的是站票嘛。”

一阵前仰后合后，汽车到站，三人下了车走了几步，才让忽然惊呼起来：“阿依，你的袖子！”

阿依琼琼拖在背后的右袖口上，原来的一圈半尺余宽的水獭皮镶边竟然已不翼而飞！

阿依琼琼急忙拿起来看，那袖子是沿着水獭皮齐齐地被割掉的。“天啊！”她颤着声音说。

喜绕森格的一副见过大世面的脸色也变得乌黑异常：“还有这样的事！”

他喃喃地一遍又一遍地重复道。

良久，喜绕森格又扩大了瞳孔指着才让背后的褡裢说不出话来。

才让急忙取下一看，那装炒面的一边已被锋利地划过一刀，炒面像瑞雪一样飘洒在柏油路上。街边的树木或电杆腰上，贴满了赤橙黄绿的标语，那上面斩钉截铁地写着一些遒劲的大字：维护社会治安、保障人民生命财产安全、严厉打击不法分子等等。

三个人相顾无言。

不远处有个小孩正在娇声哭闹，那位年轻的母亲左哄右劝，正无计可施。她抬起俏丽而无奈的脸，正好看见这三人黑色的目光，她急中生智地劝道："好宝宝，别哭了，再哭那边的三个人就过来抬走你了，你快看，要过来了！"

那小孩果然停止了哭泣，他瞪着小眼睛，满怀恐惧地直往母亲身边靠，那位母亲满意地携他而去。

"没法走了。"才让低声说。

阿依琼琼仍抖瑟不停，她不再要求走回去重新拜了，只是更用劲地拽着孙子，随着两个男人的步伐逃难般地逃出了这座城市。

·九·

穿越农田、山谷和丘陵，穿越草地，间或有几条浅溪，间或有一眼甘泉，三个人的表情渐渐开朗起来。喜绕森格很在行地手搭凉棚看一眼万里无云的晴空，蛮有把握道："快到了，衮本贤巴林快到了。"

阿依琼琼和才让都兴奋起来，他们开始轻松地说起衮本贤巴林。

衮本贤巴林是藏族地区中藏传佛教格鲁派有名的寺院之一，是格鲁派始祖宗喀巴尊者诞生的地方。寺院从第九绕迥的铁猴年（1560年）初创至今，仙风缭绕，香火不断，一派繁荣。寺院周围渐渐形成一个不大不小的集镇，过往商贾，多以逗留，招徕来自四面八方的香客，买卖就越来越红火了，因此衮本贤巴林不仅是信教徒的精神寄托地，也是买卖人的聚财宝地。

喜绕森格指指前面的山坡，说过了山坡就可以看见衮本贤巴林的金顶了。他喜气洋洋地思索了一会儿，瞥瞥身后的祖孙俩，然后张开双臂，意气夺人地诵道：

天似八辐轮，地如八瓣莲。
后山秀丽而雄伟，前山如麦积成堆。
南面拉摩日山上，有自显莲花生像。
西面高耸石崖上，有自显弥勒佛像。
北面达日山之巅，有自显无量光佛像。
南方三俱卢舍处，雪山耸峙而连绵。
东南二俱卢舍处，乃是著名桑拉塘。
西方二俱卢舍处，则是广漠野摩塘。
北面群山峡谷中，湟水源远而流长。

才让听完便开心地笑了，他知道那是《圣地颂》中赞美衮本贤巴林地势的诗句。

在迎面而来的风中，阿依琼琼的发丝随风飞扬，她不服气地撇撇嘴唇，说她也有一首颂诗要念出来叫人听：

蓝毗尼园第二中，诞生圣大师罗桑，
政教兴盛而伟大，是否朝过衮本寺？
此处受用比海洋，讲修事业如浪涌，

十方比丘如鹅聚，感有庄重自豪否？
文殊化为婴孩体，脐血滴处旃檀生，
用作内藏大灵塔，威德光耀朝过否？

她慷慨激昂地诵罢，便昂首挺胸拜上前去。才让忍住笑，想去扶她却被她打开手。喜绕森格只好跟在后面，嘟嘟囔囔地说："不就是要去朝拜吗？"

阿依琼琼暗自得意，这首诗是二十四年前她丈夫站在这面山坡上朗诵时她记来的，不识字的人的记忆往往比识文断字的人的记忆更强，更清晰。

才让有些激动，他欠下身子，深深地拜了下去……

他抬起头，蓦地，一派壮观而新鲜的景象如画一般伸展在前方：灿烂耀眼的金顶矗立在寺群之巅，法轮、卧鹿，瑞气四溢，清心明目。这座庞大的以金黄色为主调的建筑群依山而建，错落于碧杨苍松之中。淡泊中见宏伟，清远里退尘嚣，佛家的至高、至善、至智、至真已一泻眼底。

阿依琼琼的小经筒不再发出咿呀之声，三个人屏住气，眼前一片金辉，早已使他们心飞魂往。

整个以木结构建造的寺院前，有一排洁白、庄重、威严无比的砖塔，这就是闻名遐迩的如来八塔。

衮本贤巴林到了！

十万狮子吼佛弥勒洲啊！

他们跌跌撞撞地拜下山岗。

距衮本贤巴林几里之内，是一片繁华的贸易场所。街两面都热闹喧天，叫卖声此起彼伏，影剧院、饭店、理发店、美容廊、修车铺、百货店、食品摊等，一家挨着一家，生意兴旺的样子，更多的人闲散地走来走去，一会儿停下脚步，一会儿在谈天说地。

三张新奇的脸加入了浩浩荡荡的人流。通过一段街后，小饭馆多起来，大多是私人开的清真馆子，门边的木板上歪歪扭扭地写着菜谱：打卤面、拉面、烩面、炮仗面、干拌面，还有粉汤、杂碎汤之类。也有川味馆子，门前有一两个姑娘举着手做出个请的姿势，不时地用一口纯正的当地土话大声吆喝着吃客。没有客人时，她们则面无表情地东张西望。

也有卖馄饨、水饺的，也有卖陕西白吉馍加肉的，也有卖湖南米粉的，但最抬人馋的是卖烤羊肉串的，他们似乎很有组织，白色帐篷整整齐齐地扎了一溜儿，煤烟袅袅，酱油抹在肉上被烤煳的味道弥漫了半条大街，许多人都挤在那些摊位上大吃大嚼。

才让的喉咙里咕咚一声，便转脸看街的另一面，一幅高大的广告牌下，写着“今日录像：香港言情生活艺术享受片——《隐私》，一元。随到随看，不清场。今晚录像：美国惊险格斗悬念新片——《冲出火地狱》，一元五角。”旁边一块木板上写着另外一些片名，诸如《法官与情人》《劳军女郎》《奸计》《追活命敢死队》等令人瞠目结舌的名字，几个年轻的僧侣正在边看边笑，一边推推搡搡地买了票。

再走几步，就是专门卖给藏人的首饰器皿店了，挨家挨户仔细瞧，就发现藏人平时所用的物什一应俱全，门边挂着各式藏袍，门口堆着马鞍、辔头、帐篷固定杆，还有铁制的打狗棒，绳头上还系着红绸。柜台里摆得更是琳琅满目，用玛瑙、珍珠、绿松石、白玉、翡翠、金、银等制作的各式各样的戒指、项链、手镯、耳坠，精致美观，令人赏心悦目，各种镶金包银、宝石佩嵌的长短藏刀，短至三寸，长近一米，有单刀单鞘的，也有双刀双鞘的，鞘上龙游凤飞，孔雀呈祥。

柜台上大多摆着大大小小的黄铜灯盏，明晃晃、沉甸甸的。用杨木、檀木等打磨的念珠也挂满了墙，吊着红黄两色缨子。还有刻满花纹的佛龛，有绸缎包裹的经卷，有僧靴、僧袜，更多的店里卷着一轱辘一轱辘的毛织氆氇，色彩鲜艳、明亮。姑娘们趴在柜台上，一看就是半天。

这些小商店的主人们懂得什么东西能让藏人舍得花钱，这些人已能运用一些藏人的日常用语来招徕顾客了。三人一路走来，满耳都是他们夹杂了许多汉语的藏语。阿依琼琼宽厚地笑着，喜绕森格不时地撇撇嘴，而才让则目不转睛，一步一飘。

他们来到寺前的一大片空地上，正当中是如来八塔，离八塔几米开外，弧线形地排了一圈替旅人拍照的摊子，他们捆起的衣架上挂满了各式各样色彩缤纷的藏装，仔细看，却是舞台上舞蹈演员们穿用的，和生活中的藏装大不一样。这时，有几个外国人在那儿新鲜地试衣服。一个人高马大的胖老头戴起一顶人造狐皮帽，穿着一件人造豹皮镶边的戏装，对着一架高级相机深情地笑着。他旁边一位金发碧眼的女人穿起一件掉了些颜色的大红绸袍，窈窕地走来走去。

他们大概认为这就是藏装吧，所以当出租衣服的人伸手要了十元人民币时，他们毫不犹豫地掏给了那位说着南方口音汉语的男人。双方都用英语连声说着“谢谢”，甚至一直说个不停。

这一幕让才让感慨良久。十元钱，对他来说，是个不容忽视的数字，是他付出很多努力都不一定得到的，可眼下就那么简单，十元钱就从一个人的腰包里轻松地到了另一个人的腰包里。

阿依琼琼却只看见了如来八塔，她急不可待地扑上前去，以额深深地碰触着那塔座。喜绕森格慢慢地放下褡裢，收心闭目，端端正正地拜了下去。

不知何时，才让也双手合十，静静地仰望着两米见方的八座白塔。每座塔都高出六米，塔身上雕刻着精致的图案和古藏文经文，分别说明和纪念佛祖释迦牟尼尊者生平中的八件大事。才让一一看去，第一座圣塔是莲聚塔，第二座是菩提塔，第三座是转法轮塔，第四座叫降伏外道塔，第五座名天降塔，第六座名息净塔，第七座是祝寿塔，第八座也就是最后一座叫涅槃塔，纪念释迦牟尼为向众生显示万物无常而入于涅槃的故事。

阿依琼琼欲一路拜进去，却被一个小完德拦住了，他公正地说：“进寺院要买门票的。”

阿依琼琼盯着他油光光的头，不明白他在说什么。他穿一身很干净的袈裟，就那么站在阳光下眯着眼睛伸着手。

喜绕森格紧绷起脸上松弛的皮肤拍拍身上的褡裢，瞪眼道：“我们是去看儿子的，丹白尼玛。”

他说出这个名字时很骄傲，因为他知道儿子丹白尼玛已是高年级的学生了。

那完德笑了，他看着才让说：“原来是这样，那就进呗，不过我不知道尼玛大哥还有个弟弟……”

才让三步两步就急走过去，心虚地看看喜绕森格，见他一脸满不在乎的神情，大摇大摆地走过去，仿佛对这里再熟悉不过了。

阿依琼琼迈着碎步慢跑着，她连声问才让又问喜绕森格：“我们不拜啦？怎么能这样走进来？”

才让不吱声，喜绕森格说：“我们先一起去找丹白尼玛吧，吃点东西，再拜不迟。”

绕过几座殿堂，穿过松枝、柏枝的香火缭绕，到了一座小院内，就听见几个小完德喊开了：“丹白尼玛，你阿爸来看你了！”

这院子是僧房，从左边厢房中挑帘走出一人，他用年轻的声音叫道：“阿爸啊！辛苦了辛苦了！”

喜绕森格又慈祥又满意地把褡裢交给他，转身介绍道：“这是我儿子。这是阿依琼琼和她孙子才让。”

丹白尼玛又道吉祥。才让欠欠身，他发现丹白尼玛的袈裟里面露出一截眼下正时髦的白色T恤衫，腕子上的是石英表，脚上则是三接头牛面皮鞋，棕色的，这一身打扮似乎也很和谐，很方便。

丹白尼玛蜂蜜色的脸上长着一双细长的眼睛，很秀气，他把大家让进了房内。

一会儿工夫，丹白尼玛就端出几个干果盘子，有奶酪、葱油饼、红枣、葡萄干，还有苹果和香蕉。他上了酥油茶后，又端来一只红漆大匣子，匣子内被木板分成三格，一格里是炒面，一格里是酥油和奶渣，还有一格里是白砂糖。阿依琼琼和才让惊奇地吃了一口纯正的上等糌粑。

大家边吃边聊，丹白尼玛说最近寺院里有两只大金灯盏被窃，公安局抓了几个可疑分子去审问，现在还没审出名堂来，阿依琼琼又惊又气，连说罪过，喜绕森格则说那小偷要抓住了该砍了手才对，才让不吱声。

丹白尼玛看一眼才让，说："你是不是要来点酒？"

"不不不，"才让忙说，"寺院里怎么能喝酒？"

"我是说让你喝嘛。"丹白尼玛笑道。

才让想了想问道："你平时念什么经？听说衮本贤巴林的印经院被称作'佛法流通之宝库'，肯定有不少经文，光我知道的就有《宗喀巴全集》《贾曹吉全集》《克珠吉全集》《般若八千颂》《现观庄严论》《入中论》《俱舍论》《释量论》的印版，还有……"

"好啦，"阿依琼琼痛爱地打断才让，"你怎么能在行家面前乱说乱道呢？"

才让不好意思地笑了。

丹白尼玛则淡淡说声“没关系”。

喜绕森格接口道：“来一次不容易，我们多住几天吧，过几天就是拉巴兑钦（九月法会），还要跳马首金刚舞呢，那些喇嘛装扮成马头明王和大鬼、小鬼、鹿羔，穿上法衣，戴上面具，镀铜长号一响，就开始驱魔逐鬼，祛除不祥，真有个看头，你们可不要马上就走啊。”

才让使劲递眼神，可是阿依琼琼不看他，她仍捻着玛尼念珠说：“不行啊，才让急着要转海，我这身子骨也耐不了那么久，明天转转寺院，后天就走吧，好不好，才让？”

才让便费力地做出一个笑容，点点头。

喜绕森格想再劝几句，可丹白尼玛却接口说：“那好吧。”

那一夜星光正好，寺院和集镇连成一片灯火辉煌的美景，远远仍能听到街上的吆喝和近村的狗叫，隔着木格窗，才让第一次甜甜地睡了。

第二天一早，祖孙俩就拜到了寺庙第一殿——大金瓦殿。从北门进去，院子正中是青砖护就的一座大石，据说宗喀巴尊者的母亲香萨阿切背水时曾靠着它休息过。这座石上浇了一层酥油，上面贴满了明晃晃的硬币。阿依琼琼叩了头，便抖抖地贴了几个五分硬币上去，才让也贴了几个。

正殿里有座两层楼高的大灵塔，大灵塔内藏的就是神奇的旃檀树。据传宗喀巴大师诞生时香萨阿切剪断脐带，血滴于地，该地即生长出一棵旃檀树，具有十万树枝和树叶，每片树叶上有一尊自然形成的犹如画师绘制、诸处圆满、令人意夺的狮子吼佛像，所以这寺院的名称——十万狮子吼佛弥勒洲——便由此而来。狮子吼佛是释迦牟尼佛祖一千个化身中的第七位，因此宗喀巴大师是秉承释迦牟尼第七佛身，托借文殊菩萨化身，投胎转世于昆仑山下、仙海东畔、宗喀地方的。

这棵旃檀树是衮本贤巴林最重要的依止圣物。大灵塔两边还有衮本贤巴林其他活佛的金银灵塔，还有弥勒佛金像、圣大师足迹非常突出的稀奇石头。这些灵塔上披满了黄、蓝、白三色哈达，供桌上的大铜灯盏里点着酥油灯，酥油灯在昏暗中忽闪忽闪的，给人一种神秘的感觉。

经堂里的经架上有七世达赖喇嘛所献的盖有印信的顶饰、能避雷的纳塘造释迦佛像、宗喀巴的牙齿、强巴仁波且活佛的牙齿、狮子吼佛像、宗喀巴的缎制像，还有数部以珍宝嵌镶的《甘珠尔》和《丹珠尔》大藏经为首的各种经论和重要供品等。天窗上有数尊威灵显赫的神像，屋顶壁画是却西地方画师精心绘制的灵验的阎罗像。

阿依琼琼掏出十张十元的人民币想塞进供桌前的大红功德箱内，塞了半天才发现那箱子已塞满了崭新的钱币，她只好放在箱上，然后匍匐下去，一拜再拜。

才让则被那些丝制、缎制的画像吸引住了，他双手合十，却忘记拜下身子。多么精美绝伦的艺术啊，那些含有音乐的色彩，那些含有阳光而反射光芒的人体，那些含有灵气的隽永飘逸的线条，那些令凡人看到就动情的，使人向善、向真、向美的慧眼金睛！

才让静静地落下泪来。

·十·

祖孙俩又上了路途。

阿依琼琼气喘吁吁地絮叨着，她嫌寺院不清静，寺院嘛，怎么会来那么多人呢？她说那些人根本就不是来拜佛的嘛。

才让说这寺院已成了旅游胜地，外国人、中国人，凡是有钱人都想来看看的。阿依琼琼不听，她仍嘟囔着说："还收门票呢，我们又不是交不起那几块钱，只是不合情理嘛。"

才让想起在小金瓦殿、依怙殿、慈尊弥勒殿、九间殿、时轮金刚殿、大经堂、青铜殿等等，几乎每座殿堂前都站着几个收票的完德，不由笑起来。他想起在九间殿门前一个老喇嘛坚决拦住一个高级旅游团的绿眼秃顶的成员们，直到寺院管理委员会的主任扎喜活佛赶来才解了围。那活佛敦厚结实，慈眉善目，阿依琼琼一见他就急忙把头递过去，扎喜活佛爽快地为她摸了顶。

"还笑呢。"阿依琼琼不满地瞪他一眼，"昨天不是还哭了三回？其实我知道你心诚，但一个男人家，是不该随便掉泪的。"

才让刚起的笑容即刻冰冻在脸上。

第一回泪掉在佛像前，第二回泪掉在壁画前，第三回泪则掉在酥油花架下。

他又想起那夺人魂魄、令人流连的壁画上的故事。想起制作酥油花的喇嘛，想起那些喇嘛怕热化了酥油而时时浸泡进冰凉刺骨的冷水中的手，那些手已皴裂，但却能编排出如此宏大、如此鲜艳、如此巧夺天工的精美花供。那架上有四季鲜花、果实稻粱，有松赞干布和文成公主，有西天取经的唐僧师徒，天上故事、人间传说，所有美的东西，都能从这里得到无穷无尽的享受和汲取。

才让看看阿依琼琼，正要决定辩白一下他落泪的真实原因时，忽然听到背后“突突——嗖”的一声，他急忙护住阿依琼琼，只见一辆嘉陵摩托上骑着一位眼戴墨镜、脚穿皮靴的年轻喇嘛，背后载着的竟是一个乌发飘扬的美人，两人呼啸而去，阿依琼琼连忙捂住眼睛，愤怒地喊道：“啊啧啧！”

才让在被阿依琼琼的愤怒感染过后哈哈大笑起来。

他就那么甩着两只手轻松地跪拜，动作里带着一种夸张和幸灾乐祸。他们现在是真正的身无分文了，所有带在身上的钱已全部供到了各个大殿的功德箱内。

他仍笑着，甚至笑出了眼泪。

越过一片宽阔、辽远、深邃的草原，晴空下草地的坡度平缓而悠长，他们在跪拜时几乎感觉不到缓坡，阿依琼琼一迭声地诵着六字真言，才让则在抬头时看看天空中自由飘荡的白云，低头时使劲嗅嗅枯草和泥土的气息。

他们各自沉浸在愉悦的心境之中，风在空荡荡的空间里走来走去，时而高呼，时而低唳，时而无声无息，但它总不离他们左右，它摆弄一下阿依琼琼的鬓发，又扫扫才让的面颊。

终于在极目处的地平线上，看到一线湛蓝的飘忽不定的水波，水波之上是远方的雪山，雪山之上是云，是蓝进肺腑的天空。

才让不信似的怔在那里。

阿依琼琼在才让犯傻的时候才注意起来，她混浊的眼睛即刻放射出从未有过的光芒，她抖瑟着毫无血色的唇，好久才迸出完整的话来："措温宝啊！我们到了措温宝啦！"

那是一个四千多平方米的大湖，藏语把它唤作"青青的海子"。据说这是一座圣湖，生肖属马的人，如果能在马年前来拜湖转海，就会看到吉兆。这祖孙俩千里迢迢、万里风尘，就是奔这吉兆而来。

两人见到海子的边缘，内心突然感到了松弛和疲倦，他们有些百感交集地对望一眼，不说话，迈出了艰难的一步。

海子越来越近了，湖水从湖中心鼓出，形成奇怪的弧形水平线，这恐怕是其他的湖泊所不具备的。远远能听到鸟叫，白鸥在上下翻飞，飘逸中透出空灵，而更多的鸟都去了南方，这个季节和这个水温是不适合它们的。

近了，近了，他们就这样走近了措温宝，这是大自然怎样的精心之作啊，深深的湖水一会儿蓝，一会儿碧，一会儿是铁灰色，一会儿又是黛青色，以水的柔，水的缜密不漏，水的无可捉摸，变幻出如此万端的景象来。

远远的湖中心有一座小岛名叫海心山，它正以它刚劲的靛蓝矗立于微风水雾中，离它不远处有三块醒目的白色巨石接水连天，一派钟秀，梦一般的不可靠近。

湖光山色，碧波粼粼。

一道道波浪打到脚下，那能撼动海市蜃楼的涛声，把一种咸，一种酸涩，一种悲喜不明的涕零，愈来愈强烈地堵在才让的眼前，他的视线渐渐模糊起来……

阿依琼琼一次又一次地用额，用心脏，用血管里跳动的英雄血，触摸这片被湖水滋润了千年万年的土地。她虔诚地、专注而又炽烈地把一腔敬爱献给了圣湖。

那青青的海子，在黄昏后转为苍茫。月起了，裹着风晕，匆匆地升到天空，涛声便静了，蓦地，一切都静了。月当空，深湖里也出现一片月，薄薄的，风一吹，它就散了，碎了，于是整座湖都清朗起来，月光在海子上沉浮，湖似乎成了一片茫茫的沙海，而月光，正推动沙浪在一起一伏……

他们累极了，心力交瘁，饥渴难当，话也未及说便满面风尘地睡了过去。突然一阵夜风把阿依琼琼冻醒，她抖抖瑟瑟地听到远处传来的经号声和鼓钹声，心中正疑惑，却发现自己原来躺在一座寺院的台阶上。她惊奇地站起来，想也没想就去推那朱红的寺门，门哗地大开，只见几十位喇嘛在闭目唱经，中间围着一幅巨大的佛祖绣像，色彩缤纷，银光灼灼，佛祖释迦端坐莲花台上，静心息气，慈悲地俯瞰芸芸众生。

阿依琼琼一见佛像，便要进门去拜，却被门边立着的一位僧人拦住："佛家净地，不能逗留，快走吧。"

阿依琼琼见他宽额高鼻，仪表不凡，便认定他是这寺院的活佛，她恭敬地躬下腰，以手加额道："活佛啊！我们祖孙俩前世造了很多孽，这一生无依无靠，贫病不堪。二十四年前我同丈夫来转海，他幸运得很，看到了圣迹，就摆脱了生死病老之苦、怒怨嗔欲之灾，早早得到解脱升天去了，可惜我这个老太婆没有福气，也是我前世罪孽深重，没有修得这来生洪福，这不，我孙子才让……"

她指指身后，她觉得才让仍站在她后面发愣，她继续说："才让他心诚如青石，这次转海也是他提出来的，我们诚心诚意来转海，希望能得到佛祖的保佑，怎能见寺不进，见佛不拜呢？"

那位僧人见阿依琼琼如此坚决，无可奈何地说："别为难我了，快走吧。"

他抬头看看天色，有些着急的样子。

阿依琼琼更不依了："为难？我们不为难您嘛，我们只是……"

"好吧好吧。"僧人只好说，"你们等一会儿，我马上来。"

阿依琼琼等了一会儿，僧人出来时拿着两块酥油和两碗炒面，督促道："快吃吧，吃了快走。"

祖孙俩饿了一整天，便毫不客气地接过碗吃起来，阿依琼琼不一会儿就来了精神，她躬身问候道："活佛啊，希望您能指引一条看得见神佛显灵的路，加持我们吧，赐给我们福气吧！”

僧人双手合十，长叹一声道：“超生度人是佛家慈悲本意，佛不度人，人能敬佛吗？只是……只是我这寺院不但不能度人，还等着人们来帮助我们超生呢！”

阿依琼琼吃惊得忘记了鞠躬：“这怎么可能？有活佛的寺院……”

“说来话长。”僧人叹息道，“从前，我们这个寺院僧伽众多，香火旺盛，周围百里之内的百姓的布施就足够寺院的花销了，只是因为寺院前面的海滩上多产沙金，越来越多的人来翻沙淘金，收获丰盛，惹得喇嘛们也起了私心，渐渐地不务正业，开始去淘沙了，成天佛事不做，佛经不念，荒芜了佛业，惹恼了佛祖，有一天夜里……”

僧人心有余悸地颤抖了一下，继续道：“有一天夜里，月明星稀，许多喇嘛正在灯下查看沙金的成色，猛乍乍就狂风大作起来，飞沙如雨，惊得喇嘛们目瞪口呆，还没等大家反应过来，飞沙走石已形成一座巨大的沙山，把整座寺院和喇嘛们压在下面，只剩下几个没淘金的喇嘛因外出化缘而未被埋。”

“这是佛祖的惩罚吗？”阿依琼琼悲声道。

“是的。”僧人说，“佛祖要我们不断念经，不断做佛事，磨退贪心，才能出居世上，还要等尘世上一半人不爱金子了，才能退去沙山现出寺院。”

“我明白了。”阿依琼琼心有灵犀道，“就是说世上的人不爱金子了才算是帮助你们超生了吗？”

“是的。”僧人说，“今天是浴佛节，佛祖在每年的今晚恩赐三个时辰，暂退沙山，允许我们在月光下晒佛，时辰一到，沙山就会下落，哎呀，只顾说话忘了时辰，沙山就要落下来了，快走，百步之内千万不要回头，快走！”

他匆匆推下阿依琼琼，关上寺门。阿依琼琼不敢回头，只听身后乱石、滚雷、沙声弥耳，惊天的咆哮随着狂风漫卷海滩，一阵天悲地吼后，周围突然变得静悄悄的，阿依琼琼恐惧地回转头，只见月光如练，白沙如洗，清辉普照，沙山依旧，寺院和喇嘛都不见了……

“阿依阿依，快看啊，我的肩上有一尊白文殊佛像呢。”

才让的声音从很远的地方飘来，清悠清悠的，她还在捉摸刚才的事，可被赶来的才让使劲地推了一把：“阿依啊！您怎么做梦还转念珠呢？”

阿依琼琼大梦方醒，懵懂地看看孙子兴奋的脸，才让正在尽力地扭头观看自己的左膀，左肩的衣服已剥下来一半，他盯着光膀子，自言自语地说：“奇怪，刚刚还在嘛。”

“什么呀？”阿依琼琼这才清醒过来，有气无力地嗔怪了一句。

“我是说我的左肩上刚刚还有白文殊佛像呢，怎么能转眼就不见了？”

他抬头看看天空，好像那佛像神秘地飞走了似的，禁不住唉声叹气地捏捏左膀，生痛生痛的，他恍惚起来，瞥一眼同样神情恍惚的阿依琼琼，等完全清醒后，两个恍惚的人开始讲述各自的梦境，那位愁眉苦脸的僧人和自显身像的光彩夺人的白文殊，在月光下显得亦真亦幻。

·十一·

他们千辛万苦回到村子，可是阿依琼琼还没来得及把看到的圣迹讲给大家听，就因疲劳过度而咽气了。

桑堆呜咽起来，松枝和柏枝在火上噼啪作响，所有的云朵都飘走了，空中只剩下蓝，剩下令人心碎的空荡。一条条白色的哈达抛向前方，在人们的视野里，带着诚恳的祝福飘然化为灰烬。微风扫来，火焰摇曳，淡蓝的火舌把大半个天空虚幻出笼绸隔纱的蜃景，而带着些人为色彩的灰烬在上面哀伤地舞蹈。

才让万念俱灰，他静静地跪卧在硬邦邦的土地上，眼看着一个结实的汉子背起阿依琼琼走向高高的山岗，他没有一点儿力气去喊一声。他只觉得心中一片空白，阿依琼琼曾留下的那点温馨也早已烟消云散了。

日近薄暮，那汉子终于走下山岗，他一个人，摇摆得非常厉害，像吃醉了酒，像装上了弹簧，所有的关节似乎都无法支持住庞大的中枢神经，他前仰后合，左冲右突地走了。

才让看着那汉子的背影，两眼模糊，他待了一会儿，便莫名其妙地站起身，朝着那个背影跟过去，于是，两个脚步踉跄的男人先后摇摆进了一顶远离村庄的破败不堪的帐篷。

“来来来。”那汉子指着一块辨不清颜色的卡垫叫才让坐。

才让坐下后发现沿着锅台一溜儿排放着好多青稞烧酒的空瓶子，那男人两眼发直地在锅台上忙了一会儿，就端过来几只碗和两瓶烧酒。

才让目不转睛地看着那汉子，他正往一碗米饭上浇酥油和撒白糖，那饭里还有浑圆浑圆的小人参果，白、红、黄三色在汉子的手中很快拌成一碗喷香四溢的蕨麻抓饭，这是藏家上好的待客方式了。

他把碗放在才让的脚前。才让顿时清醒过来，那碗饭使他的肠胃蠕动出大吐一场的渴望，他即刻明白，那双手，那双手碰过的任何东西，自己是绝不会再去碰的。

那汉子看穿了似的冷笑一声，自顾自斟满一碗烈酒，一饮而尽。

再一碗。

又一碗。

他终于说："我必须喝，我必须喝，不喝是无法挨到明天的。"

才让这才发现那只握酒碗的右手食指少了一截，他又懵懂起来，不知道自己该不该问一声。

那汉子脸色特别黑，眼角又非常红，眉骨紧紧压着深凹的双眼，一副被阴郁困扰得不堪的委顿，他低声说："她升天了……升天了……这是怎么回事？"

才让想起阿依琼琼的梦，就三言两语说给汉子听，那汉子怪模怪样地笑起来，他说他听说过那件事。

"不爱淘金的海喇嘛化缘回来后找不到寺院，只好进海，在海心山上长期修持，唔，功德无量，我见过他骑着白牛来往于海上，我还被他摸过顶呢。”

汉子用断了手指的手去摸头顶，那儿盘着一条蓬乱枯黄的辫子。

他摸了摸，突然就哭丧起脸来，他说摸了也没有用，还不是一样倒霉。

才让被碗里的酥油味搞得嗅觉灵敏，他悄悄把碗往前挪一挪。他发现自己在村里待了这么久却从来没见过眼前这个人，也从来没听人说起过。他觉得自己一无所知，突然发现自己不明白生着的人是怎样过着，更不明白死了后会有什么样的事情在等着。

两个愁眉苦脸的人对坐良久。那汉子脚前的两瓶烧酒空了，被主人仔细地摆进空瓶堆里。他拍拍手，然后抑扬顿挫地大笑几声：“哈……呼……嘿……拉毛啊，我来了。”

他倒头便睡。才让不明白，他独自坐了一会儿，决定要弄明白，就把汉子死拽起来，怒气冲冲地问：“拉毛是谁？”

“我的女人啊。”

才让环顾四周，说：“不可能。”

汉子半昏半睡地说：“我们在天峻草原上有个家，啦啦，那个草原是天底下最美的地方，拉毛是草原上最美的姑娘。我们过着最幸福的生活，啊啊，可是有一天……我可怜的拉毛，一群坏人趁她一个人放牧时抓住了她……”

醉着的汉子哽咽着，才让听不下去了，站起身走出帐篷。他听见身后那结实汉子终于悲天号啕起来，他明白是什么样的屈辱使这汉子远离家乡，远离同类，心甘情愿地过着非人的生活。

他感觉到心脏猛烈地冲撞着脆弱的胸膛，久久地、久久地。等到满脸的淤血渐渐消散，他的脚步便不再凌乱。那座帐篷越来越远了，可那声号啕紧贴在他的耳膜上，他的耳膜因受震击而出血，血滴在滚烫的皮肤上，滴在一张一弛的心脏里，他觉得快要受不了了。

他回到自己苍白的屋内，一关就是整整一个月。

最后一天，多杰来看他，两人在屋里聊了很久，谁也不提阿依琼琼和仁青，只是说一些寺院里的事。

在一个清晨里，才让突然从梦中惊醒，他笔直地坐起身子，看着结满了霜花的木格玻璃窗。良久，他的神情渐渐开朗起来，那些霜花在玻璃上结成美丽的图案，晶莹而透明。他下了床，换上自己最好的一件紫檀色条绒藏袍，打开大门，新鲜的空气扑面而来，他明确了目标后，坚定地走了出去。

走出村庄，田野上覆着一层薄薄的雪，远方的松柏林仍然郁郁葱葱。一步步踏在新雪上，说不出的神清气爽，超凡脱俗，他极富有弹性地穿过沟沟坎坎。

偶尔想想爷爷，那个曾经横枪立马机智过人的老猎手被莫名其妙地卷入一场战斗而身首异处。偶尔也想想父亲，那个忠实的汉子。还有奶奶，当他惊奇地指点佛像时，是她拍打下自己的手，告诉他要双手掌心向上才行。还有母亲，留在自己童年里的歌谣。还有仁青，那个在僧榻上静静消失的小小身体，那飘去的灵魂……

他终于走进那座依山傍水的寺院。

大喇嘛后来半信半疑地接纳了他。

他们谈了很久。谁也不知道他们谈了什么。

很快，才让的名声传向了四面八方，有人了解并传扬了他一个月的艰难蜕变，于是人们知道神授予了他一切经典和教义，授予了他一切知。而最关键的是，神通过他赐给世界一种圣液，才让，这个多愁善感并不为大伙喜欢的年轻人，终于成为一名地地道道的佛教徒。

人们议论纷纷但终于禁不住对早日摆脱苦海的渴望，千里而来拜倒在这座神坛下。

才让已被大喇嘛剃度，他跏趺在高高的布经台上，身后是至尊金塑的佛像，两边是五彩经幡，而水晶瓶、杵铃、莲花、宝伞、胜利幢、乐器、神髻、菩提佛珠等吉祥瑞物供奉在供桌上。他身披正黄色袈裟，显得阔额亮目，仪表堂堂。

经号在寺顶发出直入脚心的沉响，鼓钹同乐，仪式开始了。

人们远远地跪拜着，虔心倾听才让一遍遍脆耳的祈祷，这祈祷声像音乐，渐渐渗透进皮肤、血管、五脏，直抵脑心，你会身不由己地热泪盈眶，满腹沧桑。那张年轻而充满仙风道骨的脸此时此刻飘逸而空灵，慈祥而端庄。他一遍遍地祈祷，声音越来越低，音调越来越悠长，这时他突然停下，将脑袋倾向一边，站在旁边的多杰急忙拿起勺子接住，只见他耳中徐徐地滴出乳白如奶的液体——这就是圣液，多杰小心翼翼地将勺子搅入早就准备好的一大盆清水中，刹那间，跪着的人们蜂拥围住大盆，纷纷掏出碗来，多杰挨个儿一勺一勺地舀予，虔诚的人们终于求得了几滴圣水……

从此，雅朗山谷里里外外香火纷繁，铜钹撩耳。藏人自古以来都是视金钱为身外之物的，那么舍金钱救来世天经地义，何乐而不为呢？于是小小的般若寺在布施到前所未有的财物后，准备再一次大兴土木，振兴佛业。在大喇嘛兴致勃勃地请到大批工匠和画师时，他突然发现他们的财物之源连同财物一起消失了，才让竟然早已不辞而别。

很久以后，雅朗村人听到一种传说，说有人看见才让在外乡办了一所学校，并且兴味十足地教授学生。大喇嘛听后长叹不止。

［访谈］

宛如神授：格萨尔史诗的小说文本传承

——梅卓《神授·魔岭记》访谈

《神授·魔岭记》出版后，笔者孔占芳走访了一级作家、青海省作家协会主席梅卓，就她的长篇力作《神授·魔岭记》进行了深入访谈。

原载《阿来研究》2022 年第 1 期

孔占芳：梅卓主席好！非常感谢您抽出宝贵的时间接受这次访谈。时间过得真快，记得2019年12月26日，我参加了由青海人民出版社主办的梅卓长篇小说《神授·魔岭记》首发式。当时虽然是青藏高原的隆冬季节，但会场气氛热烈，大家都为青海文坛能诞生这样的作品而激动不已。四十余位知名作家和评论家对这部作品给予了高度评价，青海民族大学的卓玛教授总结这部作品“宛如神授”，得到与会专家的一致认同。一年多来，这部“宛如神授”的长篇小说不负众望，在2020年8月获得第十二届全国少数民族文学创作骏马奖长篇小说奖，这是您第二次获得中国文坛少数民族文学的最高奖项。2020年12月，该著作又获得首届青稞文学奖·长篇小说奖，真是实至名归。请问您是否在创作《神授·魔岭记》之初就给自己设定了一个很高的文学创作标准？

梅卓：这个创作标准无法提前设定。写作《神授·魔岭记》实际上是经过长期积淀、长期积累，经过自己深入思考之后的一个表达过程。我对这部作品的创作主要受四个方面的影响：一是受工作的影响。我二十岁就到青海省文联参加工作。文联有一个格萨尔研究所，所里有一位叫才让旺堆的格萨尔史诗说唱艺人，他是从民间被发现的。我和从事格萨尔研究的同事们以及才让旺堆交流过很多，并由此开始对格萨尔史诗产生了浓厚的兴趣。二是受说唱艺人的影响。我参加工作以后的二十多年里，经常会到果洛州、玉树州的牧区去开展工作或采风，每到一地就打听说唱艺人，哪里有就到哪里去看、去走访、去了解，因此接触到很多艺人，对格萨尔史诗的理解越来越深。三是受家庭的影响。我父亲从小是学藏文的，他可以给家人阅读格萨尔。我父亲经常给我们讲，我的奶奶等老人们看到父亲有空儿，就督促他读一段。诵读时，老人们听到情节紧张或伤心的地方，他们脸上露出的那种复杂神情让父亲难忘，老人们甚至会跟着哭泣。这个情景对我父亲影响很深，他给我转述的时候，我就能感觉到格萨尔史诗对普通老百姓来说占有很高的地位，大家都特别热爱格萨尔史诗。史诗在他们心目中地位崇高——这一特征在青海南部牧区更为明显。四是我自己也喜欢和热爱格萨尔史诗。因为这份发自内心的热爱，所以我愿意去学习了解、去阅读关于格萨尔史诗的文章，也和青海、北京等地研究格萨尔学的专家结成了好朋友。所以围绕格萨尔开展的文学创作是一种自然而然的情感流露，就是想从自己理解的角度去阐述格萨尔史诗，没有刻意去设定高的标准。

孔占芳：您在《神授·魔岭记》首发式上介绍创作动机时说过，当您看到十三岁的女儿整天如醉如痴地读《哈利·波特》，就对她说您也可以写出像《哈利·波特》一样的作品。一句玩笑话，十年磨成剑。您在这本书的扉页上写下“献给爱女仁卓十三岁，以及永远”，兑现了一位母亲对女儿的承诺。应该说，这是您给十三岁女儿的礼物，但触发您创作灵感的是不是还有更深层次的原因?

梅卓：写作《神授·魔岭记》最初的想法其实很简单，仅仅是想去兑现对女儿的一个承诺。因为十三岁对藏族人来讲是一个重要的年纪，是孩子成年的标志，所以我想给她一个特别的生日礼物。深层的原因，在于我身为一个作家，时常问自己能不能写一本孩子们喜欢看的书？能不能给他们开启一扇喜欢和热爱格萨尔史诗的门？能不能让孩子们了解格萨尔这么一部伟大的史诗，并且把它传承下去？但是在进行创作的过程中，越写越觉得不是给孩子们讲一个故事那么简单。格萨尔史诗作为国家级非物质文化遗产、联合国教科文组织人类非物质文化遗产代表作，它不仅仅是民间文化与口头叙事艺术的最高成就，而且还是百科全书式的，囊括了宗教、政治、军事、经济、生态等领域，包含着丰富的藏地知识、民间智慧乃至于婚姻家庭、手足之情、夫妻之情等等，基本上涵盖了藏族社会几乎所有的方面，也是古代藏族社会的缩影，所以难以仅仅凭着自己对格萨尔史诗的喜好，通过某种简单的方式讲透它丰富的内涵。因此在创作的过程中，当我觉得写不下去了的时候，就会先放下来，重新阅读格萨尔史诗的文本，阅读学者们的研究文章，与研究者们交流沟通，再做一些新的梳理和思考，反复去构思和打磨我的作品。我光是读关于格萨尔和藏学方面的书，就读了至少三百本，实地采访的艺人也很多，不下十几位。所以这本书耗费了十年之久的工夫才最终完成。创作的过程是一个不断重建、不断成熟的过程。

所以，《神授·魔岭记》这本书最初是写给孩子们看的，希望他们通过阅读一个简单、好玩的故事，对格萨尔史诗这样的优秀民族传统文化产生兴趣，还可以进一步去了解、去研究。对于真正了解藏族文化、了解格萨尔的读者，或者密切关注格萨尔的人，他们读起来感觉又不一样，他们能从中读到较为专业的东西。有几位作家反馈给我的意见是，他们也很喜欢读这本书，但是要真正读懂也是有些费劲的，说是读这本书是有门槛的，要有一定的藏族文化背景才能真正读懂。一位作家对我说："藏族文化中有些东西是很深奥的，有些读者读起来会很费劲，但你没有去刻意给读者过滤掉，就像行云流水一样自然地流淌出来了。"

孔占芳：在创作这部作品时，您遇到的最大困难是什么？您是怎样克服的？

梅卓：我的孩子小时候爱读《哈利·波特》《魔戒》《纳尼亚传奇》等等。她读之前我要先自己看看，替孩子做做"审查"工作。我在读这些书的时候很明显地感到，西方少儿文学中的这种魔幻主义的构思在藏族传统文化里面本来就有，但是西方少儿文学往往能迅速引起孩子们的共鸣，可是让他们读《格萨尔》时，却常常没有耐心，不愿意读下去。因此我一直在思考一个问题：千百年来，格萨尔史诗一直被传承，到了现代化的当下，应该怎样把格萨尔史诗更好地传承下去？传承的意义又在哪里？怎样帮助我们的孩子树立文化自信？

我认为格萨尔史诗的传承，是优秀的传统民族文化的传承。对于我个人来讲，我特别希望我的孩子能够和我们的前辈一样，去喜欢、去热爱我们的藏族文化，热爱格萨尔史诗这个光辉灿烂的、闪耀着智慧光芒的作品，并且将史诗一代代传承下去。但是我发现做到这一点还是很困难。格萨尔史诗是有韵律的，通过特定的唱腔、歌词进行感情的表达、叙事的推进。就跟京剧一样，格萨尔史诗在内行人看来是很棒很美的东西，但是孩子们不了解它的文学性、艺术性，不了解其中的文辞之美，反倒觉得故事推进得太慢、唱词很烦琐，没有耐心去看完、听完。我一直在思考，在当下的生活节奏中，我该怎样用格萨尔史诗去吸引孩子们的注意力？怎样让孩子们去悦纳这部史诗的节奏和美感？怎样让他们感觉到史诗跟他们是相关的，让他们明白其中的一些寓言和道理？

所以我在作品中对“魔王”这个形象进行了重构和延续，以更加密切史诗与当下的联系。正义战胜邪恶是文学作品中一个永恒的主题，格萨尔征服魔王就是正义战胜邪恶、爱战胜恨、善战胜恶的生动写照，这个脉络在作品中一直是延续的。我在创作中遇到的最大困难，就是怎样做到史诗和当下的结合，以及如何密切它们之间的关系，以免陷入史诗是史诗、我是我的境地，从而导致无法产生相关性，特别是和孩子们的心灵产生不了关系、产生不了共鸣。所以我注重从这方面切入，让这部史诗传承千年之后依然是活着的，我想我们应该担负起这方面的责任，这也是创作中所要解决的最大的难题。

孔占芳：《神授·魔岭记》出版以来，持续引起评论家们的极大关注。首发式翌日，《青海日报》以"《神授·魔岭记》：一部藏族精神文化的认证和授权之作"为题，刊发了与会作家和评论家的主要观点。此后研究这部作品的文章也不断见诸报刊。研究者从格萨尔故事传播、生态文学、自然文学、女性叙事、魔幻叙事等不同侧面来进行解读，足见这部小说包孕的主题意蕴之丰富。您在这部作品中最想表达的主题是什么？

梅卓：我最想表达的是生态环保主题。生态问题事关长远，关系到人类社会的未来发展，无论从当下来看还是从长远来看，都是十分重要的问题。现在"碳达峰""碳中和"都成了热词，也都跟我们每个人的生活息息相关。国家非常重视三江源的生态建设，果洛州和玉树州又是三江源的核心区，而且这两个地方出现的说唱艺人也最多。为什么在三江源地区出这么多的说唱艺人？我觉得它跟那片土地所涵养的生态环境紧密相关。三江源地区地广人稀，天地无限广阔，这样空旷的环境很容易让人产生如梦如幻的想象空间，所以格萨尔史诗的出现，与那一方山水、那一方土地有十分密切的关系。

我在玉树治多县采访过一个年轻的说唱艺人。他乍看上去非常腼腆，但一旦开唱格萨尔史诗，就口若悬河、神采飞扬，特别能感染人。法国的一个格萨尔研究机构对他特别有兴趣，邀请他去法国说唱，结果他去了之后一句也唱不出来。他说他脑子里空空如也，不知道怎么张嘴。无论怎样启发他、鼓励他，他就是唱不出来。可一回到自己的家乡，他又能十分流利地说唱。我问他这是什么原因呢？他说，那是因为他离开了生长的故土，他唱歌是需要神山保佑的。他去法国走得太远了，神山保佑不了他。他回来以后，对着神山进行了祭祀，表达了深深的敬意，山神又开始护佑他，他又可以唱了。

藏族人从民间信仰的角度，对神山圣水进行赞颂和祭祀。他们的赞美词，比如你是一个多么英武的男子、多么美丽的女子，你的头上戴着多么美丽的冠冕、手里拿着怎样锐利的武器，你的衣服是如何华美，你的目光如闪电，等等，全都是对神山圣水的赞美、羡慕和崇拜，内容都是美好的、和谐的。所以他们赞颂神山圣水的时候抒发出来的感情，带着人类对自然的崇敬之情，是非常纯粹、非常热烈的情感。

藏族人对山山水水、一草一木都怀有崇敬、敬仰之情，认为神山里头住着山神，山上的草木都是山神的头发，人不可能把自己的头发拔掉，所以也不能去任意砍树、拔草，必须把神山圣水保护好，否则山神就不会保佑他们了。藏族人与自然生态的关系是互相作用的一个过程，不是单方面的给予和施舍。他们和自然环境之间的和谐关系，实际上是因为他们很明白这样一个道理：我的牛羊都在吃着这里的草，这个山水是养育我的，我们保护自然，自然就会给我们回馈，是一个良性循环的过程。把神山圣水人格化之后，人们就更加容易理解人和生态的关系，并且用这种方式把人与自然和谐共生的状态传承下来。

孔占芳：您在骏马奖获奖感言中也谈到了这部作品的生态主题。您是先了解到生态文学这个理念再运用到作品中，还是本身了然这种生态关系，后来在写作中将两者融合了起来?

梅卓：我的父母亲都是藏族人，来自一个半农半牧的山区，在家乡人的传统习惯里，每年都有固定的时间去祭山祭水，因此我也从小就切身感受到，我们家乡与神山圣水是相互依存、共生共存的关系。在接触到“生态环境保护”这个理念时，我就觉得藏族的传统文化中本身就有这些理念。以前听到藏族人讲神山圣水，觉得那是唯心论的东西，现在知道藏族人把神山圣水人格化，就是为了更好地保护山、保护水，这是属于很高明的民间智慧。比如安多地区最大的神山——阿尼玛卿山，“阿尼”是“爷爷”的意思，所以你不能在你爷爷的头上拔头发、搞破坏，而是要像尊敬自己的爷爷、尊敬自己的祖先一样尊敬这个神山。我的老家还有一座女性神山，叫阿妈桑热，就是“妈妈山”的意思，它潜移默化地教育着人们，要像尊敬母亲一样对待她，不能在自己的妈妈山上动土动草。藏族传统文化中神山是成系统的，某座神山除了主神外，旁边的那些山峰就会是他的妻子、儿女、大将、臣民，甚至还会有裁缝、厨师。比如格萨尔大王的寄魂山阿尼玛卿山的神山系统中，甚至还有舅舅山，每一座山峰都有名字，都有故事。所以，从这些对山水的命名和称呼上看，神山系统就是一个大家庭的感觉，其中包含的就是生态保护的理念，人和自然万物融为了一体。

我很关注阿尼玛卿山。这是因为阿尼玛卿山在青海境内是最大的一座神山，在格萨尔史诗中它也是格萨尔的寄魂山，这就引出藏族人传统的一种灵魂理念，即灵魂不但可以转世，并且还可以寄存。格萨尔把灵魂寄存在阿尼玛卿山，是因为阿尼玛卿山是一个坚不可摧的所在。格萨尔每次出征之前都要去祭祀山神。阿尼玛卿也是战神，保佑着格萨尔，让他的灵魂长存。所以从这个意义上来讲，格萨尔被打败或者被击伤几乎是没有可能的，除非你毁了这座山。史诗中的这种“寄魂”方法非常明确地表达了人类与自然山水之间共存共荣的关系。

格萨尔去征服魔王的时候，也得先找到魔王寄魂的地方。但是魔王也很狡猾，他不是把灵魂寄存在一个地方，而是寄存在很多个地方。他把魂寄到树上，寄到牦牛的身上，寄到湖上，总之是寄存到一个比人的肉体更强大的所在，除非找到那棵树、那头牛、那个湖并消灭它们，否则魔王的肉身不会受到影响。比如要消灭这个湖，必须舀上一碗肮脏的癞子血倒到湖里，湖水才能干枯。这其实就是隐含了一个道理，就是湖水被污染之后，湖就会干涸。看似简单的故事，其实是包含着深刻的生态保护理念在里面的。

生态意识是很重要的一个方面，我们现在感觉到藏族地区生态保护得很好，这是为什么？在史诗中，藏族地区的很多山都是格萨尔的宝库山，比如玉树的尕朵觉悟神山就是格萨尔的黄金宝库，山下的色曲河就是“黄金河”的意思。千百年来，藏族人都知道那座山里有黄金、那条河里有金砂，但历朝历代的人都没有去挖，而是选择留给子子孙孙，其实这就是可持续发展，跟当下的生态环保理念是一致的，在写作中很容易结合到一起。

在藏族的传统文化里面有创世九神山之说，最大的神山在西藏，他把几个儿子分配到藏族地区各处，阿尼玛卿山是他的第四个儿子，被派到安多地区来驻守，来保佑这方土地和人民。阿尼玛卿山在民间是有“山志”的。“山志”中人们不仅赞美主神，还赞美他的妻子、孩子，赞美他的大将、舅舅。所以这个山群中的每座山都有一个名字，这些山的名字在“山志”里面都有出处，不是我在创作时临时起的。

孔占芳：用文学的笔法记录神授艺人是这部小说的主题之一，您在作品中活现了格萨尔说唱艺人中神授圆光艺人的说唱形态，书名中也把“神授”二字放在前面，在某种意义上，您是在为神授艺人们作传？

梅卓：格萨尔史诗除了文本最重要之外，说唱艺人在传播的过程中也起了非常重要的作用。但是在现代化的过程中，艺人群体在减少，有些老艺人相继凋零，而且受众群体也在缩小，怎样更好地把史诗传承下来？新的艺人怎样培养和成长，怎样给予他们更好的环境？这是最令人忧虑的，也是非常重要的课题，需要采取更多更好的措施进行抢救性发掘。

孔占芳：在现实生活中，人们往往认为说唱艺人被“神授”，有些现象似乎无法用科学来解释，您接触过神授艺人，您个人是怎么理解这一现象的？

梅卓：这也是我感到很困惑的一个问题。我们这一代受的教育无疑都是唯物主义的，是无神论的，但是在和说唱艺人们接触的过程中，你能感觉到他们似乎真的就是“神授”的。说唱艺人基本上都是不识字的，我认识的一位艺人到五六岁还不会说话，甚至被人当成哑巴，但是突然有一天他不但开始说话了，而且还会说唱史诗了，而且一唱起来，几百万字的东西就会滔滔不绝地流淌出来。艺人们在说唱前后的状态也是完全不同的：说唱之前很木讷、很拘谨、很腼腆、很害羞，但是一旦开始说唱，就仿佛变成了另一个人。他们在经过一个简单的祈祷仪式后就开始说唱，就开始手舞足蹈。有时候同一个艺人要表现不同的人物、不同的场景，比如唱格萨尔时声音就很雄壮，体现出男子汉大丈夫的雄心勃勃，唱到王妃珠姆的时候立刻变得柔情似水，让人看得目瞪口呆。这个现象确实难以解释。

孔占芳：您认为说唱艺人为格萨尔史诗的传承做出了怎样的贡献？发挥着怎样的作用？

梅卓：口耳相传是格萨尔史诗传统的传承方式，千百年来这种传承方式基本没有改变，这就要靠说唱艺人这种载体去实现传播和传承，因此说唱艺人们起到了非常重要的作用。同时，在不同艺人的传播过程中，他们不断再创作和再发挥，由于角度不同、详略有别，形成了不同的版本。因此，格萨尔史诗又是一个活态的史诗，不像世界上其他著名史诗一样有一个固定的文本。从某种意义上来说，格萨尔史诗是永远唱不完的。在这种活态传承中，说唱艺人个人的阅历、修德、文采、境界、偏好等都非常重要，对史诗的传播起着非常重要的作用。

孔占芳：您在作品中给少年阿旺罗罗设计了一个亦师亦友的精灵扎拉的形象，这个设计太有创意了！从一个有四百年人生阅历的精灵视角形成全知叙事，很好地解决了十三岁的阿旺罗罗的限知缺陷问题，将博大精深的藏族文化底蕴传递出来。这个设计灵感来自哪里？

梅卓：藏族民间文化认为每个人身上都有保护神，甚至有七位神灵之说，诸如父神、母神、舅神、命神等等，平时隐藏在人的两肩、头颅等处，所以藏族人忌讳被人拍肩膀和头，尤其不能拍男孩的肩膀和头，认为拍打会把保护神拍跑，影响他的身心健康。但是我在作品中没有写七个神灵，而是用一个神灵来作为代表。所以这个神灵的设计也是有藏族传统文化的出处的。

另外，一般情况下，“天降大任”的人，其童年经历都比较特别。在我的采访中，格萨尔说唱艺人小时候的生活往往都比较孤独，孤单的人很容易想象出一个伙伴来时刻陪伴他。有时候我们会看到小孩在自言自语，说不定就是在跟他自己想象出来的伙伴做交流，共同经历成长中的坎坎坷坷。他所想象的就是精神上的一个伙伴。

孔占芳：您创作的小说中，人物的名字有没有什么特殊含义？

梅卓：在《神授·魔岭记》中，主角的名字叫阿旺罗罗。其中“阿旺”就是“语自在”的意思，对一个说唱艺人来说，他的口才是十分重要的；“罗罗”就是长辈对孩子的爱称，即“宝贝”的意思。小精灵扎拉名字的含义就是“灵魂的保护神”。“闸保”就是“镜子”的意思，是圆光艺人的别称。

孔占芳：这部小说情感饱满，充盈着抒情笔调。是什么让您在写作中一往情深，笔尖流淌着诗意与激情？

梅卓：有的评论家说我“诗人写小说”的特征很明显，因为情感很丰沛。这可能跟我的个性有关。比如说我下乡看到草原、牛羊就由衷地觉得惬意，心中充满愉悦；当我坐在帐篷里，藏族阿妈过来给我倒上茶水、捏个糌粑放在手心里的时候，我特别能体会其中的慈悲，往往内心激动、热泪盈眶。所以我跟牧民们的感情特别纯粹，就想书写他们的生活。可能我上辈子是个牧女吧，这些情感在写作的过程中是自然而然地流露出来的。

行走还有一个很重要的作用，就是能够离开自我、走出“小我”。走出去体验他人的生活、游牧民的生活，体验他们的悲伤和快乐，我就成为他们中的一分子，就做到了“无我”，融入他们里面去了，这对个人的成长是有很大帮助的。

孔占芳：作为文学创作者，您不想被标签化，实际上作家也很难被标签化，但您的作品常常被作为女性文学加以研究。请问您在塑造女性形象时，是如何构思藏族女性的特征的?

梅卓：藏族女性在现实生活中是伟大的、美丽的，用上所有的赞美词都不为过。比如我小时候没见过我母亲睡觉，我甚至以为她用不着睡觉，因为我早上起来的时候妈妈已经做好了早饭，晚上我们吃完饭、写完作业就睡觉了，而她还在忙碌。牧场上的女性就更辛苦，养牛人家的妇女要早上四五点钟就起来挤奶，我尝试过挤奶，很辛苦很辛苦，我也试过编织氆氇，编不到一分钟就会累得直不起腰来。牧区很多妇女起早贪黑，照顾家庭，她们的奉献精神太伟大了，所以无论是藏族歌曲还是民间传说，对母亲的赞美都是很突出的。我的作品中对此也有如实的表达和赞美之情的自然流露。

孔占芳：这种激情让您的小说语言也充满诗意与典雅，抒情性叙事成为这部小说的显著特色，小说、散文、诗歌等文体在作品中交融迭现，贴切而自然。优美的散文文段、典雅的韵文诗歌令人神往，显示出您多年来在散文、诗歌领域的坚实躬耕。请问，小说中神授艺人传唱的那些典雅的诗歌语言是您重述的吗？您是怎样收集到这些诗歌的?

梅卓：格萨尔史诗的文本基本上是诗文结合，大致上诗的部分抒发情感，文的部分推进情节发展。其中诗歌部分阅读比较多后，就会有一个大概的判断，它的修辞方法还具有一定的程式，不同人物的唱词风格也各有不同。比如格萨尔大王的唱词就很符合这个人物的英雄气概，唱词的量也很大。我曾经写过一部格萨尔王魔岭大战的音乐剧，在创作音乐剧的过程中，对格萨尔史诗中的歌词，基本上梳理过一遍，因为音乐剧要通过歌词来推进情节的发展。所以这部小说的歌词在这个文本基础上做了一定的再创作。

孔占芳：这部作品在叙事结构上显示出高超的艺术技巧，如少年说唱艺人阿旺罗罗的成长史与格萨尔王魔岭大战的故事两条线索，或平铺、或交织、或听闻、或讲述、或现实、或梦境，完美结合、自由转换，场景波澜壮阔，情节跌宕起伏。这样的想象力和表达方式蕴含了藏族文化的精神气质和思维特质，极大地拓展了文学的叙事功能。您是怎么想到将说唱艺人与格萨尔王的故事套结在一起的？

梅卓：主人公少年阿旺罗罗“在路上”的经历是这部小说的主线，阿旺罗罗在行走、在前进，不断遇到艰难险阻和挑战，在这个过程中逐渐发现自我、突破自我、完善自我，最终达成愿望。这条主线依托的背景即是格萨尔史诗中“北国降魔”部中的故事线索，这条线索主要描述史诗中魔王路赞趁格萨尔闭关之时抢走其妃梅萨绷姬，引发两国战事，格萨尔以智谋消灭魔王、拯救魔国百姓的故事。两条线索互为补充，共同递进。同时“魔王复活”的设计有效地把史诗与当下结合起来，加强带入感，节奏更加紧凑。

另外，小说中的场域也特别设定在阿尼玛卿山区，阿尼玛卿山既是格萨尔的寄魂山，也是他的战神和保护神，在史诗中有着非常重要的地位。阿尼玛卿山所在的果洛州是格萨尔史诗传播传承的重要区域，流传着有关史诗的许多传说，留存着诸多遗迹遗物。其中德尔文村与格萨尔有着特殊的联系，村民都自认为是格萨尔的后裔，身上流淌着格萨尔的血液，也自觉担负起传承格萨尔史诗的使命，村里人人都会讲格萨尔王的故事，号称说不完、写不完、唱不完的说唱艺人都出自这里。这里是很神奇的一处地方，被学者们冠以“史诗空间”的称号。小说中主人公就是在环绕阿尼玛卿山而行的过程中完成学习和认知的。在这样的“史诗空间”里驻足，很容易让人感觉到这是个多维的世界，它的时间感和空间感与现实有很大不同，会更绵长，会更阔大，还会出现错位或套叠。因此，我尝试用这种“追光”式的写作方法，附着在主人公身上，从而实现与他同呼吸、共命运的历险。

孔占芳：修辞手法最能表现地域特色和文化特征。《神授·魔岭记》中许多格言、唱词、赞词，还有比喻、拟人等手法令人耳目一新，给人带来惊艳的审美感受。比如“容光似湖上的莲花，莲花上闪耀着日光；黑白分明的眼睛好像蜜蜂，蜜蜂在湖面上尽情飞舞；身体丰腴似夏天的竹子，竹子被风吹动；柔软的肌肤如润滑的酥油，润滑的肌肤用柔软的绸缎包裹；头发似梳过的丝绫，丝绫涂上了琉璃溶液”。而这种连绵格的比喻句在当代藏族作家的汉语创作中并不多见。我认为这是您的贡献，也是藏族作家汉语创作的价值之一。

梅卓：这一类的修辞和比喻，在格萨尔史诗里俯拾皆是，读来真的会令人赞叹。格萨尔史诗最典型的特征，就是它是很高超的语言艺术，它把各种修辞手法串联在一起，令人神往，令人陶醉其中。比如对格萨尔的描述，所有美好的词都可以附着在他的身上，甚至夸赞他胯下的骏马都专门有“马赞”，饱含赞美并且极尽文字之华美。这体现了藏族人的文化心理，体现的是他们的一种态度。用这种态度去看这个世界，去看待人和人、人和自然之间的关系，它都是美的、善的。

孔占芳：您这部作品出版后，是否受到影视界的关注？

梅卓：对格萨尔文化关注的人很多，政府也投入了大量的人力、物力和政策支持，“格学”似乎都成了显学。在格萨尔表现形式的现代化方面，也不断听闻有影视剧、动画片的拍摄计划等，但是从我目前了解到的情况看，还没有公开发行的格萨尔影视作品，其中一个主要原因就是它是一个很浩大的工程，格萨尔的故事很难用一部电影或电视剧去呈现。就我的这部作品而言，是很适合拍成影视剧的，也有影视界的人与我谈到改编的打算。我当然希望他们能拍出来，这是一个美好的期待吧。

孔占芳：您在文学领域的躬耕开拓，将青藏高原独特的文化传递给了世界，让这片土地被文学照亮。请问，您认为文学有怎样的价值？

梅卓：这个话题就太大了，我从自己的角度来回答吧。文学对我个人而言，促成心理上的成长远远大于生理上的成长。虽然时光荏苒，人在变老，但是在阅读优秀作品的过程当中，那种心灵上的获得感和精神上的丰盈感，让我从来没有因为对文学的热爱而后悔过。我二十岁大学毕业被分配到省文联后就再也没“挪过窝”，就是因为热爱文学。刚到文联担任《青海湖》杂志的诗歌编辑时，阅读了大量来稿，当时的主编、副主编两位老师说，你不能只看别人写的东西，也要写自己的东西。因此我就开始尝试自己写作，写作的过程中就需要阅读和学习更多的经典作品。我也喜欢不断地行走。那时候路况车况都不好，下乡途中遇到车祸，受困后用雪就着糌粑充饥等也是常有的事，但在这个过程中我是很快乐的，并没有觉得有多艰苦。行走和阅读是充实我文学创作的理性台阶，经过时间的锤炼、阅历的积累，慢慢地一步步行进，工作与爱好都与文学相关，于我是非常满足的事情。

孔占芳：再次感谢您在百忙之中接受这次访谈，期待您的新作能早日与读者见面，带来新的阅读盛宴。同时，也期待您的《神授·魔岭记》能改编成影视作品，打开新的传播途径，带来全新的视觉享受。

图书在版编目（CIP）数据

梅卓作品精选集 / 梅卓著. -- 南宁：广西民族出版社，2024. 10. --（全国少数民族文学创作骏马奖获奖作家作品精选集 / 东西主编）. -- ISBN 978-7-5363-7850-6

I. I217. 2

中国国家版本馆CIP数据核字第20244CH408号

全国少数民族文学创作骏马奖获奖作家作品精选集

梅卓作品精选集

MEIZHUO ZUOPIN JINGXUANJI

东西　主编

出 版 人：石朝雄
项目统筹：吴柏强
项目协调：白　煜　吴桐言
责任编辑：邓钰娟　梁　倩
装帧设计：张文昕
责任校对：杨燕琳　黄裕蝶
责任印制：梁海彪　张东杰
出版发行：广西民族出版社
地址：广西南宁市青秀区桂春路3号　邮编：530028
电话：0771-5523216　传真：0771-5523225
电子邮箱：bws@gxmzbook.com
印　　刷：广西民族印刷包装集团有限公司
规　　格：889毫米×1194毫米　1/32
印　　张：12.125
字　　数：250千字
版　　次：2024年10月第1版
印　　次：2024年10月第1次印刷
书　　号：ISBN 978-7-5363-7850-6
定　　价：58.00元